茅盾研究
八十年書系

錢振綱・鍾桂松◎主編

丁爾綱◎著

43

茅盾評傳（上）

花木蘭文化出版社

國家圖書館出版品預行編目資料

茅盾評傳（上）／丁爾綱 著 — 初版 — 新北市：花木蘭文化
出版社，2014〔民103〕
目 2+206 面；19×26 公分
（茅盾研究八十年書系；第 43 冊）
ISBN：978-986-322-733-5（精裝）
1. 沈德鴻 2. 傳記 3. 文學評論
820.908   103010565

中國茅盾研究會《茅盾研究八十年書系》編委會

主　　編：錢振綱 鍾桂松

副主編：許建輝 王中忱 李　玲

特邀顧問：

邵伯周 孫中田 莊鍾慶 丁爾綱 萬樹玉 李　岫

王嘉良 李廣德 翟德耀 李庶長 高利克 唐金海

茅盾研究八十年書系
第四三冊

ISBN：978-986-322-733-5

茅盾評傳（上）

本書據重慶出版社 1998 年 10 月版重印

作　　者　丁爾綱
主　　編　錢振綱　鍾桂松
總 編 輯　杜潔祥
副總編輯　楊嘉樂
編　　輯　許郁翎
出　　版　花木蘭文化出版社
社　　長　高小娟
聯絡地址　235 新北市中和區中安街七二號十三樓
　　　　　電話：02-2923-1455 ／傳眞：02-2923-1452
網　　址　http://www.huamulan.tw 信箱 hml810518@gmail.com
印　　刷　普羅文化出版廣告事業
初　　版　2014 年 7 月
定　　價　60 冊（精裝）新台幣 120,000 元

茅盾評傳（上）

丁爾綱　著

作者簡介

丁爾綱，1933 年出生山東省龍口市。是享受國務院特殊津貼的中國現當代文學史家。曾任中國現代文學研究會、當代文學研究會、少數民族文學研究會、魯迅研究會、丁玲研究會理事、常務理事或副會長。茅盾研究會發起人之一，常務理事、副秘書長、顧問。出版論著：《丁爾綱新時期文論選集》（上、下）、《新時期文學思潮論》、《魯迅小說講話》、《山東當代作家論》（主編、主要作者）。茅盾研究論著有傳記系列：《茅盾評傳》、《茅盾翰墨人生八十秋》、《茅盾 孔德沚》、《茅盾人格》（合作）；作品研究系列：《茅盾作品淺論》、《茅盾散文欣賞》、《茅盾的藝術世界》。參與編輯 40 卷本的《茅盾全集》，任《茅盾全集》編輯室副主任，負責校勘、注釋第 11 卷、第 27 卷，是《全集》審定稿小組成員之一。主編、參考高校教材：《中國現代文學史》（上、下）、《中國當代文學史》（上、中、下）、《少數民族文學作品選講》、《中國現代文學作品選講》（上、下）、《中國當代文學作品選講》（上、下）。在國內外發表學術論文數百篇。

提　　要

　　本書突破了只寫「文學家茅盾」的格局，是一部全方位研究茅盾的全傳。它緊緊把握茅盾 85 年人生歷程縱跨了中國舊民主主義、新民主主義、社會主義（十七年、「文革」、改革開放）三個歷史時期，全面評述茅盾作為「五四」先驅、參與建黨的老一輩無產階級革命家這一「文學家與革命家的完美結合」的思想發展、多方建樹的全人。文學家茅盾這條主線突出了作家、理論批評家與文學史家、編輯家、翻譯家、文學教育家的全貌。以翔實的史實證明：茅盾是當之無愧的文學大師與文化偉人；妄圖顛覆茅盾者是徒勞的。

　　本書貫串著五條縱線。一、描繪茅盾的人生歷程與思想發展及其和三大歷史時期之時代主潮、歷史運動的有機聯繫。借茅盾一生燭照中國革命史。二、揭示出茅盾的文學實踐與其革命活動之間的相互配合、互為表裏的有機聯繫。政治閱歷是其創作的生活源泉；文學創作是其致力革命、推動歷史的特殊方式。三、著重評述他在引導文學新思潮時，經歷了「五四」時期致力編輯與理論批評；大革命失敗後則編輯、理論批評與創作雙軌並行；建國後忙於領導文藝工作不得不回歸理論批評單軌上去的行為規律。這單雙軌的交織具極大優勢：使其創作高屋建瓴，具全視野剖析社會的審美表現力。其理論批評則具行家裏手、能切中肯綮、宏觀揭示文學規律的能力。四、抓住茅盾始終站在文藝思潮發展濤頭的特點；既是弄潮兒，又是掌舵者；始終縱貫中國現當代文學思潮史，是牽一髮而動全身的歷史偉人。五、此書兼具茅盾研究史的縱線。起到觀照文學思潮史的作用。

　　本書以思辨與考證為「評」的著力點。又注重茅盾的外在言行與內心情感的對照考察。藉此還讀者一個充滿人情味的活生生的人間茅盾。而且成則談成，敗就論敗；既不為賢者諱，也不避禁區。在一定程度上完成了總結經驗、汲取教訓的「史傳」任務。

目
次

作家像

1981 年 2 月 7 日，茅盾在寓所會客時談笑風生，精神矍鑠的剪影

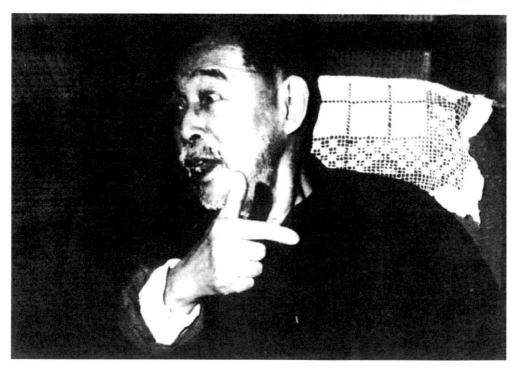

茅盾兄弟和文學研究會部分發起人
（自左至右依次為：沈澤民、鄭振鐸、茅盾、葉聖陶）

大革命時期的茅盾

《蝕》三部曲《幻滅》、《動搖》、《追求》

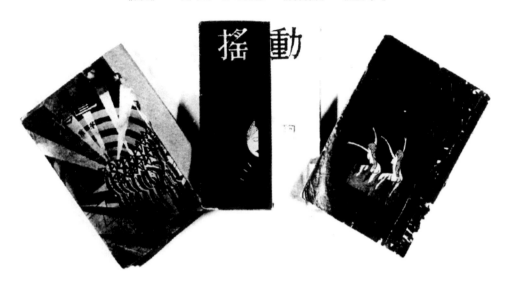

《子夜》的各種中文版本

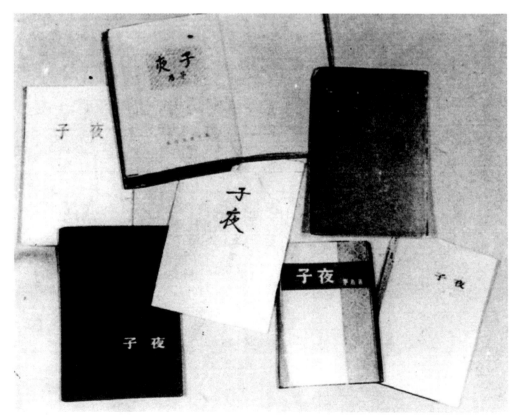

《子夜》的各種外文版本

《札記手蹟》（1942 年至 1943 年）

司馬文森來談：昔年廣州葉守三時，廣州市女拜丁陳千條人陸軍撥是，玉芳色情遠，季令解散，子賒女拜丁陳為失所，葯流為倡者有之，大部則各戶人拐騙，詐言俗俗玉與兆工作，而晚乙與心則靈為方地之中地主富農家為妻，奧者土地主及富農東多畜妻，盡利用其勞動力，較僱長工方便宜也，女拜丁之被拐賣為妻者，操作如牛馬，被崖待萬狀，有不勝其苦思逃走，則與地鄉公所傳詒一出，百里內之要道即有人守望，逃者終不得脫，提回及捎笞楚用，修絕人寰甚玉有誣挖眼者，子有若干女拜丁病主西江，其時軍旦氣車公軍追此江，若多宣車，司机血防瑜此事女方，陰押尤言為妻

1945 年 6 月 24 日茅盾在慶祝茅盾五十壽辰茶會主席台上（右二為茅盾）

茅盾在第一次全國文代會小組會上發言

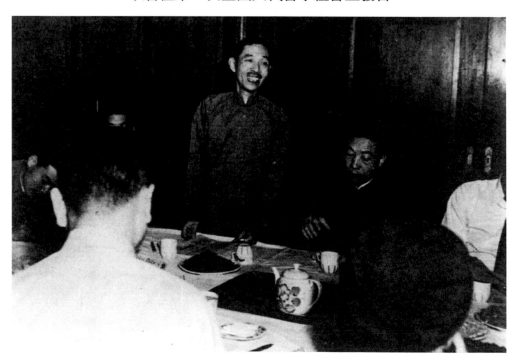

1954 年 5 月，茅盾在世界和平理事會柏林特別會議上發言

1957 年 7 月，茅盾夫婦與兒子、兒媳、孫女、孫兒同遊頤和園

茅盾開始撰寫回憶錄

茅盾和兒子韋韜一起查閲資料

面對「重新認識茅盾」的時代課題

　　1981 年 3 月 27 日凌晨 5 時 55 分，當那雙枯瘦的手冰冷僵硬，再也不能執如椽大筆，譜寫時代華章時，一代偉人茅盾，到了蓋棺論定的時候了。

　　茅盾一生，毀譽起伏；這種情況，其身後仍在延續：他的名字，最近還被從文學大師名單上抹掉。這似乎難以理解。但若考慮到思潮搖擺頻率特高的中國國情，考察茅盾和中國革命三個不同歷史階段密切關聯的恢弘的一生，對此不但不難理解，還會看到其必然性！

　　茅盾的人生，浩瀚磅礴。究竟怎麼觸摸他那博大的胸襟？怎樣才能走進他那熾熱如火的心靈？怎樣才能全方位地客觀公正地評價這位歷史偉人？

　　早在青年時代，茅盾就接觸過這個話題：「假使你是一位科學家，用精密的科學方法，來分析來剝脫中國社會的人層，你總該不至於失望你的工作的簡單易完。……你至少……可以分出七層八層的『文化代』來。過去五十年，一百年，二百年，三百五百年，甚至於一千年，人類的思想方式，生活方式，都像用了『費短房』的縮時術（我以爲中國傳說上的精於縮地術的費長房該有一個兄弟短房，懂得縮時術）似的，呈現在現代的中國社會內，使我們恍如到了歷史博物館。呵！中國。神秘的中國，正是如何的廣大複雜呵！」〔註 1〕生爲神秘的中國的一代偉人，茅盾自然具備這凝縮漫長歷史於共時性的「廣大複雜」性。

　　丹納說：「因爲風俗習慣與時代精神對於群眾和對於藝術家是相同的；藝術家不是孤立的人。我們隔了幾世紀只能聽到藝術家的聲音；但傳到我們耳

〔註 1〕《王魯彥論》，《小說月報》第 19 卷第 1 號，1928 年 1 月 10 日；《茅盾全集》第 19 卷，第 167～168 頁。

邊來的響亮的聲音之下，還能辨別出群眾的複雜而無窮無盡的歌聲，像一大片低沉的嗡嗡聲一樣，在藝術家四周齊聲合唱。只因為有了這一片合聲，藝術家才成其為偉大。」〔註2〕列寧說：「歷史早已證明，偉大的革命鬥爭造就偉大人物，使過去不可能發揮的天才發揮出來。」〔註3〕這就是說，要認識偉大的人物，等於是認識造就他的那個時代，那個人文環境，和他緣以產生的人民群眾。拔出蘿蔔帶出泥！認識茅盾，評價茅盾，自難例外。

因此，認識與評價茅盾，是個時代性重大課題。這個認識與評價的過程，也必然是漫長的。最早對此有清醒估計的是已故的周揚同志。1983 年 3 月 27 日他在紀念茅盾逝世兩周年的全國首屆茅盾研究學術討論會上說：茅盾的「成就是不朽的。對於這些成就，至今還沒有作出全面的評價。」我和他「儘管天天在一起，有一段也住得很近……但是我也不能很深刻地認識他。……一直到他去世的時候，也不能說我完全認識了他。所以認識一個人，特別是認識一個偉大的作家，也並不那麼容易，這需要時間。」〔註4〕這些哲理性很強的話，從認識論與方法論角度，給我們指出了一條不斷重新認識茅盾的正路。

而今我們仍處在這充滿艱難的認識過程之中，不斷出現的曲折，更增加了認識的難度。我們當然無法和周揚同志比；我們攀登的也許還夠不上一個台階；至多不過踏過一木一石。

然而階梯畢竟是一木一石地建構的，因此決不能放鬆立志攀登的決心和努力。

〔註2〕《藝術哲學》，人民文學出版社，1963 年版，第 6 頁。
〔註3〕《列寧全集》第 19 卷，人民出版社版，第 71 頁。
〔註4〕《茅盾研究》叢刊創刊號，文化藝術出版社，1984 年版，第 5 頁。

第一章　含苞待放（1896～1916）

第一節　性格素質的多重組合

　　立傳難；為文人立傳更難。立傳，論其全人即可；為文人立傳，則非論其全人、「全文」及其相互關係不可。蘇東坡論其弟蘇轍之文時，提出了「其文如其為人」〔註1〕的觀點；魯迅換了個角度，提出下面這個帶普遍性的原則：「倘要論文，最好是顧及全篇，並且顧及作者的全人，以及他所處的社會狀態，這才較為確鑿。」〔註2〕

　　大半個世紀以來，茅盾研究中見仁見智，毀譽起伏，一直到今天仍在延續。這一切既與特定的思潮環境、論者的價值取向有關，也與是否把握了魯迅上述的原則與方法有關。現在由我來寫茅盾的「評傳」，自應充分把握魯迅指示的這一原則與方法；並且要效法茅盾研究問題的思維特徵：「窮本溯源。」

　　茅盾是公認的都市文學大師，其「都市人的氣質」也被學者和他自己所看重。然而寫完其都市文學扛鼎之作《子夜》之後，茅盾卻說過這樣的話：「生長在農村，但在都市裏長大，並且在都市裡飽嘗了『人間味』，我自信我染著若干都市人的氣質；……然而到了鄉村住下，靜思默念，我又覺得自己的血液裡原來還保留著鄉村的『泥土氣息』。」「我愛的，是鄉村的濃鬱的『泥土

〔註1〕《答張文潛書》。

〔註2〕《『題未定』草》（七），新版《魯迅全集》第6卷，第430頁。以下引文均用　　　　此版，不再注明。

氣息』。不像都市那樣歇斯底列，神經衰弱，鄉村是沉著的，執拗的，起步雖慢可是堅定的，——而這，我稱之爲『泥土氣息』。」〔註3〕換句話說，起碼茅盾自認：他這位「全人」是「鄉村的『泥土氣息』」與「都市人的氣質」的組合。要理解這番自我「性格尋根」的話，就非得窮本溯源不可了。

一

馬克思說：「人們的社會存在決定人們的意識。」〔註4〕廣義地理解這「社會存在」，應當包括人生存於其中的人文歷史環境與時代現實環境及其時空聯繫性。人自降生即受其制約，無法自由抉擇。由局部意識之形成，到完整的世界觀人生觀之形成，概莫能外。

所以 1896 年 7 月 4 日（清光緒二十三年舊曆丙申五月二十五日亥時），當茅盾呱呱墮地於其故鄉浙江桐鄉烏鎮觀前街祖宅，就與上述環境發生了無法選擇也無法擺脫的關係。烏鎮是一個具有古老文化淵源的江南水鄉。據考古發現，上溯到 7000 年前與仰韶文化同屬新石器中期的馬家濱文化遺址，僅在桐鄉縣境，就有石門鎮羅家角、崇福鎮新橋、濮院鎮張埭、晏城鄉吳家牆門和茅盾出生地烏鎮東郊三里許的譚家灣等五處；譚家灣文化距今六千餘年。與龍山文化同屬新石器晚期的良渚文化遺址，也分佈在桐鄉縣靈安鎮、晚村鄉、屠甸鄉、青石鄉、百桃鄉等處。距今約四千餘年。古老的歷史最早的存留方式之一是口頭流傳方式。茅盾的故鄉，夏朝留下了「大禹育稻」的民間傳說。〔註5〕商周文化則有史載。《尙書‧禹鼎》曰：「桐地在揚州之域。」「春秋時，吳曾在此屯兵以防越，故名烏戌。」〔註6〕越滅吳，烏鎮屬越。吳越之戰，是歷史上影響茅盾最大的第一次戰爭。正如會稽精神之於魯迅，句踐那「十年生聚，十年教訓」與臥薪嘗膽精神，溝通著茅盾血液中「沉著的，執拗的，起步雖慢可是堅定」的鄉村的「泥土氣息」。楚滅越，烏鎮歸楚。秦滅六國，烏鎮始納入大一統中華版圖。

南朝大學者沈約祖墳在烏鎮河西十里塘附近。沈約至孝，每逢清明，就返里守墓數月。梁武帝之子蕭統師從沈約，在烏鎮造書館隨從讀書，留下昭

〔註3〕《鄉村雜景》，1933 年作，《茅盾全集》第 11 卷，第 179 頁。
〔註4〕《〈政治經濟學批判〉序言》，《馬克思恩格斯選集》第 2 卷，人民出版社，1966年版，第 194 頁。
〔註5〕本章提及的民間傳說，均見《中國民間文學集成‧浙江省桐鄉縣卷》。
〔註6〕茅盾：《可愛的故鄉》，《茅盾全集》第 13 卷，第 448 頁。

明太子讀書處和他爲母祈福所建的東塔西塔等古蹟。茅盾《西江月・故鄉新貌》有「唐代銀杏宛在，昭明書室依稀。往昔風流嗟式微，歷史經驗記取」句，〔註7〕從一個角度說明了他嗜學與至孝性情特徵的歷史淵源。

唐咸通年間，烏戍改稱烏鎮。唐朝留下了平叛將軍烏贊死後化爲銀杏樹，「武則天吃魚」等民間傳說。宋則有謳歌開國皇帝「趙匡胤吃眚神（專吃死人靈魂的野雞精）」爲民除害的傳說。

導致趙構南渡的宋金之戰，是影響茅盾最大的第二次戰爭。宏觀地看，其積極面有三：一是促進了江浙的經濟繁榮。宋伯仁《夜過烏鎮》中有「望極模糊古樹林，灣灣溪水似難尋；荻蘆花重霜初下，桑柘陰移月未沉」句，活畫出當時水鄉烏鎮優美的詩意畫境。二是使黃河文化長江文化進一步交融。中州人不願受金國奴役，紛紛南下。茅盾外祖陳家，也是在這時從河南開封遷到烏鎮的，不僅帶來「儒醫合一」等中原文化傳統，並使茅盾兼有北人的厚重與南人的機靈「優化組合」的血統；其愛國主義精神，也與南宋時期人民高昂的抗禦金國奴役的精神相關，謳歌抗敵禦侮忠義精神的《岳飛歌》，至今還能從桐鄉人民口頭採集到。三是北曲南漸等文藝交流，促進了本土文學的發展。洛陽詩人陳與義號簡齋，南遷後三年任湖州太守，次年來烏鎮養病，在東塔附近築屋曰「南軒」。其詩《牡丹》「一自胡塵入漢關，十年伊洛路漫漫。青墩溪畔龍鍾客，獨立東風看牡丹」〔註8〕即記此事。他與當地密印寺高僧洪智、儒生葉懋（字曰天經）結爲詩友。在南軒旁建「三友亭」。《懷天經智老因以訪之》一詩描繪了他們的風流倜儻：「今年二月凍初融，睡起苕溪綠向東。客子光陰詩卷裡，杏花消息雨聲中。西庵禪伯還多病，北柵儒生只固窮。忽憶輕舟尋二子，綸巾鶴氅試春風。」陳與義後任參知政事（相當於右丞相）。詩作記錄了官民、僧俗地位懸殊，作爲文壇詩友卻相處平等自由的風範。元朝天台法師仰之，曾修飾陳與義故居。外匾題「南軒」；內匾題「簡齋讀書處」，與三友亭皆離茅盾觀前街祖宅極近，使他自幼即受「踏花歸來馬蹄香」般的薰染。

更加昂揚著愛國主義精神的，是明嘉靖抗倭之戰。《桐鄉縣志》、《石門鎮志》、《烏青鎮志》都記載著本縣騎塘人呂希周在崇德鎮築城抗倭，參將宗禮在抗倭之戰中壯烈殉國等故事。鄉人爲宗禮建的忠祠，直到明清與中華民國

〔註7〕《茅盾全集》第10卷，第234頁。
〔註8〕見《宋詩選》。青墩是烏鎮別稱，溪指市河──車溪。

建立，香火歷久不衰，這和茅盾自幼目睹的「寧贈友邦勿予家奴」的降敵媚外奴性恰成對照。這是張揚民族大義，溝通著茅盾《第一階段的故事》等抗戰小說的一次重大的愛國主義的正義戰爭。

清代的烏鎮，經歷了乾嘉盛世。這時車溪市河貫通南北，東是烏鎮，西是青鎮。總稱仍爲烏鎮。它已成「兩省」（江、浙）「三府」（湖州、嘉興、蘇州）「七縣」（烏程、歸安、崇德、桐鄉、秀水、吳江、震澤）交界之地。因處水陸要衝，儼然具當時省會府城的規模。其商業尤盛。衣帽街、柴米街均集於通衢鬧市中心。清詩人吳爲旦《晚歸烏戍道上》所繪景象：「數聲魚唱歸遙浦，幾點山光映遠天。農刈香粳挑落照，雁衝秋水帶寒煙。暝生野渡村春急，紅逗疏林市火懸。柔櫓背搖雙塔影，卻隨新月到門前。」極狀水鄉小城的繁華景象。這使宋伯仁《夜過烏鎮》所寫宋代風貌相形見絀。這時文化也日趨發達。鮑廷博定居烏鎮後輯錄《知不足齋叢書》26 集即其一例。不過這時階級壓迫日漸嚴重。「乾隆訪麻溪」的民間傳說所記，只是「和尚有反心，百姓欺騙官府」的隱憂。1851 年（清道光三十年）至 1864 年（清同治三年）歷時 10 餘年的太平天國革命，則幾乎動搖了清朝的統治。爲解天京之圍，1860～1862 年李秀成率軍兩克杭州，並親臨桐鄉縣指揮作戰；旨在把江浙建成太平天國基地。這次戰爭雖因清軍血洗烏鎮使市廛大半被毀，青鎮也被破壞嚴重。但史著與傳說表明：老百姓擁護義軍之舉，可歌可泣。茅盾自幼就多次聽過阿四媽媽等講長毛與清軍血戰的故事。〔註 9〕在《桐鄉縣志》與 30年代茅盾參與其表叔盧鑑泉主持重修的《烏青鎮志》中，都記載了「民擁太平軍」的動人史實。如烏鎮油坊老板董一帆率眾歡迎太平軍，獻「筷百雙，棗百斤，燈千盞，雞五百」。隱寓勸洪秀全「快早登基」之意。小麻里人凌毛頭搭太平軍「接風台」，對聯云：「來往官兵今日猶如親兄弟；各路英雄他年必定分君臣。」烏鎮鄉民所獻旗之題詞爲「太平天國安民鄉」。《烏青鎮志》還記載著太平天國「考試文武童生」，採用西曆。其「服飾無分貴賤，夏日短衣跣足，雖頭目有僞爵者亦然」等史實。太平天國反清是歷史上影響茅盾最大的四次戰爭中之至大的一次，它反映了農民革命的戰鬥傳統與革命風範，是形成他血液中保留的「執拗的，起步雖慢可是堅定的」「鄉村的『泥土氣息』」中的基質與主導，使他的作品從寫陳涉吳廣的《大澤鄉》，到寫「長毛」影響下的當代農民自發鬥爭的《農村三部曲》，再到寫黨領導下的自覺革命的《泥

〔註 9〕參看徐春雷：《少年茅盾之故事》，第 54～55 頁。

濘》，這些小說貫通一氣；也形成了茅盾筆下受批判的安分守己農民典型老通寶型，和被謳歌的敢於造反敢於反抗的新一代農民多多頭型這兩大農民形象系列。

這漫長的歷史文化傳統，體現出兩個重大的歷史轉折：吳越之戰反映了由奴隸制開始向封建制的過渡；太平天國起義反映了封建社會內由農民革命向資產階級改良主義和舊民主主義革命的過渡。後者對茅盾來說，又由耳聞到親歷，其體驗更加直接和深切。因為 1898 年戊戌變法時，他已經兩周歲。其衝擊波從他諳世事時即從其父與表叔盧鑑泉身上感覺到強烈的折光。變法維新失敗後，康有為曾在烏鎮避難；也擴大了維新派的影響。1900 年義和團起義時，4 歲的茅盾已有直觀能力，勿需聽老人講古老的傳說故事了。

孫中山領導的資產階級舊民主主義革命得到茅盾同鄉前輩章太炎（餘杭）、蔡元培、秋瑾、徐錫麟（均為紹興人）、沈鈞儒（嘉興）的響應與積極參與。茅盾師從的中學校長沈琴譜、方青廂及許多老師都是老同盟會員。茅盾中學時代一定程度上也響應了辛亥革命。這是他介入革命的小小的序幕。

綜上可見，烏鎮的人文歷史是吳越文化的組成部分；吳越文化又是中華民族大文化傳統的組成部分。其主導內涵，政治上是以愛國主義為核心的抗敵禦侮、自強不息的民族識意識；和以民主主義為核心的反抗壓迫、爭取人民生存權利的階級意識。文化上則是詩書傳世、經世濟用的文人文化與觀照歷史、觀照社會、觀照自身〔註 10〕的民間文化並行互補的民族文化意識。正是這一切，主宰著長達數千年的人文歷史環境，一代又一代薰陶著許多民族精英，也潛移默化著茅盾和他的同鄉同輩魯迅、錢玄同、郁達夫、柔石、馮雪峰、豐子凱等。

二

古老的中華民族有文字記載的歷史大半是農業文化形成發展史。許多歷史文化名人是農村出身。茅盾的遠祖世世代代都是農民，後來才遷到四通八達的農桑產品集散地烏鎮，參加到小本經營行業。茅盾的太高祖開一家集手工業與商業於一體的旱煙店。下傳兩代到茅盾的曾祖輩，弟兄 8 人，其曾祖沈煥（1835～1900）字芸卿是長子。他繼續經營煙店。其餘弟兄多做別的生

〔註 10〕 《中國民間文學集成·浙江省銅鄉縣卷》輯有許多有關生產、社會生活、文化、歷史、戰爭諸方面的民間傳說故事就是一例，本書只引證了個別歷史人物傳說。

意或外遷，沈家遂形成桐鄉縣的大族。沈煥一生歷清道光、咸豐、同治、光緒四朝。至清末，烏鎮只留下未出五服的一戶本家。太平軍敗，鎮上商業凋敝，靠店已難糊口。沈煥隻身一人闖蕩上海，雖事業無成，卻結交了不少朋友。其中有一位經營山貨行的寧波的安先生，見他幹練，用他做跑天津、保定特別是漢口等地了解商情的伙計。1876 年山貨行因競爭激烈難以為繼。沈煥建議安先生盤出此行，到競爭對手較少的漢口另辦新店。安先生採納了建議，到漢口另辦一山貨行。因他建樹多，出力大，安先生贈他千兩銀子的乾股，並委任為副經理。沈煥把家眷接到漢口，刻意經營此店。1886 年安先生回籍養老，把店轉給沈煥。沈煥經營有方，獲利頗多。為謀退路，他先讓長子恩培、次子恩埈回烏鎮購下觀前街宅，刻苦讀書謀仕途發跡，將來或做官吏或做紳縉，以改換門庭。後來沈煥經營失利，只得盤店還債，把家眷全送回原籍。自己則以銀錢打點，捐官為廣東候補道，隻身南下。三年後得梧州稅關監督實職。1896 年得重孫。時梧州燕群攢聚，以為祥兆，故給重長孫取乳名為燕昌，後改燕斌，寓文武雙全之意；名德鴻。他哪知這個重長孫不喜小燕喜大雁，也不想文武雙全以「斌」為名。後自改名雁賓，再後又以乳名諧音為字：雁冰。茅盾則是他 1927 年發表《蝕》時，首次用的筆名。為方便讀者，本書以下統稱茅盾。

這時沈煥又寄「改換門庭入仕途」的希望於重長孫，但自己卻「一身官爵為他人」。1897 年他告老還鄉，在宅後空地建平房而居，約 3 年後逝世。這是茅盾一歲半到 4 歲半的事。茅盾從父母口中聽到對曾祖父胸襟開闊、人情練達、處世精明等性格為人的描述。耳聞目睹的這些世事，成為其童年和少年時期開放意識的始基之一。

茅盾的祖父沈恩培，字硯耕。他屢試不中，頗使其父親失望。他不知稼穡艱難，也不過問其泰興昌紙店與家務。他常說：「兒孫自有兒孫福，不替兒孫做牛馬。」他更不垂涎功名、結交官府、過問鎮上事務。他終日練字聽曲吹簫品茗，活得相當瀟洒！但他辦了件大錯事：給 5 歲的長孫茅盾和 4 歲的孔德沚定親！

祖母高氏是嘉興高橋村地主之女，思想陳舊，又信神佛。但她頗諳風俗農時，酷愛農桑；常率丫頭養豬養蠶。茅盾自幼常常看殺豬、學養蠶。祖母把丫頭鳳英嫁給常來挑糞的農民顏樹福的勤勞純樸的兒子顏富年。茅盾後來也和這爺倆結交，逐漸理解了農民的疾苦；他們的心裡話也肯跟茅盾說。正

像章運水之於魯迅，顏富年不僅成了茅盾筆下典型人物老通寶的原型，也成了他保持血液中的「泥土氣息」並通向農村的一條重要的根。

二祖父沈恩埈，字悅庭，屢試不中，卻好經商。他常橫加干涉京廣貨店的業務，使之連吃倒賬。中年始他漸有發展：辛亥革命後曾任縣保衛團總與烏青鎮長。晚年熱衷地方紅白喜事，頗有威望。茅盾的《子夜》、《小巫》等作品似有他的影子。

姑母沈恩敏是烏鎮名紳盧小菊之子盧蓉裳的繼室。盧蓉裳前妻之子盧學溥，字鑑泉，與茅盾父親先是摯友後為親戚，是著名的新派人物。茅盾畢生受其影響。茅盾自幼對他跟蹤觀察，數十年後把作為《子夜》主人公吳蓀甫的原型之一。

四祖父沈恩增，字吉甫，聰明，文筆好，曾隨沈煥司官衙書案文字。其字雋秀，頗影響茅盾。

沈煥告老返鄉後，見諸子坐吃山空，非常失望，只好著手整頓店舖：提拔青年幹練的切紙手黃妙祥為紙店經理。此人經營有方，後來茅盾母親的喪事、茅盾蓋屋及此店的業務，均得力於黃妙祥。沈煥又嚴禁次子過問京廣貨店，提拔撐持有功的店伙計胡少琴取代其堂姪任經理。但他死後，次子沈恩埈分得此店，再次插手亂來，終致此店倒閉！

曾祖母王氏是書香門第小姐，性格剛強，有決斷，深受茅盾母親敬佩。沈煥死後，她當機立斷，主持分家。由於分配公平，各房皆服。她自理生活，不靠子女。她逝世時茅盾6歲。

茅盾的父親沈永錫字伯蕃（1872～1906），是個頗有抱負的新派人物。雖也難違祖命參與科舉，中秀才後卻屢試未中。他對喪權辱國的清廷腐敗深有洞察，對慘敗的甲午之戰與維新變法極為關注。他酷愛數學，從祖父的《古今圖書集成》中挑出「數書」刻意研讀。他曾自製算籌，也讀聲光化電及西方政治經濟科技醫書。他還特別留意留日學生辦的鼓吹革命的書刊。常與盧鑑泉、沈聽蕉論時事。他以「大丈夫當以天下為己任」自律和律子。他雖知祖父讓他靠科舉改換門庭，但他卻比較務實：眼見一大家子人坐吃山空，就想學一技之長，養家糊口。先是有人為他做媒娶孔家的小姐；但因命相不對作罷。後由立志書院山長盧小菊作伐，與前述宋時其祖先由開封遷此的儒醫陳我如之女陳愛珠結婚。陳家有副對聯，上聯是「自南渡以來歧黃傳世」，道出其中原文化傳統。茅盾的外祖父陳我如嚴肅鯁直，醫道極精，是位名醫。

但他仍守仕道「正途」。50 歲前屢試未中；從此斷念，集中精力行醫授徒。外祖父前妻早亡，續弦妻是錢家小姐，其家經商開絲行，後家道中落。外祖母續弦過門，屢孕屢夭，遂得了精神病。她第三胎是茅盾之母，名愛珠。因外祖母病，外祖父自幼把愛珠寄養在其姨父王老秀才家，愛珠遂學會讀寫算與縫紉烹調。後外祖母生一弟，接愛珠回來管家。這時，愛珠年僅 14 歲，而家裡學醫的門生五六人，僕役七八人，連自家人在內僅吃飯者就十餘人，此外還要伺候生病的母親，帶四歲的弟弟。但愛珠把一切處理得井井有條，遂蜚聲鄉里。求親者絡繹而來。外祖父擇婿甚嚴，偏是沈家親事一提便允，連八字也不排，就擇吉設宴謝媒。他只提一個條件：要女婿入贅，以便留女兒操持家務。一時傳爲佳話。

不料這正中沈永錫的下懷：他決意跟岳父學醫。婚後考問愛珠，知她讀過四書五經、《唐詩三百首》、《古文觀止》、《楚辭集注》及《列女傳》、《幼學瓊林》等舊學；對史學和新學卻一無所知。於是他先教她讀《史鑑節要》；又教她讀《瀛環志略》等世界歷史地理書。1896 年 7 月 4 日茅盾出生後，仍住外祖父家，直到他一歲半時曾祖父返里，始遷回觀前街沈宅。沈永錫充分利用妻子的 800 元「填箱」銀子，購置介紹西洋政治經濟文化科學的論著，但其出國留學，遊歷各地的計劃未能實現。1902 年沈永錫赴杭州鄉試時患瘧疾，未考完即返，從此再未赴試。就是這次買回的《西遊記》、《封神榜》、《三國演義》、《東周列國志》等舊小說和林琴南譯文言西洋小說，後來「便宜」了茅盾，是其文學啓蒙書的一部分。

茅盾的家庭是新舊交雜的複合體；幾乎是當時中國社會所處過渡轉折期的時代特徵的縮影。

三

茅盾祖父在老宅樓下教家塾，父親卻不讓茅盾入家塾學舊學。茅盾的啓蒙教育是新學；啓蒙老師是母親，由父親選定《字課圖識》、《天文歌略》、《地理歌略》等教材，由母親據《史鑑節要》自編歷史課本。這使茅盾童年時即具嶄新的意識。茅盾 7 歲時，祖父把家塾推給父親。茅盾也入家塾卻不學舊學，由父親單教他新學。1903 年父親患骨癆一病不起，無法執教，一度送茅盾到曾祖母的侄兒王彥臣所教家塾學舊書。這時他和王彥臣的女兒（算是茅盾的表姑母）王會悟（後經茅盾介紹成爲李達的夫人）同窗。

這時茅盾不過六七歲，但已頗能獨立思考了。有一個夜晚，他跟鄰居的老者在月亮地裡散步，體味「我走月也走」的情趣。老者問他月亮有多大。他說：「像飯碗口大。」老者說：「不對，有洗臉盆大。」茅盾不信。老者說：「你比我矮；自然看去小了。」他就爬到老者肩上看，月亮還是碗口大。就說：「你騙人！」老者說：「年紀大一歲，月亮也大一些，你活到我這年紀，包你看去有洗臉盆大。」茅盾不服，回家問祖父。祖父卻也說：「跟我的臉盆差不多。」祖父的臉盆是最大的。這事使茅盾忿忿不平：「在許多事情上被家裡人用『你還小哩！』來剝奪了權利的」茅盾，覺得月亮也欺小，就跟月亮「有了仇」。〔註11〕

1904 年茅盾 8 歲時，父親患骨癆病倒。半年後他入烏鎮第一所初級小學立志小學。放學後他就幫母親照顧父親。次年夏，祖母見兒子仍不痊癒，就到城隍廟許願。讓茅盾於陰曆七月十五日出城隍會時扮「犯人」替父「贖罪」消災。這時茅盾 9 歲。當了一次「犯人」，父親的病並不見好。茅盾卻因此演戲般地獲得一次異常的感受。父親臥床，不能下地讀書，就支著雙腿躺著看書。直到這時，除聲光化電史地外，他仍看留日學生所辦的鼓吹革命的報刊。茅盾放學後常幫他翻書頁，支書本。如此拖延經年，父親情緒極壞。有一次茅盾正幫父親執書，父親忽然說：「不看了，拿水果刀來。」茅盾不解，問做什麼，父親說要削指甲。但他執刀看了一會兒，終於放下。茅盾不明白父親要幹什麼，就告訴了母親。後來母親告訴他：「你父親要自殺！」因為這病難愈，只是拖累別人；又怕用藥吃補品等費錢，而那時家境已很困難。經母親再三勸說，父親才打消這個念頭。近年來有人說茅盾給父遞水果刀是「助父自殺」，甚至說這是「弒父」。一個 9 歲的孩子，父親要他遞水果刀，他遵命照辦，因為事先他根本不知父親有自殺的念頭，怎麼能是「助父自殺」？又怎能加以「弒父」的罪名，並引申出從此茅盾十分膽小怕事，以至說茅盾後來「脫黨」也與此病態心理有關。真可謂奇談怪論！

孩子畢竟是孩子，他自有自己的天地。他的興趣也是多方面的。大人雖不讓他外出，但有機會，他還是要溜出去。他家東鄰有家紙紮店，他常去看老闆巧手紮出紙人、船、橋、房屋之類。有一次則紮了一座三尺見方兩尺高的「陰屋」：有正廳、邊廂、樓；庭園中有花壇樹木。廳裡的字畫則特請鎮上的畫師書家代筆。茅盾欣賞了這些藝術品，也從而熟悉了江國園林藝

〔註11〕《談月亮》，《茅盾全集》第 11 卷，第 292～293 頁。

術。〔註 12〕清明過後的香市，家裡是允讓丫頭鳳英帶著他去看的。香市主要的節目是吃和玩，但茅盾感興趣的不是吃而是玩。在這裡，《字典圖說》上說「死」動物「活」了起來，他見到了虎豹獅子穿山甲……他愛看變戲法、弄缸弄甕、走繩索、三上吊的武伎班，老虎、矮子、提線戲、髦兒戲、西洋鏡，這裡也應有盡有。他也愛看武戲班：馬戲、穿劍門、穿火門、走鉛絲、大力士……眞是一飽眼福！〔註 13〕從這裡茅盾熟悉了各種地方戲曲與雜技、武術等藝術和民間體育活動。這一切使他開了眼界，增長了想像力與欣賞能力。

祖父也喜歡帶他去訪盧閣飲茶聽評彈，或到西園聽人練習唱崑曲。祖父善吹洞簫，高興了就來一手。〔註 14〕他還有機會聽灘簧──相當於北方的鼓詞，〔註 15〕因此茅盾很早就接受了戲曲、曲藝、音樂的洗禮。在家境漸衰，父親久病的苦難環境中，這些活動給他的童心以寬鬆和愉悅；也陶冶了心性。

父親的病經南潯鎮西醫院日籍大夫診斷爲骨癆後，他自知不起，就不再看書，而抓緊時間給兒子講日本因明治維新而強國，中國要富強就得走新路等國家大事。他告誡兒子：「大丈夫要以天下爲己任。」他還自己口述，請父親沈硯耕筆錄了遺囑。要點是「中國大勢，除非有第二次的變法維新，（否則）便要被列強瓜分，而兩者都必然要振興實業，需要理工人才；如果不願在國內做亡國奴，有了理工這個本領，國外到處可以謀生。」他要兩個兒子「不要誤解自由、平等的意義」。他還把譚嗣同的《仁學》送給茅盾說：「這是一大奇書，你現在看不懂，將來大概能看懂的。」〔註 16〕

1906 年夏茅盾 10 歲時父親病故。母親痛不欲生。他設一靈堂，照片前供著鮮花，兩側是她親筆自題的對子：「幼誦孔孟之言，長學聲光化電，憂國憂家，斯人斯疾，奈何長才未展，死不瞑目；良人亦即良師，十年互勉互勵，電碎春紅，百身莫贖，從今誓守遺言，管教雙雛。」

父親早逝，母親挑起教子持家的責任。她是啓蒙老師，也是人生之路的導師。父親給茅盾以新思想新意識，母親則使他「謹言愼行」。這些都使他終

〔註 12〕參見《冥屋》，《茅盾全集》第 11 卷，第 131 頁。
〔註 13〕《香市》，《茅盾全集》第 11 卷，第 168 頁。
〔註 14〕《我走過的道路》（上），第 13 頁。
〔註 15〕《茅盾書簡》，第 132 頁。《關於鼓詞》，《茅盾全集》第 21 卷，第 361 頁。
〔註 16〕《我走過的道路》（上），第 51 頁。

生受用。父母在舊家庭中代表著新潮；這幫助茅盾擺脫了曾祖父早就規劃了的那條「學而優則仕」的老路。父親給兒子規劃的是科學救國、理工立業的新路。遺囑中鄭重指示的這條路，後來兩個兒子都沒有走，但卻繼承了他諄諄告誡的「大丈夫要以天下爲己任」的精神，並發揚而光大之！

第二節　在新舊交替時代氛圍中穿著「緊鞋子」走順乎歷史潮流的路

　　茅盾的小學時代，正值舊學漸廢新學漸興的新舊時代交替期。當時儘管變法失敗，維新趨前的歷史潮流卻無法阻擋。1901 年 9 月 14 日清政府頒興學詔：從京師大學堂到縣設小學堂與蒙養學堂，正式給新學開了綠燈。1905 年 9 月 2 日又下令自次年起廢科舉。此前，即 1904 年，茅盾入立志小學。該校創建時間，據桐鄉政協編《桐鄉近百年記事》載是 1902 年；茅盾在《我走過的道路》中說，是他入學的那一年即 1904 年。他入的是第一班。該校前身立志書院山長是盧小菊。立去小學首任校長是盧鑑泉。

一

　　茅盾所受的新式教育，其實是新舊交雜的。立志小學的校門上有對聯，曰：「先立乎其大；有志者竟成。」宣告了辦學方針與學生做人應遵循的方向。茅盾說他是第一班學生；按年齡編入乙班。後據水平調整到甲班。甲班進度快，《修身》課用《論語》爲課本。任教老師兩位，翁先生教算學；茅盾父親的新派摯友沈鳴謙（1876〜1934）字聽蕉，執教國文、歷史和修身。沈聽蕉是第一位對茅盾影響較大的老師。他中秀才後即放棄科舉，倡導維新。當地史載：「康梁倡新政，里人猶多固步自封，鳴謙獨與意合。」他「慷慨有大志，讀書務博覽。」據說他博聞強記，能識半部《康熙字典》。又精棋藝，能同時弈四五副棋。他教歷史自編課本。國文課用引導寫作、以史論或談富國強兵之道的論文作範文的《論說入門》，與幫助遣詞造句的《速通識字法》作課本。當時考試只考作文。沈聽蕉教作文用啓發式。命題常是如《秦始皇漢武帝合論》之類比較歷史人物與反思歷史的史論。爲啓發學生的文思，他先扼要解題，再提示立論與從古事論及時事之法。多數學生仍似懂非懂；茅盾有家教根基，加之聰明好學，文思敏捷，往往能一氣呵成。他還「發明了一套三段論的公式：第一，將題目中的人或事敘述幾句；第二，論斷帶感

概」；第三，用「後之爲××者可不×乎」的套話作結。只要在「爲」字後填上「人主」、「將帥」之類名詞，「不」字後填上「戒」、「勉」之類動詞即可。這把他練得有點老氣橫秋，其善作文全校聞名；月考期考都能獲獎。〔註 17〕但他少年早熟，獎品如《大姆指》、《無貓圖》等世界童話名著，都送給弟弟作禮物。

沈聽蕉很重視課內課外結合。其課外活動開風氣之先，頗受不滿足於課堂教學的有限內容的茅盾的歡迎。課外活動也多樣化，如利用鎮上條件帶學生遊昭明太子讀書處和昭明太子爲母所建東西二塔，詳細介紹其老師沈約的學問、人品，他給昭明太子所講的故事：如一小叫化子寧肯餓飯也把討來的錢買書讀；借此激勵昭明太子。此外還講昭明太子好學至孝等品性。這一切又激勵了茅盾。沈聽蕉還帶領茅盾等攀登壽聖塔，看依次所懸的匾額題字：一方雄鎮、二水遙分、三極垂光、四大皆空、五妙境界、六朝遺勝、七級浮屠。在塔頂鳥瞰烏鎮的車溪市河縱貫南北界分烏青二鎮。西岸兀立著唐代銀杏。北頭分水墩屹立河心。市河匹練般南接金牛塘，貫通大運河。茅盾登上塔頂，頓感心曠神怡，獲得超越時空的歷史感；既開拓了視野，又淨化了心靈。

茅盾崇敬沈先生；沈聽蕉也視他爲得意門生。沈聽蕉還同情茅盾之母在婆婆、小姑施加壓力讓孩子當店員情況下，竟能秉承夫志，獨力支撐兩個孩子上學。有一次算學老師因病缺課提前放學。茅盾急欲回家，一個大同學定要拉他去玩。茅盾前面跑，他在後邊追。那同學不慎滑倒跌破膝頭手腕，卻誣告是茅盾使絆子把他跌傷。母親先給那同學幾只銅板把他送走，又回過頭來教訓茅盾。祖母趁勢幫腔：「你母親巴望你出山爭氣……」姑母插嘴諷刺道：「只怕是有氣不爭！」母親又氣又惱，拿過大戒尺要打茅盾。他只好逃出家門，向當時在場的沈先生求援。沈聽蕉拉著茅盾的手來到沈宅。母親在樓上垂淚不肯下樓，沈聽蕉說：「我當時在場，親見那學生是自己滑倒，不是德鴻絆倒。您也別怪他逃，大嫂知書達禮，豈不聞孝子事親，小杖則受，大杖則走乎？」母親這才消了氣，說：「謝謝沈先生！」沈聽蕉在辛亥革命後曾任鎮議會副議長兼學務委員。「五卅」運動時他支持兒子參加遊行，1933 年幫助盧鑑泉修鎮志，次年謝世。他的形象一直留在茅盾心中。茅盾晚年在回憶錄中還生動地描述過他這位以品格風範傳世的尊敬的老師。

〔註 17〕《我走過的道路》（上），第 64～65 頁。

　　1906 年冬茅盾初小畢業。儘管長輩反對，母親還是送他升入植材高小。植材的前身是與立志小學差不多同時辦起的中西學堂，校址在烏鎮東北隅孔家花園。此校名實相副：半天讀英文，半天讀古文。改植材小學後遷到供太上老君的北宮，並新建三排洋房。課程除國文、英文外，加了算學（代數、幾何）、物理、化學、音樂、圖畫、體操等課。這幾乎相當於今天的中學課程設置；但英文水平又過之。教師徐承煥是本校畢業又赴上海進修一年的高材生。教材是相當深的英人納司非爾特編的含語法修辭學的四大冊《納氏文法》。這就使茅盾從小學起打下紮實的的英文根基；這使他終生受用！國文老師共四人。其中三位是老多烘先生王彥臣和另兩位老秀才。他們分別教《禮記》、《左傳》、《孟子》。其思想陳腐可想而知。但另一位教《易經》的國文老師張濟川，卻是本校畢業留學日本兩年後返校執教的新派。他兼教物理、化學，其化學實驗使學生大開眼界，也啓迪了年齡漸長的茅盾的心智，開拓了他的科學意識。

　　茅盾利用物理課的知識，實現其製造在《七俠五義》中讀到的俠客常打的暗器「袖箭」的計劃：他用銅絲做成彈簧，裝到小竹管中，拿筷子當「箭」，裝入竹管，手指一按放出去，卻射不遠。後又想用化學知識做偵探小說中描寫的犯人和偵探用的那種奇怪的毒藥。因爲那時他「覺得我的仇人很多」。〔註18〕兩項試驗都失敗了。但探索實驗與獨立思考，已開始成爲這位小學生的重要思維特徵，而且還帶些「初生牛犢不怕虎」的銳氣。有一次教《孟子》的周秀才把「棄甲遺兵而走」錯解成「兵」丁戰敗後丟盔卸甲而逃，「像一條人的繩被拖著走。」茅盾就站起來糾正說：「先生講錯了，朱注說兵是武器。」周秀才愛面子硬不認錯。茅盾就告到也是他父親摯友的新派校長徐晴梅那裡。徐晴梅只好打圓場說：「可能周先生說的是一種古本的解釋罷？」茅盾不服，回家問母親。母親說：「朱注『兵』是兵器沒有錯；『棄甲遺兵而去』就是，丟下盔甲兵器逃走。因此你也沒有錯。校長的用意也是好的。你以後說話要注意場合。」

　　茅盾覺得母親說的對。但他不肯收斂自己的銳氣。這個血脈中存有「泥土氣息」的十多歲的孩子，甚至還有些野性。在《冬天》一文中他回憶自己的感覺：冬天穿衣笨重固然不好；但茅草枯黃有「放野火」的機會，又覺得冬天值得感謝了。烏鎮有「燒田蠶」的習俗：每逢正月中旬農民們點著稻草

〔註18〕　《談我的研究》，《茅盾全集》第 21 卷，第 59～60 頁。

火把田塍上邊跑邊喊：「火把攢得高，三石六斗穩牢牢；火把攢得低，蠶花茂盛笑嘻嘻。」然後把火把扔到田裡，點著茅草燒死越冬的害蟲，以確保來年豐收。茅盾放寒假後常和同學一起到南柵馬家墳灘荒地模仿大人放野火。他在《冬天》中回憶道：「我們都脫了長衣。劃一根火柴，那滿地的枯草就畢剝畢剝燒起來了。狂風著地捲去，那些草就像發狂似的騰騰地叫著，夾著白煙一片紅火焰就像一個大舌頭似的會一下子把大片的枯草舐光。有時我們站在上風頭，那就跟著火頭跑；有時故意站在下風，看那烈焰像潮水樣湧過來，湧過來，於是我們大聲笑著嚷著在火焰中間跳」，有時火勢逼近浮厝的棺木或骨殖甏，「我們就來一個『包抄』，撲到火線裡一陣滾，收熄了我們放的火。這時候我們便感到了克服敵人那樣的快樂。」〔註19〕我們很難想像文弱書生茅盾，少年時代還有這樣的英勇和野性。這是他性格中常隱偶現的一個「極」。另一「極」則與他的文人氣質相接近。他家屋頂也像鄉下人那樣開一方洞，裝塊玻璃成一天窗，夏天他從那小小天窗看雨腳卜落卜落跳，瞥見帶子似的閃電，想像到這雨風雷電「怎樣猛厲地掃蕩這世界」。晚上被逼上床，天窗又給他以慰藉：他從中看見「一粒星，一朵雲，想像到無數閃閃爍爍可愛的星，無數像山似的，馬似的，巨人似的，奇幻的雲彩」；從「掠過的一條黑影想像到這也許是灰色的蝙蝠，也許是會唱的夜鶯，也許是惡霸似的貓頭鷹，──總之，美麗的神奇的夜的世界的一切，立刻會在你的想像中展開。」沒有它就想不起「宇宙的秘密」，也無法聯想到「種種事件」！茅盾說：他那時是「活潑會想的孩子」，能「從『無』中看出『有』，從『虛』中看出『實』」，這比能看到的「更真切，更闊達，更複雜，更確實」。〔註20〕這兒已經孕育著作家茅盾的想像與虛構的能力了。

二

對於未來的作家說來，想像、虛構能力與審美感受、審美表現能力是同等重要的。小學時代，尤其入植材高小階段，茅盾這種能力的培育機會與角度是多方面的。

學校設圖畫課，但教師難找。只好請鎮上畫「尊容」的畫師暫代。這位畫師六十開外，他好像不懂教學法，只讓學生臨摹《芥子園畫譜》。此畫譜雖

〔註19〕《冬天》，《茅盾全集》第 11 卷，第 208 頁。
〔註20〕《天窗》，《茅盾全集》第 11 卷，第 310～311 頁。

也有人物畫法，但比例極少，大多是山水樹木花卉。老畫師又僅限於讓學生臨摹。故茅盾這時學畫的熱情很高，所獲卻少。倒是中學時代的教師，是圖畫家而非「尊容家」。他在黑板上作示範，教學生用筆先後。茅盾就能跟他學到審美表現法。不過相比之下茅盾更喜歡音樂。他學的是沈心工編的課本。他特別喜歡那首《黃河》。直到晚年他還記得歌詞第一節：「黃河，黃河，出自崑崙山，遠從蒙古地，流入長城關，古來多少聖賢，生此河干。長城外，河套邊，黃沙白草無人煙，安得十萬兵，長驅西北邊，飲馬烏梁海，策馬烏拉山。」〔註21〕這道悲壯的歌把茅盾帶到長城外山西雁北，內蒙土默川，包頭以西烏梁素海，一直到寧夏一帶；那蒼涼的世界昇華出的悲壯旋律，到晚年還縈繞在他的心頭。這使少年茅盾從繪畫的具象藝術昇華到音樂這一抽象藝術層面。

這時他仍跟祖父練字。不過結束了臨摹柳公權《玄秘塔》與歐（陽詢）帖階段，已能寫初具氣勢的楷書了。他跟祖父學會了「飛白」。現存的小學作文空頁上就留下不少他描的空心字。兩本作文均用毛筆工工整整抄寫，那氣勢已略現其後來的娟秀書法的雛形。他也常隨祖父到沈宅斜對過那家錦興齋紙紮店，看老板嵇琴甫紮紙糊冥器，欣賞那江南庭園般的成套的冥屋，他還接受嵇琴甫的要求代寫過小對聯：「白日依山盡，黃河入海流，欲窮千里目，更上一層樓。」那娟秀的小字受到嵇老板嘖嘖稱讚！

這時他也開始學刻字。自家泰興昌紙店出售的佛圖，是黃妙祥的堂弟黃妙錦所刻。黃妙錦還在店門前擺了個刻字攤。茅盾去紙店玩，多半是看他刻佛圖和圖章。茅盾受到激發，也學刻字：他找來一根陽傘骨磨成刻字刀，找塊木頭刻起圖章來。但一刻就起絲頭，成不了字。他就求教於黃妙錦。才知道木料必須用香樟木。這把「刀」也不行。於是黃妙錦教他用石頭刻。茅盾找出父親遺下的舊石章磨平後，翻著《康熙字典》學寫篆字。如此依樣畫葫蘆，居然學會刻圖章。及至上了中學，他竟能仿刻入場券，並寫反手字，掌握了拓字技術。他還得了「篆刻家」稱號。

這時茅盾的文學修養，得益於讀小說者最多。他從後院堆破舊東西的平屋中發現一板箱舊小說。其中有印刷極壞的「繡像」小說，人物著古衣冠。他覺得不合口味。但石印極精的「平定髮逆」宣傳畫，因有兵、炮、大刀隊、鋼叉隊，使他一新耳目。但他最感興趣的是《西遊記》、《三國演義》、《水

〔註21〕《我走過的道路》（上），第68頁。

滸傳》等小說。放了學做完作業後，他就溜去看小說。病中的父親知道後並不禁止。他說：「看看閑書也可以把『文理看通』。」不過他怕兒子注意那許多插圖，就讓母親找出沒有插畫的《後西遊記》讓他讀。〔註22〕小學生們是有辦法的，他們會把從大人那兒「偷」來的小說交換閱讀。於是茅盾連《七俠五義》等武俠小說，以至情節中大量穿插談經講史、誇飾才學、極力宣揚程朱理學，融世情、傳奇、公案、神話與才子佳人小說於一爐，被稱爲一大奇書的長達 120 餘萬言的章回小說《野叟曝言》也都看過。果然如父親所說，他的文理確實通了；而且往往能打破張濟川所教，也打破自己發明的「三段論公式」，而時有出新之作。當時這些新學校常舉行聯校會考。進植材小學第二年那次會考，由盧鑑泉主持。題目是《試論富國強兵之道》。茅盾把父母平時議論國家大事的那些話，經過消化融進其四五百字的作文中。文末就用父親一再教導的「大丈夫當以天下爲己任」作結。盧表叔看了非常高興，把這句話加了密圈，總批語是：「十二歲小兒，能作此語，莫謂祖國無人也。」他知道茅盾的祖母和二姑媽常嘀嘀咕咕叫茅盾去當店員。爲助表嫂一臂之力，盧鑑泉就特地持此文送給祖父祖母看。祖母又拿給母親看，從此壓力減少了。

　　遇到假期，母親常帶茅盾到粟香舅父家住。茅盾就趁舅父抽足大煙抖擻精神和母親暢談他愛看的小說之機，和表弟蘊玉偷看舅父所藏的大量的小說。後來被舅父發現，就考問他看過哪些書。舅父聽他說連《野叟曝言》都看過，而且僅用了三天半時間時大爲驚嘆！舅父也知道姐夫「多看閑書也能看通文理」的名言，就點起一枝線香，讓表兄弟倆在線香燃盡前，各寫一篇作文。其結果當然是茅盾佔了頭籌，因此舅父總說：「蘊玉雖大德鴻兩歲，文思卻不如德鴻開暢！」舅父又喜做對聯。當時北柵失火，燒毀的房屋中有他兩間。後來他造了新屋。輿論說這將帶動市面振興。他就寫一副對聯懸在樑上。上聯是：「豈冀市將興，忙裡偷閑，免白地荒蕪而已」；下聯是：「誠知機難測，暗中摸索，看蒼天變換如何。」這對茅盾頗有啓迪，遂也學做對聯。他還從祖父給舅父所題對聯「仲舉風際，太邱德化；元龍意氣，伯玉文章」中學到對仗方法。此外，他還學到了用典的技巧。其實這時張濟川老師在講課與作文講評中，也涉及到對仗技巧。茅盾小學作文中也常見駢四儷六的文句。這爲後來做駢體文打下了基礎。

〔註22〕《我的小學時代》，《茅盾全集》第 11 卷，第 487 頁。

三

　　從家庭到學校，從立志小學到植材小學，教學內容與方法均帶新舊交雜的時代印痕。這對茅盾頗有影響。他留下的兩冊小學作文足茲說明。

　　兩冊作文有一冊茅盾在封皮上注「己酉年上學期立，自閏二月初九日起至……」。己酉年是 1909 年，閏二月初九起即該年上學期起，故這冊小學作文的寫作時間據此已可斷定。另一冊的寫作時間學界有 1908 年和 1909 年兩說。其實這一難判斷。此冊開篇作《學部定章以學期爲限》中，有「生在堂三載」句。茅盾入植材是 1907 年春，「在堂三載」則是 1909 年。據《中國近代教育大事記》載，〔註23〕「學部奏准變通初等小學堂章程」正是 1909 年 5 月 15 日的事。其頒布「咨行各省變通學制施行辦法」的時間是 7 月 2 日。奏訂八條《增修考試畢業遊學生章程》的時間是 7 月 31 日。當即引起嘩然反對。故開學初教師以此命題茅盾才作此文。可見這另一冊作文當是 1990 年秋作。

　　另外此冊作文第 4 篇題爲《悲秋》是秋季感懷之作，顯然在「閏二月初九」之後。第 8 篇《信陵君之於魏可謂拂臣論》，據手稿標題前茅盾自注，是寫於「秋季考後」。第 9 篇《論陸靜山蹈海事》的總批語，教師自注時爲「十月初七夜」。第 12 篇《秦始皇漢高祖隋文帝論》總批則爲「十月望後三□」。這都是寫於秋季的確證。

　　因此此冊作文寫於 1908 年或寫於 1909 年但在「閏二月初九日」那冊之前均不妥。其真正的寫作時間，當是 1909 年秋季，即茅盾在小學的最後的一學期。

　　兩冊作文共 37 篇。含史論 7 篇，時論 6 篇，修養論 5 篇，策論 2 篇，散文 1 篇，第 2 冊文末還有訓詁 6 則。這些文章既體現出時代的現實的嶄新的意識，又存在某些封建正統觀念的痕跡，正和其所受教育新舊交雜的時代烙印相對應。不過革新進取、否定舊傳統與批判封建意識，是其主導取向。集中表現在以下方面。

　　一是憂國憂民、抗敵拒侮的愛國主義意識與民族憂患意識。如在《宋太祖杯酒釋兵權》中，他譴責趙匡胤不從國家安定、民族危亡出發，「釋兵權」的結果使「邊隘無大將」，遂「初逼於遼，再逼於金」，貽誤當朝與後代，終

〔註23〕上海教育出版社，1981 年出版，第 194～195 頁。

致滅亡。在《富弼使契丹論》中，他謳歌富弼「使夷狄，反覆辯論，使北虜屈服」，「挽時艱，振國威」的精神，還表示了「余雖爲之執鞭，所欣慕焉」的欽佩崇拜之情。特別是在《西人有黃禍之說試論其然否》這篇時論中，茅盾傾注激情於擁有 4 億人民 22 行省土地，「物產豐美，人民智慧」的祖國，認爲此「亦天下之雄國」。他對「近日列強環伺，氣焰侵人，有鷹瞵虎視之心，染指朵頤之欲」十分憤慨；對「四千餘年之古國乃竟爲白人之戰場」的危局極其憂慮。這並存於文中的憂患意識與民族自豪感，這熾烈的赤子之情，均溢於言表；至今仍令人讀來怦然心動！

二是治國安民的法制思想。他借古鑑今，提出幾條基本原則：第一，法制必須維護民族氣節與民族利益。如《武侯治蜀王猛治秦論》中，他對兩位古人的法治政績均予肯定。但他更崇敬武侯「信賞必罰，用法峻嚴」借以安邦利民的風範；對「猛乃漢人」「反事苻堅」則加非議。第二是執法要公。在《馬援不列雲台功臣論》中，他批評漢明帝出於私心不列馬援入雲臺，背離了「功者賞，罪者罰，義不當隱」的「天下爲公」原則。第三是執法要寬嚴適度。在《崔實謂文帝以嚴致平非以寬致平論》中，茅盾提出執法要寬嚴適度。其根據是「審時勢而後建法」；還提出執法又要審時度勢，「寬猛相濟」的原則。今天看來這也是必要的。

三是顧全大局，舍利興義的歷史功利觀。如在《吳蜀論》中他總結出吳蜀處在曹操強大勢力威懾下，合則利，餒則亡；故治國安邦不可貪尺寸之利而必須顧全大局。在《信陵君之於魏可謂拂臣論》中，他認爲魏趙唇亡齒寒，「救趙，正所以救魏」。雖拂君意，屬「首惡難犯，亦必捐軀前往」。這是「英雄爲國家計」，豈能「拘拘於尊君之義」？他還從不同視角譴責專權的弄臣，如《趙高指鹿爲馬論》，非議見利忘義的小人，如《蘇季子不禮於其嫂論》。

四是銳意變革奮進的社會使命感。如在《西人有黃禍之說試論其然否》中，他既以中國「歷史文化燦於史乘，爲天下之雄主久矣」自豪；也因「制度久襲，未免流弊多端」而憂；對照西人與東方的日本，他倍感「力行新政，以圖自強」的緊迫性。因時代局限，當時其理想無非「盡力維新，創辦立憲」。故在《選舉投票放假紀念》中，他對「浙江諮議局初選投票」傾注了喜悅之情，這顯然是一種誤認。

五是爲民請命的民主意識。如在《青鎮茶室因捐罷市平議》中，對向茶

室徵警察費表示不滿，對罷市抗議表示同情。他斥責損不足以奉有餘的苛政，指出警察的「衛大商及富家」的本質；提出「此款宜大商富家出之」的主張。茅盾小小年紀，竟能從貧富對立的政治觀出發為民請命，體現出強烈的民主意識。

六是抨擊愚昧，崇尚科學的唯物主義的自然社會觀。如《翌日月蝕文武官員例行救護說》一文，講透了月蝕的科學原理，對官吏的「愚冥」及其「異端」行為之抨擊則不遺餘力。從中可看出他所受的新教育有助於其唯物論的自然社會觀的確立。

寫這些作文時茅盾僅 13 歲。這些作文的立意，既包含著他所受的教育，也表現出他獨立思考之所得。儘管如此，不論思想還是文筆，都呈早熟態勢。他能從談古論今中，總結出這麼多宏觀的理論，體現出進步的立場、透徹的史識與時識，可謂殊屬不易。但他畢竟是 13 歲的小學生，其受傳統文化的消極影響亦頗明顯，特別是基本傾向脫不開「君君、臣臣、父父、子子」的封建意識。他崇尚「能崇聖經、全五倫」的明主賢君，認為「國有長君，社稷之福」。因此他反對「無父無君之徒」與無長無幼之事。以此為準繩，他否定楊朱、墨翟，擁護孟子「楊朱為我，是無君也；墨子兼愛，是無父也；無父無君，是禽獸也」〔註24〕的主張。這些封建正統觀念與他小學作文中處處體現的民主自由意識大相徑庭。這和他當時所學新舊駁雜有關，與時代局限亦有關。當然也反映出他當時的幼稚。

作為茅盾記錄思想歷程起點的「小學文課」，還能說明茅盾當時的知識結構與視野。例如從作文中可以明顯地看出，除儒家思想他多有所知外，還旁及先秦諸子及後來傳入中國的佛學禪宗：例如他臧否楊墨，除贊成孟子的評價，還取新的角度，說墨子「利天下」而「過寬」；楊朱「為我」則「過隘」。然為天下計，又不可無楊無墨，不若以「聖人之學，固執中也」，這說明茅盾當時就主張揚長避短，兼收並蓄。如果不從宏觀視野略知諸子百家，恐怕難作此比較。對儒學，他攻讀過其源頭之作，對《尚書》、《詩經》、《易經》等均曾涉獵。值得注意的是：作文中還有訓詁六則。這說明茅盾此時即有索本求源思維特徵之萌芽。

我們還可結合作文批語，對其思維結構的下述特點作宏觀考察：一、視野開闊，知識結構宏觀性很強。兩冊文課表明，他對中國各朝的歷史及當時

〔註24〕《楊氏為我墨氏兼愛論》。

的國內外形勢有較全面系統的認識。如教師在《宋太祖杯酒釋兵權論》後批道：「好眼力，有見地，讀史有眼，立論有識，小子可造。其竭力用功，勉成大器。」在《燕太子丹使荊軻刺秦王論》後教師批道：「有精練語，有深沉語，必如此乃可講談史事。」在《吳蜀論》後教師批道：「是篇於三國時局了然明白，故揚揚數百言，自得行文之樂。」二、初步形成了「大丈夫當以天下為己任」的胸襟抱負。如前所述，他參加「童生會考」，盧鑑泉對其作文能作此結論，作了「莫謂祖國無人」的極高評價。一年後教師在《學部定章》批語中，也作出類似評價：「生於同班年最幼，而學能深造，前程遠大，未可限量！急思升學，冀著祖鞭，實屬有志。」三、較強的思辨、分析、綜合、感受與表現能力。批語有時肯定其文理，如「摹寫世情，頗能入理」（《蘇季子不禮於其嫂》批），「掃盡陳言，力闢新穎，說理論情，兩者兼到」（《有不虞之譽，有求全之毀論》批）；有時肯定其剖析思辨能力，如「馬援以椒房之戚不列雲台，前人之論多矣！作文復以公私二字互相推闡，入後又翻進一層立說，足見深入無淺語」（《馬援不列雲臺功臣論》批），「目光如炬，筆銳似劍。洋洋千言，宛若水銀瀉地，無孔不入。國文至此，亦可告無罪矣」（《秦始皇漢高祖隋文帝論》批）。兩者合一，可見後來其理性辨析、社會剖析思維特徵之胚芽。四、文理得法，筆、氣、情皆足，顯示出他後來的創作個性文章風格之端倪。如《言寡尤行寡悔釋義》批語：「文既入彀，便無難題，所謂一法通則萬法通矣！」《祖逖聞雞起舞論》批曰：「行文之勢，尤蓬蓬勃勃，真如釜上之氣。」《文不愛錢武不惜死論》批曰：「慷慨而談，旁若無人，氣勢雄偉，筆鋒銳利。正有王郎拔劍斫地之概！」《崔實謂文帝以嚴致平非以寬致平論》批曰：「氣清而肅，筆秀以達。」《選舉投票放假紀念》批曰：「以詼諧之筆作記事文，最為靈捷。」當然，這些批語並非個個中肯。教師也有其局限性或偏愛處。像《燕太子丹使荊軻刺秦王論》一文主張丹應養鋒鬥智，不該刺秦；批評荊軻無智無能術微心怯；主張樊於期應將兵鬥秦，不該以頭為荊軻作刺秦引薦。這些翻案文章脫離了特定歷史環境，論人有求全責備之弊。此文的批語就過譽了。但多數評語中肯客觀，今天看也頗確當。

這位慧眼識人的批作文的教師到底是誰？迄今無人提供第一手材料加以說明。茅盾在《我走過的道路》中說：他在植材小學師從的國文老師共四位。批語筆跡是同一個人的。從其觀念新、思路開闊、眼光銳敏看，從第二冊作文末六則訓詁《易經》占其半看，不可能出自觀念陳舊的王彥臣及另兩位老

多烘（他們教《禮記》、《左傳》、《孟子》）之手；只有留學日本、思想觀念極新且教《易經》與物理、化學的張濟川比較吻合。也只有他才會出《學堂衛生論》、《翌日月蝕文武官員例行救護論》、《西人有黃禍之說試論其然否》、《選舉投票放假紀念》、《青鎮茶室因捐罷市平議》之類論及科學與國內外時事政治這類重大作文題。因此我認為：作文批語很可能是張濟川這位「伯樂」的手筆。

<h2 style="text-align:center">四</h2>

值得特別注意的是作文中有一篇相當優美的抒情散文。題曰《悲秋》。

文章先以春景的欣欣向榮襯秋色之蕭殺凋零；聲色並重的對比突出了感傷的抒情基調。繼以「嗚呼」一聲感嘆，轉寫蕭殺秋色激起悲秋情感的一般性與特殊性（遠客他鄉者），抒情基調升了一格。接著由寫悲到寫傷，剖析其原因，是自然無情人有情、觸景生情致悲致傷。末段由悲秋引向人生悲劇情懷的宏觀感受與體驗，則更上一樓，由微觀而宏觀，並略寄人生如夢的低沉消極情緒，證實了少年茅盾「老氣橫秋」的性格側面。批語曰：此文「注意於悲，言多寄慨」，可謂一箭中的。此文特別值得注意的是，茅盾小小年紀，卻具豐富的情感體驗與較強的審美表現能力：它把聲與色、景與情、情與理結合起來，沿著由色而聲、由景而情、由情而理、由微觀而宏觀的思路，給予審美表現與哲理昇華。抒的是情，審美效果卻是理性的啟迪。抒情基調低沉亦緣於此。其筆法深得中國散文民族傳統之真諦；頗有撼人情感之力度。其機理之消沉低迴，亦與讀古文弄得他「老氣橫秋」有直接關係，留下了明顯的摹仿的痕跡。聯繫到《冬天》中所寫那個少年的野性，與《天窗》中所寫那個善於遐思的少年的稟賦，很容易整合出下述結論：茅盾這時對文學傳統有所繼承，出於超人的悟性，也能創造性地抒發性靈，在他的心田，已經深深地埋下文學的種子，不久將抽出文學的胚芽。其形象思維中頗具理性，文筆也以理馭情、理性思辨與形象思維相統一的後來的創作個性特徵，由此已可見一斑。無怪乎他的作文屢受表揚，他也在學校以作文頗負盛名。

茅盾的植材小學同學沈志堅，在抗戰勝利前夕所寫《懷茅盾》一文中，有一段引人注目的回憶：「我們因為同是寄宿生」，可以經常「切磋琢磨。久相與處，意氣復投，遂訂為昆弟之交。」其「國文成績，已為全校冠軍。教

師張之琴〔註25〕先生嘗撫其背道：『你將來是個了不得的文學家呢！好好用功吧！』他聽了這種獎勵的話益加奮勉。以異日文豪自期，便對我說：『我能著作一種偉大的小說，成一名家，於願足矣』！」〔註26〕這可能是茅盾想當文學家的抱負與志向的最早的宣言。從其根基看，這是切實可行的志願。

　　但他這志趣和曾祖父給他安排的「仕途」，祖母與姑母想讓他去當的店員，和他父親遺囑中希望他走的「理工人才」之路，都大異其趣；上述三條路之間也難以協調。何況小學畢業後是否能升學，祖母和母親就各執己見。這時的小學生茅盾尚無力主宰自己的命運；其志趣與愛好，遂時時受到家庭與學校的雙重束縛甚至壓抑；不得不自我約束。所以其作文中常提出儒家戒條來自律，以求得內心的自我平衡與主觀客觀的平衡。如他要求自己之行如君子：「必三思而後發，是以寡尤、寡悔，人皆敬之。」「敬我、尊我，則我之祿斯至矣，又何必熙熙自求之哉？此言行之所以爲立身求祿之要者也。」〔註27〕一個 13 歲的孩子，迫於環境就不得不這麼殘酷地把自己「自律」成「恂恂小丈夫」，不情願又不得不然，內心自然十分痛苦。其自我解脫的法子，也只有儒家思想中的「忍」字。他比較歷史上張良和賈誼：「良得遇圯上老人。挫磨抑制，故稍減剛銳之氣；賈誼則無人以誨之，所以自傷夭絕。」〔註28〕在這裡我們幾乎可以觸摸到少年茅盾自我折磨自我約束時那痛苦的心態。而其母教「謹言慎行」，則是最強的外力。

　　前景固然茫茫，連升學條件也得靠母親力排眾議，拿私房錢給他去創造。所以 1909 年茅盾在小學最後一年第二學期所寫的頭篇作文《學部定章》中，就表示了「急思升學」與提前畢業的願望：「生在堂三載，論其學期本未滿足，而自揣學力，尚可足數，未知能許於畢業之列？否則，則生勢難久俟，以曠費光陰。」這種情況，盧表叔是知道的，故在「童生會試」時，他先以批語鼓勵，又到其祖父母處爲茅盾說項。看來對此情形張濟川老師也是知道的，故在批語中他著力寫道：「生於同班年最幼，而學能深造，前程遠大，未

〔註25〕　沈衛威：《艱難的人生——茅盾傳》，第21頁。有「深得德鴻敬重的國文老師是張濟川（之琴）」一語，斷定張濟川與張之琴是同一個人，不知所據爲何，但照現有史料判斷，此說當是，則亦可作批語爲張濟川所寫的佐證。
〔註26〕　見楊之華編中華月報社出版的《文壇史料》，又見《中國當代文學研究資料‧茅盾專集》第 1 卷上冊，第 47 頁。
〔註27〕　《言寡尤行寡悔釋義》，《茅盾全集》第 14 卷，第 403 頁。
〔註28〕　《張良賈誼合論》，《茅盾全集》第 14 卷，第 399 頁。

可限量！急思升學，冀著祖鞭，實屬有志。」〔註 29〕這些話既是對其家長的微言暗諷與規勸；也是對茅盾的鼓勵與鞭策。

但是盧鑑泉與張濟川的批語，又何嘗不是極具伯樂眼光的堪稱偉大的預言？文壇實在應該感謝他們！

茅盾的小學時代，正處在新舊交替的歷史漸變時期，儘管他腳上穿的是與中學時代同樣的「緊鞋子」；然而時代潮流不可抗拒，任何力量也無法阻擋他走歷史必由之路。而其小學作文中表現出的自幼即具備的政治見地與政治熱情，則成為他選擇人生道路的主導取向與內驅力。

第三節　「辛亥」幻夢的破滅和生活道路的抉擇

1910 年春，茅盾考入設在湖州市的浙江省立第三中學，插入初中二年級。這是他首次離家遠行，從此逐漸脫離了封建主義與資產階級改良主義並存的家庭影響，置身資產階級民主主義革命的歷史轉折環境中。

一

湖州中學是在原愛山書院舊址擴建的。教室是新式建築，宿舍是老式樓房。茅盾住進十餘人一室的學生宿舍，開始過集體生活。

湖州中學課程設置完備，師資力量較強。茅盾印象最深的是三門課。一門是地理，教師講課常結合名山大川名人古蹟，把枯燥的地理課講活了；這就開拓了茅盾超時空的宏觀性歷史性思維。體育課印象深，是因為茅盾上課很狼狽：「走天橋」往下一看就兩腿發軟，只好騎在上邊慢慢爬。「翻鐵杠」他夠不著，老師把他抱上去，他手勁不足，又掉下來！踢足球他踢不遠，只好「靠邊站」著看。「遠足」時他常常掉隊。軍訓時他比槍還矮，真地成了「曳兵而走」了！只有國文課他是名實相副的強手。

國文教師楊笏齋，是茅盾「父執」之輩的「孝廉公」，〔註30〕是一位講究規範的「崇古派」：他堅持「書不讀秦漢以下，駢文是文章之正宗；詩要學建安七子；寫信擬六朝人的小札；舉止要風流瀟洒；氣度要清華疏曠」。〔註31〕

〔註29〕《茅盾全集》第 14 卷，第 401～402 頁。按：茅盾的小學作文均按當時習慣一圈到底，以上引文標點係筆者所加；引文的著重號亦筆者所加。
〔註30〕《我曾經穿過怎樣的緊鞋子》，《茅盾全集》第 11 卷，第 262 頁。
〔註31〕《我的中學時代及其後》，《茅盾全集》第 11 卷，第 84 頁。

教的是初二學生，他不僅講古詩 19 首、左思咏史詩和白居易的《有木》八章，而且還講相當艱深的《莊子》。他認爲這是最好的古文：「莊子的文章如龍在雲中，有時見首，有時忽現全身，夭矯變化，不可猜度。」他也介紹《老子》、《荀子》、《韓非子》，但認爲「《墨子》簡直不知所云」！這是茅盾「第一次聽說先秦有那樣多的『子』」，此前他「只知有《孟子》」。〔註 32〕楊笏齋的作文教學，也要求學生按上述「規範」「立定格局」。他批評茅盾的作文「有點小說調子，應該力戒」！他評論茅盾父親允許看小說時表示：「這個主張，我就不以爲然。看看小說，原也使得，小說中也有好文章，不過總得等到你的文章立定了格局，就沒有流弊了。」因此他讓茅盾「多讀讀《莊子》和韓文」。茅盾對此頗反感。他想起小學時老畫師讓臨摹《芥子園畫譜》，也爲的「立格局」。他認爲這是一雙「緊鞋子」，把人限死了。他想：假使有人指定了某小說「一定要讀到我『立定了格局』，我想我對於小說也要厭惡了罷？」〔註 33〕茅盾說：他的中學時代是「灰色的」，被「煨成恂恂小丈夫的氣度」，就包括受這種種限制，難以自由成長的意思在內。

在課外，那受束縛的個性倒能盡情放縱與發揮。他「可以整天跑，嚷，打架，到晚上睡在硬板鋪上絲毫不感困難地便打起鼾來」。他「可以坐在天橋上和同學們毫無顧忌地談自己的野心，幼稚地然而赤誠地月旦人物」。「如果有誰不覺得整個世界是他的，那他就一定不是好中學生」。這讓人感到，那個「放野火」的「野孩子」性格側面這時又復歸了！

不過茅盾踏進湖州中學時，社會環境發生了重大變化：中國革命已呈「山雨欲來風滿樓」之勢。孫中山發起成立的中國同盟會，已經活動了四年；其「驅除韃虜，恢復中華，創立民國，平均地權」的綱領，已逐步深入人心。在浙江，秋瑾、徐錫麟烈士的鮮血，兩年來擦亮了人們的眼睛。據當時報載：這期間浙江發生的群眾暴動就有新城縣鄉民縱火攻城、仙台縣鄉民暴動、武康縣鄉民折毀縣署毆傷知縣、德清縣新市鎮群眾搗毀警察局、遂昌縣群眾搗毀監獄等多起。就在茅盾入中學的頭年與當年，桐鄉縣及鄰近的烏程、歸安、德清等四縣的鄉民抗漕鬥爭，發展得如火如荼。同年 2 月 12 日，廣州爆發了新軍起義。4 月 7 日長沙飢民在搶米風潮中焚毀了撫臺衙門、稅關與教堂。這一切與小學文課《青鎮茶室因捐罷市平議》中茅盾所支持的自發反抗，不可

〔註 32〕《我走過的道路》（上），第 70～71 頁。
〔註 33〕《我曾經穿過怎樣的緊鞋子》，《茅盾全集》第 11 卷，第 262～263 頁。

同日而語；因此更能激動他這個少年的心。湖州中學教學改革引發的新舊衝突，也把他捲入其中。第一次使他不得不作出帶政治取向性的抉擇。

湖州中學校長沈琴譜是同盟會的秘密會員，在當地頗有名氣。他利用校長職權，胸有成竹地做革命準備。他以加強體育課爲名開展軍訓。「槍操」全用眞槍實彈的「洋九響」。後來辛亥革命爆發，沈琴譜率領的學生軍，就用這種槍光復了湖州、嘉興兩座城。

爲革新教育，他聘請曾在日、俄、法、意、荷蘭等國任外交官，學貫中西，通曉世界大事的湖州名人，老前輩錢念劬先生來代理他的校長職務一個月，以全面推行教育改革。這引起部分舊派教師和不稱職的教師的罷教抗議；其中也包括茅盾所崇敬的楊笏齋先生。但是有沈琴譜作後盾，錢念劬有恃無恐。他一一安排觀念新，水平高的人取代罷教者來上課。錢念劬還親自教授、批改茅盾那個班的作文。他徹底否定了命題作史論、策論的陳舊方式；開學生自己命題作文以抒心志之先河。茅盾就發揮其攻讀過《莊子》，且素有「以天下爲己任」的宏大抱負之所長，寫了約五六百字題爲《志在鴻鵠》的文章。它借用了莊子寓言的情節：鴻鵠奮飛高空，嘲笑從地上仰視的獵人。茅盾說：「我名德鴻，也可說是借鴻鵠自訴抱負。」〔註34〕它託物明志，不同於《悲秋》之借景抒情。它是駢體寓言；《悲秋》卻是抒情散文。從茅盾少年時代留下的少量文學創作中，已可見不肯被既定模式套住的創新探索的個性。錢念劬很欣賞此文，多處加點或密圈；總批爲：「是將來能爲文者。」這和張濟川不謀而合，也是後來被證實的預言。茅盾和同學們還應錢先生之邀到他的寓所陸家花園做客。翻閱了他家珍藏的許多歐洲國家的風景畫冊。這使他大開了眼界；也從這新式師生關係中，呼吸到平等、民主的新鮮空氣。

在楊笏齋參與罷教期間，代國文課的教師是錢念劬的弟弟錢夏。錢夏就是後來的「五四」先驅之一的大名鼎鼎的錢玄同。當時他在國文教學中，進行張揚民族正氣抗敵禦侮的愛國主義教育。他選史可法的《答清攝政王書》等文爲教材。其中對茅盾最有啓發的，是《太平天國檄文》中「桓公報九世之仇，況仇深於九世；胡虜無百年之遠，矧運過於百年」的警句；黃遵憲的《台灣行》中「城頭逢逢雷大鼓」的詩句；及梁啓超的《橫渡太平洋長歌》等；都體現了「掃除虜穢，再造河山的宗旨」。他的教學對楊笏齋後來的教學

〔註34〕《我走過的道路》（上），第 77 頁。

也影響很大。

在錢夏的教學改革啓發下，楊笏齋復課後也全面革新了教學。他打破了「書不讀秦漢以下」的規範，選講了同具愛國主義精神的文天祥的《正氣歌》；還著重選講了明末復社領袖張溥編選的《漢魏六朝百三家集》，及其以「興復古學，務爲有用」原則爲指導所寫的每集的「題辭」；使茅盾了解了屈原、宋玉、建安七子、陸機弟兄、嵇康、阮籍、傅玄、鮑照、江淹、丘遲、庾信、左思等大詩人大作家及其作品。從 1910 年起每逢寒假茅盾還集中讀《昭明文選》。楊笏齋幫茅盾建立起相當宏觀的文學史視野和知識結構；爲他後來成爲專家學者與大作家，奠定了堅實的基礎。

楊笏齋還教他做駢體文。受其「文章以駢體爲正宗」的影響，茅盾寫了一篇題爲《說夢》的駢體文。此文早已失傳，茅盾在《我走過的道路》中曾記述其大意。由此可知：其特點之一，是所寫人物多達六七個：外祖母、阿秀、弟弟、母親、廚娘、寶姨。特點之二是涉及的典籍極多：有老子的《道德經》、列子的《力命篇》、左思的詠史詩、白居易的《有木》詩……茅盾晚年尚記得此文寫夢醒後之情景的四句結尾：「檐頭鵲噪，遠來晨鐘。同屋學友，鼾聲方濃。」全文僅五百餘字，竟有如此豐厚的內涵。對初二的學生說來，實在難得！楊笏齋的批語大意是：「構思新穎，文字不俗。」從茅盾的回憶情節甚細，涉面極廣推測：此文未必是記實，多半是虛構。若此推測不錯，則它充分展示出青少年時代的茅盾，已具相當強的藝術想像力與文學創作能力。其文章又顯示出茅盾後來創作那高密度、大容量、重情節，亦重人物的審美表現特徵的苗頭。

在湖州中學，茅盾曾隨學校安排，赴南京參觀了「南洋勸業會」，了解到清廷吸引愛國華僑回國興辦工業及江南土特產品等許多新鮮知識。他們班是楊笏齋帶領的，茅盾得到一次接觸楊先生的機會。當中有半天的自由活動時間，茅盾遊了雨花台，給母親買了幾塊雨花石作紀念品。自己則買了一部《世說新語》，回程時他讀了一路；才知道歷史上還有這麼多雋永的小故事。

湖州中學的英語課，進一步給茅盾打下英語基礎。所用教材是《泰西三十佚事》。只是教師發音不準確；爲此受到錢念劬的批評。那次罷教，就是這位愛面子的英語老師發動的。但他別的方面的教學還是好的。

茅盾在湖州中學沒有讀完，就在 1911 年秋季轉到嘉興省立二中插班三年級。

二

嘉興省立二中的校址在今中共嘉興市委大院。舊建築已蕩然無存。由於該校程度比湖州中學高，茅盾感到吃力；特別是其弱項數學課。好在該校校風特別平等、民主。數學教師計仰先又是革命黨。他安慰茅盾不要著急，並安排同學中的「數學大家」幫茅盾補他因跳班缺學的幾何課。

該校教師水平極高，而且大都是革命黨。如四位國文教師中朱希祖、馬裕藻、朱逢仙就都是。另一位朱仲璋不是革命黨，他是與盧鑑泉同年的舉人。教師都剪了辮子；但其革命黨身份大都「真人不露相」。像後來和茅盾一起發起文學研究會的朱希祖，所教的課程竟是極冷僻的《周官考工記》和《阮元車制考》。教幾何、代數、物理、化學的老師就更不露革命黨鋒芒了。只有被稱腦後有「反骨」的體操教員，常借這「反骨」暗示一點信息。他在參加學生中秋節茶話會的晚上喝多了酒，拍拍腦後「反骨」暗示道：「快了！快了！」

這話並不假，因為在湖州，革命只是隱蔽地進行；在嘉興，卻相當公開。後來壯烈犧牲的革命元老陶煥卿，當時尚健在的范古農，都出在嘉興。當時范古農家又是革命黨秘密集會之所。校長方青箱還主持成立了嘉興光復會。他公開提倡並帶頭剪去髮辮。只在以校長身分見官時，才裝上假辮子。他還組織了學生軍，實行軍訓，為起義作各方面的準備。

茅盾入學不久，革命浪潮就滾滾而至。

1911 年 10 月 10 日的武昌首義，宣告了辛亥革命爆發。革命大潮立即席捲浙江。武昌首義的消息很快傳來，茅盾說：這「把我們興奮得不得了，我們無條件的擁護革命，毫無猶豫地相信革命一定會馬上成功」。「因為我們目擊身受滿清政府政治的腐敗，民眾生活的痛苦，使我們深信這樣貪污腐化專橫的政府，一定不能抵抗順應民眾要求的革命軍」。「全校同學以自修室為單位，選派了同學，每天兩三次告假出校，到東門火車站從上海來的旅客手裡買當天的上海報，帶回學校貼在牆上。……好像這也就是從事革命了」。〔註35〕茅盾也去火車站買過報。這時學校因為領不到經費，不得不提前放假。茅盾帶著興奮的情緒回到烏鎮，到家說的第一句話就是：「杭州光復了！」

這時烏鎮駐防的旗人同知，已經悄悄溜走。遺下的槍枝，武裝了商會防

〔註35〕《回憶是辛酸的罷，然而只有激起我們的奮發之心！》，《茅盾全集》第 12 卷，第 160 頁。

土匪的商團。這前後，像茅盾這樣的年輕人，就成了有特殊行動的「特殊階級」。他們「結伴到廟裡去同和尚道士辯難，坐在菩薩面前的供桌上，或者用粉筆在菩薩臉上抹幾下」。「當時的青年『洋』學生好像不自覺地在幹著反宗教運動；他們並沒有什麼組織，什麼計劃，他們的行動也很幼稚可笑，然而他們的『朝氣』叫人永遠不能忘卻！」〔註36〕因為這是一股棄舊圖新的歷史潮流，它體現著時代的需要和人們的選擇。

不久學校又通知開學。茅盾到校後，發現有很多變動：計先生參加敢死隊投入光復上海與杭州的戰鬥的壯舉已在學校傳開，這時他和另外幾位老革命黨，包括三位國文老師，都另有高就。校長方青箱也擔任了嘉興軍政分司的民政長。接替他來校任學監的是陳鳳章。

陳鳳章下車伊始，就「整頓學風」，採取了一些措施，如自習時間禁止談天等。這時，茅盾他們「覺得『革命雖已成功』而我們卻失去了以前曾經有過的自由。我們當然不服，就和學監搗亂」，遂被學監記過。茅盾和同被記過的許多同學「找學監質問」；「還打碎了布告牌」。茅盾的「革命行動」方式，尤具文學家風度和喜劇色彩：他抄寫了《莊子‧秋水》中「鵷得腐鼠」的寓言；其中有莊子諷刺惠子的話：「南方有鳥，其名鵷鶵，子知之乎？夫鵷鶵發於南海，而飛於北海；非梧桐不止，非練實不食，非醴泉不飲。於是鴟得腐鼠，鵷鶵過之，仰而視之曰：『嚇！』今子欲以子之梁國嚇我耶？」茅盾把這段影射學監的話抄下來，連同一隻死老鼠，裝在信封裡，當作考卷，送給了學監。學監老羞成怒，就把他們開除了。後來這位學監引起公憤，只好滾蛋。計仰先先生放棄了升官機會，回校擔任校長達13年之久，使學校頗有起色，但這時茅盾早已離校了。

就這樣，茅盾以熱切的支持態度迎來辛亥革命；得到的只是割去一條恥辱的辮子，和記過與開除各一次的處分。灰色的中學生活並沒有多大改變，倒平添了幾分頹喪與幻滅！不過茅盾的激動與嚮往並未白費。他的思想深處，畢竟經歷了靈魂的昇華。

因此，儘管後來茅盾發現，這場革命是不徹底的，革命黨當中有真的也有假的。但他仍然「永遠相信」「這一個真理」：「貪污腐化專橫的政府一定不能抵抗順應民眾要求的革命軍。」於是他得到了非常真切的感受：「回憶是辛酸的罷，然而只有激起我們的奮發之心。」

〔註36〕《談迷信之類》，《茅盾全集》第11卷，第190～191頁。

　　1912 年春，當茅盾考入杭州私立安定中學讀中學的最後一年時，一切革命氣氛大都消散；傳統文化桎梏學生思想之風，又刮起來了。安定中學校長是個姓胡的大商人。辦學目的是要洗刷被人看不起的銅臭氣。他想和杭州中學（即省立一中）一比高低，故不惜重金聘用水平高的教師。這些教師大都是滿腹經綸的學者；有的還學貫中西。

　　茅盾的國文教師張相，字獻之，以駢文詩詞兼好被譽爲「錢塘才子」。他雖是秀才，但新學舊學兼通。他還精通日語，爲了探求東西方列強富強之路，曾譯《十九世紀外交史》等書。1902 年起他應聘安定中學。除茅盾外，弟子中還有徐志摩等著名人物。他常教學生作詩填詞作對。他來出上聯，讓學生對下聯；然後當堂講評修改。茅盾從張獻之授課中，進一步學習了詩詞駢文知識與技巧。後來他工舊體詩詞，會以駢體譯文章，就是此時打下的根基。他從張先生講課中第一次學通了昆明大觀樓那長達 180 字的著名長聯；也學著湊這類長對子。張獻之還就地取材，評講西湖上諸多樓台館閣所懸的無數對聯，比較其長短優劣。這更使茅盾熟諳了其藝術章法。

　　另一位國文教師姓楊，他竟在中學講中國文學發展變遷史：他從詩經、楚辭、漢賦、六朝駢文、唐詩、宋詞、元雜劇、明前後七子的復古運動，明傳奇（崑曲），一直講到桐城派以及晚清的江西詩派之盛行。這使茅盾始而驚異，終於很感興趣。這就把此前茅盾所學的古代文學知識，通通串起來了；初步幫助他形成了研究中國文學史所具備的窮本溯源特徵；這也把茅盾的文學史知識系統化，形成理性很強的文學史觀念；這是從感性到理性的總體性的建構與昇華，使茅盾終生受用不盡。

三

　　1913 年夏，茅盾中學畢業了。他面臨著升學還是就業，若升學學什麼專業這兩大人生道路抉擇。前者靠盧表叔和母親的助力，突破了長輩讓他就業的阻撓。母親估算：外祖母給的一千兩壓箱銀子除父親生前用掉一些外，這時本息總計約七千元；夠他和弟弟三年學費之需。既然經濟上不靠大家庭供給，祖母等也就無話可說了。但靠三年的經濟後盾，只能上專科。到底考什麼學校？當時盧表叔在北京任北洋政府財政部公債司長；茅盾就決定依託他入北京大學預科。那麼選學什麼專業？父親的遺囑是學理工。但這遺囑和其「大丈夫當以天下爲己任」的人生哲學是有矛盾的。從小學到中學，從

維新變法的失敗到辛亥革命實際上的失敗，都說明中國問題的解決，實質上是政治制度的革命。這並非學理工，走「工業救國」之路所能濟事的。而且茅盾覺得，自己的性情遠數理而近文科。從小學到中學，他的文學稟賦、文學素質與文學知識、能力，已經相當可觀了；何況他小學時曾有過當作家的宿願。

巴烏斯托夫斯基說得好：「對生活，對我們周圍一切的詩意的理解，是童年時代給我們最偉大饋贈。如果一個人在悠長而嚴肅的歲月中，沒有失去這個饋贈，那他就是詩人或者是作家。」〔註37〕茅盾恰恰是把這饋贈珍藏畢生的人。這表現在以下層面。

一是極強的觀察感受能力。黑格爾對這種能力的理解，「首先是掌握現實及其形象的資稟和敏感」，它「通過常在注意的聽覺和視聽，把現實世界多彩的圖形印入心靈裡。」〔註38〕在本書提到的《冬天》、《天窗》和《悲秋》中，都有這種稟賦、能力的鮮活的表現。《冬天》所記茅盾在十一二歲時的觀察與感受，是兩種對立的心態：笨重的多衣對兒童行動的束縛；與冬郊提供了放野火機會，使天性和野性得以放縱。十一二歲的茅盾，就能從行動的自由與不自由雙重角度，把自然界的變異與人的行為方式作對立統一的觀察與感受，並達到具體性鮮明性與完整性兼而有之的境界。有了這個基礎，後來茅盾才可能寫出詩意盎然，情趣橫生的美文《冬天》。

二是極強的直覺體驗能力。這種能力的主要特徵是強烈的主觀情緒體驗往往脫離理性邏輯思維。「靈感」就是其重要的表現。它並非先驗的或超現實的；而是長期客觀感受的一種突發；但又不曾昇華到理性感知程度。所以常有突發性、模糊性等直覺體驗特徵。在《我走過的道路》（上）頭三章中，茅盾記錄了大量童少年時代所留下的人、物、事、情緒等等的情感記憶與體驗方面的原始材料。在《我不明白》這篇散文中，還有一段非常形象而富於感情的記錄，這是寫他在杭州安定中學臨考複習時的一段經歷：「我記得我那寢室的南窗口擺著一盆草蘭。……旺開著十幾朵花。暖風輕輕地吹來，我躺在床上也嗅著那花香；我便醉迷迷地只想睡覺。俄而隔壁房裡的同學把教科書拍一下，忽然輕聲兒唱起我們那時候風行的一支歌來。」「這歌詞記不真了，大概是『描寫』金絲邊眼鏡的女學生怎樣在星期日逛西湖罷了；我們向來都

〔註37〕《金薔薇》，第 22 頁。
〔註38〕《美學》第 1 卷，商務印書館，1981 年版，第 357 頁。

會唱的。那時有人開頭一唱，大家都把教科書拍一下，哈哈大笑起來。」「到現在，相隔二十年了，我還聽到那笑聲歷歷如在耳邊。」「到現在，我還直感到那時候佔據著我的心頭像一團冷粽子似的有點高興又有點悲哀的異感，好像我又回到了二十年前的我了！」這的確是「異感」，因爲那情景通常是激發不出「悲哀」的；更不會「像一團冷粽子似的」。這非具極強的直覺體驗能力是把捉不住的。但這又是非理性的，它從未達到認知的理性階段：「這異樣的心情，究竟是什麼一種性質，我到現在還沒明白；可是那經久不褪的強味，在我生涯中算是僅見。」特別奇怪的事還在下邊：「並且到現在，每逢我靜坐南窗，軟風輕輕地吹著，油然而喚起了我這生活上最小的感情的泡沫時，我就同時覺得『創作慾』，在我心靈深處強烈地發動起來。這又是爲什麼呢？我還是不明白。」〔註 39〕其實這「異感」及其強度並不是弄不明白和不可解釋的。實際上這是對那直感的深切的體驗所構成的情感的昇華。昇華了的情感遇到觸媒就產生衝動；「創作慾」就來了。我們從他 20 年代末的許多小說和散文中，都可以發現對這種「異感」的變形描寫。像《霧》、像《賣豆腐的哨子》，像《蝕》中靜女士的種種傷感寂寞情愫的湧動，都以其「莫可名狀」的心態，與「我不明白」的這種「異感」，多少有些血緣關係。

三是較強的情感記憶能力。記憶包括機械記憶、理解記憶與情感記憶三種。從人們記憶能力的形成與發展史看，情感記憶最先萌發，但其情態卻最複雜。茅盾自幼博聞強記，晚年寫長篇回憶錄時，仍以其鮮活的記憶力震驚了文壇。在他的散文創作中，能說明此問題的材料，更比比皆是。前邊提到了《冥屋》、《香市》、《我不明白》等記事方面的情感記憶材料與表現；其實還有《瘋子》、《再談瘋子》、《阿四的故事》等描寫其童少年時代所接觸的真實人物的情感記憶：這些文章所述的人物的形體、性格特徵、行爲方式、情感經歷及活動在其中的環境氛圍等等，都在茅盾頭腦中保持了幾十年；並活脫脫地在相當滯後的作品中重現出來；依然能保持其當時的生命活力。因此，這情感記憶，實際上是建築在茅盾童少年時代的細密觀察與情感體驗基礎上的。

四是極強的想像力與審美加工提煉的能力。前邊提到的那篇《天窗》中關於兒時心靈體驗與心遊萬仞的幻想馳騁的追憶性描寫即是一例。這裡還可以再看看《談月亮》中寫他受老頭子和祖父之騙後所激起的複雜情感，與遷

〔註39〕《我不明白》，《茅盾全集》第 11 卷，第 171～172 頁。

怒於月亮的心理。在這心理扭曲中，可看出茅盾童少年時代所具備的聯想、想像、審美、提煉加工的能力與情態：「月亮在那時就跟我有了仇。」我「覺得月亮是一個大騙子」，「月亮是溫情主義的假光明！」「這一鉤的冷光正好像是一把磨的鋒快的殺人的鋼刀。」「我只覺得那月亮的冷森森的白光，反而把凹凸不平的地面幻化爲一片模糊虛僞的光滑，引人去上當；我只覺得那月亮的好像溫情似的淡光，反而把黑暗潛藏著的一切醜相幻化爲神秘的美，叫人忘記了提防。」〔註40〕童年時代對月亮的這種思維定勢，使茅盾有可能在寫《談月亮》一文中「把月亮的『哲理』發揮得淋漓盡致」。這一切都與傳統的「月亮文化」產生了相悖的情感取向。這是因爲童年時特殊的情感體驗，改變了客體固有的涵義；借助想像把這主觀情感體驗加進去，才導致客體的變形。這恰恰是他具備了在審美領域中佔重要地位的想像變形能力的具體表現。上文提到的音樂課唱《黃河》這首歌時的感受亦屬此類。

以上四點，和我談小學作文時一再強調的茅盾所具有的理性分析能力加在一起，就是作家應具備的基本素質。若再通過形象思維過程加以審美整合，就能產生出文學或藝術創作。事實上茅盾青少年時代留下的《悲秋》，和雖未留下作品，但他記得大致內容的《志在鴻鵠》，以及那篇《說夢》，就是這種種能力審美整合的結果。當然，他當時還比較幼稚，尚未臻自覺意識與自覺把握以至駕輕就熟，運用裕如的境界。然而，麻雀雖小，五臟俱全；初步具備了文學創作必不可少的這五臟六腑，離麻雀的生成和展翅奮飛階段，也就爲期不遠了。

千里之行，始於足下，青少年時代茅盾形成的生活體驗、文化積澱、文學啓蒙與審美能力的雛型，就是他後來成爲偉大作家的始基。有了這紮實的基礎，加上他當時「大丈夫當以天下爲己任」的政治參與意識，背離父親學理工的遺囑改學文科，就存在客觀必然性了。所以，當他赴上海應考北京大學預科時，他才能平生第一次從個人的自由意志出發，作出重大抉擇：不考將來進理工科的第二類，卻考取了將來進文、法、商三科的第一類。考慮到他自幼蒙受的文化薰陶與主觀興趣之所好，以及在中學時代所受資產階級民主主義的個性解放的影響，這種違背父命，選擇自己情願走的路的行爲，其實又是勢所必然的。這個抉擇，與魯迅棄醫從文同樣，對中國現代革命史與中國現當代文學史說來，是意義重大的。以此爲契機，我們才獲得了一

〔註40〕《談月亮》，《茅盾全集》第 11 卷，第 291～292 頁。

位偉大的作家。

四

當時考北大，最近的考場在上海。1913 年 7 月下旬，茅盾來到上海，住在一位堂祖父所開的山貨行。頭天上午考國文，但不是考茅盾最擅長的作文，而是回答中國文學、學術源流與發展等問題。次日上午考英語：造句、塡空、改錯、漢譯英、英譯漢，最後還有簡單的口語。對茅盾的雄厚根基說：應付這種考試，是輕而易舉的。考完之後，堂叔祖讓伙計陪他看了市容，遊了邑廟。然後回家等結果。約一個月後，《申報》登出錄取名單，不過把沈德鴻錯登成沈德「鳴」。然而不久學校寄來錄取通知書。從此茅盾就成了馳名中外的北京大學的學生了。這年茅盾恰好十八虛歲，開始進入青年期。

1913 年 8 月，茅盾再次到上海。這次住在四叔祖沈吉甫家中。由他提供幫助，和其朋友的兒子謝硯谷（他也考入北大預科第一類）搭伴，乘船經天津，轉乘火車，赴北京大學報到。在上海，他跑遍書店，購到一部石刻的《漢魏六朝百三家集》。他非常高興。因爲在湖州中學，楊笏齋先生教他的是「題辭」，這次卻喜獲全本。在赴津的船上，他讀得愛不釋手。同伴謝硯谷卻常常朗誦明末吳梅村、晚清樊樊山的詩。茅盾後來雖也兼及秦漢以下，但知識結構畢竟爲「書不讀秦漢以下」所囿。這次兩人途中交流，得到了互補的機會。

在北京大學預科，茅盾踏進一個思想與生活方式均具嶄新內容的高層社會。茅盾回憶說：「那時，北京大學預科的學生宿舍，一部分在譯學館，這是兩層樓的洋房，是前清末年的遺物。另一部分預科學生的宿舍在沙灘。」〔註41〕茅盾住在譯學館。離課堂不遠。譯學館前身是 1902 年併入京師大學堂的外務部的同文館。位於北河沿。大體在今景山前街、北池子大街北口和五四大街三岔路口一帶。當年的建築，現已蕩然無存，地基則全建了新房。

北大三年，對他的人生道路說來，是至關重要的。但茅盾記錄這段生活的文字，較之中小學時代要少得多。這是非常遺憾的。因爲正是這三年的大學生活，使他對資產階舊民主主義的局限性，和中國封建勢力根深蒂固所決定的中國革命的艱巨性，有了更深切的認識。茅盾寄予很大希望的辛亥革命，雖然推翻了帝制，但並沒傷其根基，反而把奪取到手的政權，拱手讓給

〔註41〕《北京話舊》，《茅盾全集》第 13 卷，第 423 頁。

封建勢力新的代表：袁世凱。這激起茅盾極大的憤慨。直到茅盾臨終前一
年，即辛亥革命 69 周年前後，寫《北京話舊》一文時，他還飽含憤怒之情，
用下面這一大組排比句來揭露袁世凱：「我在北京三年，看見了當時的賣國政
府的頭子，所謂中華民國的大總統袁世凱承認中國人民堅決反對的日本帝國
主義所提出的二十一條。這二十一條實質上是要把中國變為日本帝國主義
的殖民地。也看見了袁世凱的親信楊度等人組織籌安會，為袁世凱作準備。
也看見了袁世凱公然稱帝，並且下令改元為洪憲。也看見了蔡鍔在雲南起
義，聲討袁世凱，雲南、貴州、廣西等省紛紛宣布獨立，袁世凱被迫取消帝
制，但各省繼續聲討袁賊。1916 年 6 月 6 日袁世凱因討袁聲勢愈大，憂憤病
死。」這段親歷與目睹，使茅盾看透了袁世凱的反動本質，看透了他要的「將
要與之，必先取之」的花招：先揚言對日本不惜背水一戰，以激起怕打仗的
遺老遺少富商大賈的恐懼和喧囂，再裝作「順平民意，委曲求全」的樣子，
簽訂賣國的二十一條。這使得茅盾逐漸擺脫了小學時代見了咨議局選舉就為
之激動，逢到辛亥革命則恨不能全身投入的幼稚階段，他開始了深沉的思
考。然而失望與希望同在，在反動勢力壓制下，他看到革命勢力仍時時崛
起。這為他後來的政治抉擇，鋪墊了初基。人生與歷史同樣，總是在曲折中
前進。

在北大的三年，茅盾呼吸到民主、自由、追求真理的空氣；開始了個性
解放的追求。他在學校教學結構的開闊視野中，不斷拓展自己，逐步構建了
學貫中西的知識結構。當時蔡元培還未出任北大校長。當時校長由理科院長
胡仁源代理。歷史課教授陳漢章在思想意識上和他的對立，給茅盾印象就極
深。陳漢章是晚清經學大師俞曲園的弟子，他也是章太炎的同學。他自編講
義，「從先秦諸子講起，把外國的聲、光、化、電之學，考證為我先秦諸子書
中早已有之」的。茅盾對此頗不以為然，曾諷刺他「發思古之幽情，揚大漢
之天聲」。陳漢章聽到後，約茅盾到他家，作了嚴肅的自白。大意是：「他這
樣做，意在打破現今普遍全國的崇拜西洋妄自菲薄的頹風。他說代理校長胡
仁源即是這樣的人物。」〔註42〕茅盾對其違背歷史的治學態度雖不首肯，但
陳漢章這種把自己所堅持的民族立場，熱愛祖國的自尊心、自豪感和自主意
識，滲透到教學中，並敢與校長相對抗的執著態度，極大地感動和影響了茅
盾，以致晚年的回憶與描寫，都神情畢肖。

〔註42〕《我走過的道路》（上），第 94 頁。

名教授言傳身教的力量，是無法估量的。國文教授沈尹默對茅盾說來更
是如此。沈尹默和茅盾是浙江同鄉。沈尹默是湖州人，是著名的革命民主主
義者和「五四」新詩的先驅。他後來和陳獨秀、錢玄同等一起，創辦影響了
整整一代人的《新青年》雜誌。他對茅盾的影響，一是準確把握先秦諸子的
精要。「他說先秦諸子各家學說的概況，及其相互攻訐之大要」，「讀了莊子《天
下》篇，荀子《非十二子》篇和韓非子的《顯學》等」三篇就夠了。他教茅
盾辨析真偽，如說《列子》中有「晉人的偽作，但《楊朱》篇卻保存了早已
失傳的『楊朱為我』的學說」。二是系統地引導他讀古代文論：「魏文帝《典
論論文》，陸機《文賦》，劉勰（彥和）《文心雕龍》，乃至近人章實齋的《文
史通義》；也教我們看看劉知幾的《史通》。」三是介紹了茅盾還不熟悉的江
西詩派黃山谷的詩。沈尹默還把自己的詩抄給茅盾他們看。四是引導茅盾懂
得一點佛家思想。沈尹默說：「不妨看看《弘明集》和《廣弘明集》，然後看
《大乘起信論》」〔註43〕這就使茅盾對中國文學發展史淵源的了解更加深化、
更加系統化、立體化了。

在北大，茅盾還進一步接受了西歐民主主義文學的洗禮。北大的教授很
多是外籍人。他跟他們學了司各特的《艾凡赫》、狄福的《魯賓遜飄流記》，
以及莎士比亞的《麥克白》、《威尼斯商人》和《漢姆雷特》等。他們不僅用
英文講課，還讓學生學著寫英文的論文。這對早已把握英語的茅盾，無疑如
虎添翼。此外他還選修了法文，用當時著名的《邁爾通史》為教材，學習了
世界通史。

在北大最關鍵的一件事，是在表叔盧鑑泉的幫助下，實現了生活道路的
選擇。在現實生活中，很多必然性都是通過偶然性得以實現的。茅盾生活道
路的選擇就是這樣。由於盧表叔任職北京，他就到北京升學。盧表叔任財政
部公債司司長，一方面給他提供了觀察盧表叔主持的國內公債抽簽還本大會
的機會，這和《子夜》及其藝術結構的三大主線之一的「公債市場鬥法」，是
有聯繫的；但更主要的，也是因盧表叔主持公債司，商務印書館北京分館的
經理孫伯恆要攬承印債券的生意而巴結盧鑑泉；遂提供了盧鑑泉託孫伯恆把
茅盾引薦給上海商務印書館就業的機會。這一切都是非常偶然的。但是茅盾
自幼所學和習性，都近乎文科，他在維新變法與辛亥革命兩次失敗後苦苦思
索，尋找中國的自新之路；這一切與魯迅的棄醫就文不謀而合。兩個因素合

〔註43〕《我走過的道路》（上），第93～96頁。

而爲一，使茅盾得以進商務印書館，置身政治與文學相交錯的早期共產黨人的戰鬥生涯……這一個又一個具因果關係的生活道路與政治道路的鏈條，是勢所必然地發展下來的。當事人在當時不可能不當局者迷；因爲這一切發展，並非預先自覺地安排好了的；而今天我們作歷史反思，則容易旁觀者清；發現其偶然性中蘊蓄著的客觀必然性。

然而有的論者並不這麼看。他們認爲茅盾棄學就業，是受中國傳統文化精神之影響，「重現實利益，輕理想追求」的結果。這是不合實際情況的。他們沒看透茅盾進行生活道路重大選擇時，起決定作用的上述兩方面的必然性因素；他們也忽略了，在家庭內部，長輩早就不贊成他升學，更不提供物質保證。而母親從外祖母那兒所得的壓箱底錢，僅夠供他上北大預科這三年學。

這時他已經失去了繼續求學的物質基礎。因此茅盾在北大預科三年畢業後踏上社會，不論從哪方面看，他所走的這條路，都是勢在必行的選擇。

第二章　初露鋒芒（1916～1921）

第一節　迎接「五四」，置身文化革命大潮

　　從童少年時代到青年時代，從家庭到學校再到社會，茅盾世界觀的確立與發展，是在三種不同的文化相互衝突與交匯過程中，艱難扎實地進行的。首先是儒家為主，兼及老莊的民族傳統文化：主導面是修身齊家治國平天下，積極入世，經世致用的社會功利觀；重義輕利的道德論理觀，頑強的再生能力與注重「中和」的思想方法。稍後是資產階級民主主義的外來文化：主導面是革命民主主義、個性主義與人道主義思想。步入社會後，才是無產階級社會主義的外來文化：主導面是辯證唯物主義與歷史唯物主義的哲學觀，社會主義與共產主義的社會政治觀與唯物辯證法方法論。茅盾離京赴滬，步入商務印書館的大門，正處在後兩者的交匯點。

一

　　1916 年 8 月，茅盾拿著商務印書館北京分館經理孫伯恆的介紹信，踏進上海河南路商務印書館發行所大門，面見商務印書館總經理張元濟。張元濟字菊生，翰林出身，是該館創辦人之一。他面對的雖是一個年輕人，卻相當客氣。他靠訴茅盾：孫伯恆有信來。已安排你在編譯所英文部工作。他派茶房頭目用車把茅盾送到閘北區寶山路該館編譯所，去見英文部長鄺富灼。從此茅盾接受了在該部英文函授學校修改學生課卷的工作。英文部共七人，彼此說話多用英語。茅盾在學校英語學得雖好，但口語不行；正好借這個機會補課。改課卷也很輕鬆，茅盾很喜歡這工作環境。

　　他住在與商務印書館實權人物有關係的宿舍「經理」福生所經營的宿舍。同室是辭典部的謝冠生。據謝冠生說：商務印書館內部人事關係相當複雜。如編譯所國文部是清一色的「常州幫」；理化部是「紹興幫」。英文部同事胡雄才也告訴他：本館職員是否有裙帶關係，入館介紹人背景如何，都和在館處待遇有關。他見茅盾是總經理派專人用車送來的，又比同類情況的同事工資高；就認定他是總經理的親戚。茅盾的解釋，未能冰釋他的「合理推斷」；也只好由他。在給母親的信中，茅盾說：「您誠懇地希望盧表叔不要把我弄到官場去。不料這被稱為『知識之府』的商務印書館，也是變相的官場。」在此茅盾上了人生第一課。

　　茅盾發現商務印書館剛出版的《辭源》有許多疏漏。初生牛犢不怕虎，茅盾正處在血氣方剛的年紀，就給張元濟寫信，指出其存在的毛病，及辭條不能反映科技文化日益發展出現的新名詞等不足；希望修改補充，使之成為名實相副的「百科辭典」。張元濟辦事迅速果斷，當即批交編譯所長高夢旦，次日上午，高夢旦召見茅盾，開門見山地說：「你的信很好。總經理和我商量，你在英文部用非其材，想請你同國文部孫毓修老先生合作譯書，你意下如何？」茅盾小學時所獲的獎品，就有孫毓修編譯的童話《無貓圖》。他以為孫老先生精通英文，就答應了。孫毓修 50 餘歲，一副名士派頭，自稱是版本目錄學專家；擅長鑑定版本的真偽。要合作譯的書，是卡本脫的科普讀物：《人如何得衣》、《人如何得食》、《人如何得住》。其實孫毓修僅譯了《衣》的頭三章。他用駢體「意譯」，忠實原文的程度在「百分之六十」以下。他把其餘的41 章交給茅盾來譯。茅盾仿照他的風格，一個半月就譯完了《衣》。接著又獨立譯完《食》和《住》。所以茅盾名為「續貂」，實為獨譯。連孫毓修都承認：茅盾的譯文與自己的譯文「仿佛出於一人手筆」。他見茅盾暇時讀《困學紀聞》，十分驚異這個年輕人還懂考據之學。就問他讀過什麼書。茅盾說：「我從中學到北京大學，涉獵所及有十三經注疏、先秦諸子、《史記》、《漢書》、《後漢書》、《三國志》、《漢魏六朝百三家集》、《資治通鑑》，《昭明文選》曾讀過兩遍。至於《九通》、二十四史中其他各史，歷代名家詩文集，只是偶然抽閱其中若干章節段而已。」孫毓修聽了為之咋舌！從此收起了名士派頭，不敢小瞧這個初生牛犢兒了。特別是卡本脫這三本書係茅盾所譯，茅盾卻讓孫毓修獨自署名，這種風格，更使他肅然起敬。所以兩位結成了忘年交，合作得非常愉快。茅盾又博覽文獻百餘種，編成了《中國寓言初編》。此書從 1917

年起，不到兩年，竟印了三版，直接引用的文獻典籍，就達 27 種。茅盾進商務印書館，目的之一是攻讀該館「富甲天下」的涵芬樓藏書。此工作正合他的初衷。飽學的他，更加得到充實自己的大好機會了。這個牛犢闖進菜園裡，每天都在狼吞虎嚥！

進館一年左右，茅盾漂亮地露了幾手，使全館對他刮目相看。1917 年 9 月，獨力編輯《教育雜誌》、《學生雜誌》、《少年雜誌》三份大雜誌的朱元善，向館長高夢旦提出：要茅盾助編《學生雜誌》。但孫毓修不肯放。結果只好採取折衷辦法：讓茅盾把時間「一分為二」，兩下各佔半天。此後，茅盾給孫毓修編了一批童話，分為 17 冊，收入童話叢書第一集和第三集中，署名沈德鴻，1918 年起由商務印書館陸續出版。茅盾編寫的童話共 28 篇，大體可分三類：第一類四篇，是據我國古代典籍或小說改編的。他並不泥古，多有生發。如《大槐國》所本，為唐人小說《南柯太守傳》，與《枕中記》、《黃粱夢》同源。茅盾剔除了原作的道家消極出世思想，突出了「消泯爭名奪利之心」的諷諭主題，頗具推陳出新色彩。第二類 18 篇，係據外國寓言童話改編。他注意洋為中用、中外結合的原則，如《金龜》把印度國王的故事和中國民間故事「雁抬龜」，結合得天衣無縫；突出了「戒多嘴多舌」的主題。特別應該注意的，是第三類這五篇，純屬茅盾虛構和創作：其中《尋快樂》勸人勤儉，勿貪財貪玩；《書呆子》勸讀書勤學；《一段麻》戒性急，勸節約；《風雪雲》針砭驕傲，強調謙遜與互補；《學由瓜得》說明認識係從客觀世界中悟出，強調事物各有其用。

童話是茅盾公開出版的最早的創作。一開始創作雖從兒童文學起步，卻體現出「為人生」的藝術的特點。它把教育兒童如何處事、面世、做人放在首位；兼及陶冶性情等審美作用，和開拓知識等認識作用。它適應時代需要，注意把西方現代科學與文化藝術的新鮮空氣引進童少年生活，使之擺脫自己曾經歷過的「書不讀秦漢以下」的灰色生活，步入嶄新的時代與現實社會。

茅盾的這些活動，由自發漸趨自覺；使個人的活動，與《新青年》率先發動的新文化革命運動同步，納入「五四」前夕新文化革命由啓蒙到發動再到掀起高峰的時代大潮中。

「五四」運動剛過，約七八月間，商務印書館決定根據善本，出版《四部叢刊》。他們所能動用的，是南京江南圖書館的館藏。館方決定派版本學家孫毓修赴南京查核有哪些善本可用。孫毓修指定帶茅盾為助手。他們在南

京工作約半月左右。茅盾的工作，先是登記孫毓修選用的善本清單。後來又擔任複製這些善本工作的「總校對」。在南京，茅盾和正在南京讀水利學校的弟弟沈澤民聚首，弟兄倆久別相見，傾談甚歡。這時沈澤民雖讀水利，但酷愛文學，譯了好多文學作品。他又特別關心政治。1919 年 11 月 1 日，他和張聞天等發起了少年中國學會南京分會，實際上已經踏上從事政治運動之路了。

回到上海的 11 月初，身兼《小說月報》、《婦女雜誌》主編的王蒓農在館方授意下，徵得孫毓修、朱元善同意，讓茅盾幫助他改革《小說月報》「小說新潮」專欄。這是茅盾 1921 年主持改革《小說月報》的前奏。雖然茅盾看出王蒓農作為舊文人，他是被迫改革，但茅盾覺得，變革求新，走一步有一步的進展。因此他還是認眞開拓這塊新陣地。

二

「五四」前夕，茅盾的婚姻大事迫近了。祖父沈恩培和孔繁林是摯友。他們給五歲的茅盾和四歲的孔德沚訂了娃娃婚。因爲孩子太小，長大不知怎樣，所以母親很不贊成，希望父親出面反對。但父親也贊成此事。他告訴母親：早在他們結合之前，孔繁林曾給女兒來議親。由於八字不合而作罷。那女兒因此憂鬱而死。他覺得欠孔家一筆「親」情債，正好借此來「償還」。不過他也擔心兒子未來的幸福，特向孔家提出：「不纏足，要上學」的要求。然而孔德沚的父親是個不務家事的浪蕩公子，其母又十分守舊。他既讓女兒照舊纏足，也不送女兒讀書。幸賴其姨母幫助，才中途放了腳，保留了一雙半天足。

茅盾入商務印書館後，孔家曾一再要求辦婚事。茅盾母親十分爲難，就把一切情況跟兒子交了底。她說：「我原覺得你畢業後，不過當個教員，老婆不識字，也還將就。現在你在商務印書館很受重視，今後大概一帆風順。不識字的老婆就不相稱了。你如果一定不願意，只好退親。不過女方未必肯；說不定要打官司。那我就爲難了。」茅盾當時全神貫注於事業，覺得老婆識不識字無所謂，婚後母親可以教她。何況他是孝子，不願讓母親爲難。就決定於 1918 年春節辦喜事。茅盾的這種態度，自然是理智壓過了感情。

婚後他才知道，孔德沚還沒有名字。因爲她排行第三，父母只叫她阿三。她只識一個「孔」字，和一到十的數字。知識也極貧乏。她甚至弄不清，丈

夫上學的北京，和工作的上海，哪裡離烏鎮更近。家務活她也不大會。但新娘子剛強幹練，上進心也強。婆婆很喜歡她的性格；決心把她當女兒待。母親讓兒子按沈家「德」字輩的名字要帶「水」字旁的老例，給她起名曰孔德沚。自己則再次執教，教媳婦讀書認字。婚後半月，茅盾回上海任職。孔德沚也到石門灣著名畫家和作家豐子愷的大姐所辦的振華女校讀書。孔德沚在此結識了張琴秋——她後來和茅盾的弟弟沈澤民結了婚。不久孔德沚因為不滿意校長的作風而退學。後又到湖州湖郡女塾上學。茅盾在湖州上學時，了解到此校程度高，孔德沚未必跟得上；學費又貴；負擔學費也吃力。但孔德沚心活、固執，因為自己文化水平和丈夫差距太大，情緒急躁，急於求成，打定了主意就不聽勸；婆婆也不好多說。但她去了不到一學期，就因英語不行，環境太洋氣，她很不適應，只好知難而退。這回她倒安心跟婆婆在家自修；急躁情緒有所克服了。茅盾也利用回家探親和通信的機會盡量幫助她，加之孔德沚上進心強，所以提高很快。

在「五四」前夕，反對舊禮教和包辦婚姻，已經蔚成新風。茅盾肯於接受包辦不去退婚，一方面固然出於孝道，不願使母親為難；一方面也是從「人的解放」、「人道主義」等「五四」時代精神出發。他同情孔德沚的遭遇，甘願作出犧牲。他想通過努力，培養妻子，也培植愛情。但他內心深處也不無苦楚。茅盾這複雜的心態，在婚後所寫的婦女問題論著中有蹤可尋。

三

茅盾雖在「五四」的搖籃北京大學攻讀了三年，但他並沒有等到這搖籃完全形成並接受其哺育，就先期離校了。他走後約半年，即 1917 年 1 月 4 日，蔡元培才受聘就任北京大學校長。再過一年，即 1918 年 1 月，四年前在日本開始研究馬克思主義的李大釗，經沈尹默介紹，被蔡元培任命為北大圖書館主任。此時長李大釗十歲的陳獨秀所創辦的《青年雜誌》，從二卷一期起改名《新青年》，社址本來在上海。但茅盾抵滬不到半年，即 1917 年 1 月，陳獨秀被蔡元培委任為文學院院長。《新青年》也隨他遷往北京。從此中國新文化運動兩大啟蒙家「南陳」「北李」，聯袂北京，組成了「五四」運動的「司令部」。1945 年 4 月 20 日，毛澤東在題為《「七大」工作方針》的報告中說：陳獨秀「是五四運動的總司令，整個運動是他領導的。」《新青年》雜誌則是發動這場運動最有力的輿論陣地。它也是推動茅盾思想發展的最重要的

外部條件之一。

《新青年》是張揚民主與科學，發動新文學革命運動，掀起宣傳十月革命與馬克思主義的大潮的發軔陣地；茅盾不僅是思想上受這「三大戰役」重大影響者，而且也是積極響應配合，作出重大貢獻者。他選寫與發表的百餘篇論文，集中在四大主題：（一）青年覺悟與婦女解放；（二）西方先進的以至尖端的科學；（三）文學革命與西方進步文學思潮；（四）馬克思列寧主義和國際共產主義運動。

這時茅盾逐漸掌握了有全國重大影響的思想理論陣地。他除了幫助朱元善編《學生雜誌》並在其中發表文章外，還應邀在商務印書館出版、王蒓農主編的《婦女雜誌》，和茅盾的摯友胡愈之參與編輯的《東方雜誌》上連連發表論著。此外他還給一度擬與陳獨秀合作，發起上海馬克思主義研究小組的張東蓀所主編的《時事新報》副刊《學燈》和雜誌《解放與改造》投稿。這些刊物隨著民主的社會主義的潮流與「五四」運動的掀起，逐漸參與新潮，張揚時代精神。上海的這些刊物與北京遙相呼應，成爲「五四」運動與「五四」精神在南方的輿論陣地。

「五四」運動席捲全國，成爲茅盾世界觀發展變化的又一個重要外部條件。「五四」爆發時，商務印書館內部新舊勢力間雜，新舊思想的鬥爭也日趨激烈。他們對待「五四」運動的態度很不一致；甚至針鋒相對。茅盾回憶說：「編輯所中一般人認爲這是政治事件，與文化無關。不過北京大學在這次運動中居於中心地位，而一年來鼓吹新文化的《新青年》卻正是北京大學的教授們所主持，這就叫人發生許多聯想。」「我也是這樣思想狀態中的人們的一個。然而，隔了半個月光景，聽說北京學生聯合會的代表到了上海，將在某處演講，我這個素來不大喜歡走動的人，也抱著一股勁頭去聽學生代表的演講了。」〔註1〕中國的知識份子傳統表明，多數人可以接受新思潮影響；但讓他們突破學術圈子去介入政治，卻並非易事。但是強烈的愛國主義的參與意識，使茅盾一發而不可收。這種參與意識來自父教；來自「維新變革」時代追求，與現實社會實踐的結合；也受《新青年》所推動的思想文化變革潮流，與「五四」運動的直接影響。茅盾描繪道：「自從『五四』北京學生發動了後，上海學生就接著有六三運動，那時的學生勢力，非常之大，在社會上真是一種了不得的人物，各家報紙也極力贊助，就是那拼命罵《新青年》的

〔註1〕《我走過的道路》（上），第 149 頁。

某報，這時也贊成新思想，竭力提倡學生運動了。」「『五四』以後，人人有改造和解放的思想了。」〔註 2〕這就為今後的一天比一天高漲的、更大範圍的、目標鮮明的群眾運動，奠定了基礎。它把一大批「弄潮兒」捲入其中；使之成為時代的精英。茅盾毫無疑問是其中的佼佼者之一。

第二節　致力於思想啓蒙與「人的解放」

茅盾迎接「五四」運動最重要的建樹之一，是致力於思想啓蒙與人的解放；以民主與科學為標誌，啓發青年覺悟，鼓吹婦女運動，遂成為時代前驅。

一

「五四」先驅的共識之一，是把國家振興、社會改造的期望寄託在青年身上。這高昂的時代主旋律，集中體現在《新青年》的取向上。它最初創刊時取名《青年雜誌》。頭題文章是陳獨秀的《敬告青年》。從創刊號始，連載了高一涵的長文：《共和國家與青年之自覺》。為促青年趨新，改刊名為《新青年》後，頭兩篇文章是陳獨秀的《新青年》和李大釗的《青春》。茅盾步他們的後塵，1917 年底、1918 年初連續推出兩篇長文：《學生與社會》、《一九一八年之學生》。〔註 3〕1919 年又推出兩篇短論：《我們為什麼讀書》、《驕傲》。〔註 4〕

值得注意的是：茅盾從青年中單挑出學生作為啓蒙的首要對象，蓋因他認為學生是青年中首先覺悟、最具活力的先進者。這是頗具見地的。這些文章體現了成為馬克思主義者之前茅盾的青年觀與社會觀：一、他認為學生是「社會之種子」與「中堅」。「社會之良窳，以其種子之善否為判。」故希望學生「有擔當宇宙之志」；「尤須有自主心，以造成高尚之人格，以建設新業。」二、他向學生提出在當時影響很大的「三大主義」。一曰「革新思想」：吸取「個性之解放」，「人格之立」，「重界限與職分」等新思想。二曰「創造文明」：力主「當以摹擬為恥，當具自行創造之宏願」，以張揚民族的自尊與

〔註 2〕《五四運動與青年們底思想》，《民國日報·覺悟》，1922 年 5 月 11 日。《茅盾全集》第 14 卷，第 339 頁。

〔註 3〕分別刊於《學生雜誌》1917 年 12 月 5 日第 4 卷第 12 號，和 1918 年 1 月 5 日第 5 卷第 1 號。見《茅盾全集》第 14 卷。

〔註 4〕均刊於《新鄉人》第 2 期，1919 年 9 月 1 日。見《茅盾全集》第 14 卷。

自主。三曰「奮鬥主義」：要求學生「抱定人定勝天之旨」，以此爲「立身之第一事」。三、他認爲學生當務之急是讀書，但需放棄「揚名聲顯父母」、「混碗飯吃」等錯誤動機；確立「負人群進步」之責的正確動機：「因爲我是一個『人』！有了知識就可用以研究學術」，「盡『人』的責分去謀人類的共同幸福。」爲此他提倡謙虛，批評驕傲，提出「明白人決不驕傲」的響亮口號，借以勉勵學生和一切年輕人。

爲砥勵青年學子銳意向上，茅盾做了兩件大事。一是指出西方物質文明與科學成就之成因，在於「全民的合力」；尤其是出身貧苦成就頗鉅的名人。這說明：「芝草無根，醴泉無源，王侯將相無種，丈夫貴能自主，閩閱豈能限人」？爲鼓勵勞動青年「自樹」以成爲「全民的合力」之重要組成，他編寫《履人傳》、《縫工傳》〔註5〕兩篇長文，前者集中介紹了各國鞋匠出身的名人：大學教授威廉‧卡萊、宗教著述家喬治‧福克思、海軍名將羅斯萊‧蕭物爾、教育家約翰‧邦特。後者集中介紹了各國裁縫出身的名人：宗教家約翰‧百特培、歷史家約翰‧思披特、軍事政治家喬治‧裘安斯、社會活動家喬治‧湯姆生和美國總統安迪里‧約翰生。這一切充分體現出「勞工神聖」與「平民主義」的「五四」精神。

另一件大事是撰寫、翻譯了一大批科普讀物與科幻小說，借以張揚科學精神。如介紹科學新發現與尖端科學的文章《探「極」的潛艇》、《人工降雨》等共13篇。繼譯《人如何得衣》等三書之後，茅盾又譯了《三百年後孵化之卵》、《兩月中之建築譚》等科普文章。他還與其弟沈澤民合譯了《理工學生在校記》等科幻小說多篇，借以豐富學生的科學知識，增強其科學想像創造力。

此外他還論述與介紹了西方哲學社會科學成就，在許多文章中論及康德、盧梭、尼采等哲學家；標榜義大利民主革命「三傑」：加富爾、馬志尼和加里波第；突出其唯物論的民主主義的精神。

在「五四」前夕，對半封建半殖民地中國來說，這些資產階級民主主義者，尤其其中出身勞動者的名人，其精神適應了張揚科學與民主的時代精神之需要，具有明顯的進步意義。但也如茅盾在晚年所著《我走過的道路》中

〔註5〕前者連載於《學生雜誌》第5卷第4、6號，1918年4月5日、6月5日；後者連載於同刊同年第9、10號，9月5日、10月5日。現收入《茅盾全集》第14卷。

所說，其體現的人格獨立、個性解放等新思想，僅是資產階級民主主義的，而非馬克思主義的。故也存在一定的階級的歷史的局限。

二

與啓發青年覺悟比，茅盾鼓吹婦女運動更加著力。粗略統計，其全部婦女問題論著約百篇左右，其譯著亦很可觀。這固然有《婦女雜誌》主編王蒓農不斷約稿，他的包辦婚姻也促使他思考婦女問題等具體原因，但最主要的卻是適應反封建、爭民主、爭自由、爭人權、發動婦女解放運動等時代的需要。這時致力婦女解放、反對封建婚姻制度，已成爲「五四」前夕反封建鬥爭的熱點問題。1917 年 2 月《新青年》從第 2 卷第 6 號起到第 5 卷第 3 號，幾乎每期都在其「女子問題」討論專欄中，連篇累牘發表長短著譯。《新青年》還出版了「易卜生」專號予以配合，使婦女運動的討論日趨深入。當時最有代表性的，是李大釗的社會主義婦女運動觀：「合婦女全體的力量去打破那男子專斷的社會制度」，「合世界無產階級婦人的力量打破那有產階級（包括男女）專斷的社會制度」，以使婦女獲得全面的解放；﹝註 6﹞胡漢民的資產階級民主主義婦女運動觀：婦女的解放是「自己解放」，首要的是有解放的覺悟與要求，第二「是經濟獨立」。若是則婦女解放「自然會到來」。﹝註 7﹞茅盾注意到這對立的理論，也參照與借鑑了婦女運動開始最早的西歐諸國的各派理論。他認爲「既要借鑑於西洋，就必須窮本溯源，不能嘗一臠而輒止。」﹝註 8﹞這一思維特徵的形成，始自在校學習中國文學時；入商務印書館後的編輯工作中總其成。但形諸文字，則始自其婦女運動論著。

他理清了西歐婦女運動發展史脈絡：最早是英國貴族階級婦女的單純參政運動。繼而是美國發起的女子受高等教育的運動。再後是遍及歐洲的婦女要求改善婚制的運動。「到現在始有包羅教育，經濟生活，婚姻家庭，社會服務四大宗的婦女運動」。據此茅盾認爲：當前中國婦女運動「非舉這四大宗不可」。但他又反對「專抄人家歷史上的老賬」；主張注意其「時時變遷」的趨勢，從中國實際出發。﹝註 9﹞茅盾也採用比較方法，理清了中國婦女運動史及

﹝註 6﹞ 《戰後之婦人問題》，《新青年》第 6 卷第 2 號，1919 年 2 月。

﹝註 7﹞ 見《星期評論》第 8 號，1919 年 7 月 27 日。

﹝註 8﹞ 《我走過的道路》（上），第 134 頁。

﹝註 9﹞ 《婦女運動的意義與要求》，《婦女雜誌》第 6 卷第 8 號，1920 年 8 月 5 日，《茅盾全集》第 14 卷，第 160、163 頁。

其前後發展態勢的不同。他指出：中國的婦女運動始自辛亥革命，民國元年形成規模。但與當前有所不同。「元年的婦人運動是政治的」：它旨在政治公開，重在平等；「當今的婦人運動是社會的」：它旨在「解放婦女也成個『人』」，故「重在自由」。茅盾認為：兩者在歷史上都是「空前的」。〔註 10〕

通過窮本溯源和對比考察，茅盾給我們清晰地理出了當時西方婦女運動理論派系的對立情況：總的看是保守派與激進派的對立。激進派內又有社會主義派、女子主義派與女權主義派的差異。茅盾當時贊成瑞典女子主義派大學者愛倫凱的基本理論與主張；譯介了她的《愛情與結婚》、《母職之重光》、《婦人運動》、《兒童之世紀》等論著；著文介紹了她的基本觀點；特別是其以「愛」字為中心、一切活動以兒童為中心、解放婦女使之成為「自由的人」這一資產階級民主主義的思想。

不過茅盾只是以愛倫凱的在當時看來比較合理的某些觀點作為起點；在許多方面他有自己的新見。這就形成了茅盾的較系統的婦女運動觀。其思想基礎是自文藝復興至本世紀初的資產階級民主主義的自由、平等、博愛，與個性主義、人道主義思想。他說：「我是極力主張婦女解放的一人。」因為「凡是人類都是平等的；奴隸要解放」，處於奴隸地位的「婦女也應得解放」。他認為，婦女解放的內涵，就是恢復其人的權利，使之能和男人「並肩立在社會上，不分你高我低」，「成個堂堂正正的人」。〔註 11〕因此，儘管他當時很推崇尼采的反傳統思想。但對其視婦女為貓、鳥、「頂好是個母牛」的謬論，毫不手軟地給予抨擊。〔註 12〕基於同樣出發點，他對缺乏愛情的包辦婚姻的態度也與眾不同。他反對一般性地解除父母包辦的婚約。理由是：「在男子固然可以另想法；但是女子如何？我不要伊，別人要伊麼？……我娶了他來，便可以引伊到社會上，使伊有知識，解放了伊，做個『人』。」〔註 13〕他反駁包辦婚姻無愛情基礎不如離婚的觀點說：「世間一切男女莫非姊妹兄弟」，接受包辦婚姻，可「援手救自己的妹妹」。「難道也要忖量值得，也為戀愛麼？」

〔註 10〕《世界兩大系的婦人運動和中國的婦人運動》，《東方雜誌》第 17 卷第 3 號，1920 年 2 月 10 日，《茅盾全集》第 14 卷，第 116 頁。

〔註 11〕《解放的婦女與婦女的解放》，《婦女雜誌》第 5 卷第 11 號，1919 年 11 月 15 日，《茅盾全集》第 14 卷，第 63 頁。

〔註 12〕《歷史上的婦女‧譯者按》，《婦女雜誌》第 6 卷第 1 號，1920 年 1 月 5 日，《茅盾全集》第 14 卷，第 100 頁。

〔註 13〕《「一個問題」的商榷》，《時事新報‧學燈》，1919 年 10 月 30 日、11 月 1 日，《茅盾全集》第 14 卷，第 59 頁，「他」字原文如此。

因此茅盾認為：「結婚不應以戀愛為要素」；也應改變她是我的妻、「父母的媳婦」等舊觀念；應該認定：她「是一個『人』！」是長者的妹妹，幼者的姊姊。茅盾宣布：自己不把愛看得很重，卻把「利他主義看得很重。……願以建設的手段來改革」包辦婚姻。〔註14〕這些觀點，實際上是茅盾接受父母包辦的婚姻時，其思想動因的夫子自道。這種人道主義觀點導致態度上的妥協，但其言行一致的真誠，與利他主義的犧牲精神，卻令人肅然起敬！

茅盾認為「解放的婦女與婦女的解放是相連的」；欲求後者必先有前者。據此總精神，他提出造成「解放的婦女」的四點主張：一、「確立高貴的人格和理想」。二、了解新思潮的真諦，求「意志刻苦的精神解放」。三、「盡力增高自己一邊的程度」，全力「扶助無識的困苦的姊妹」。四、其活動「不出於現社會生活情形所能容許的範圍之外」。〔註15〕因此只能從教育、經濟生活、結婚與家庭、在社會或國家中的公共生活四者中「找到境地與思想的改變」。〔註16〕這就把婦女運動限在十分狹窄的範圍；帶有明顯的改良主義性質與托爾斯泰式「自我完善」色彩。

因此，茅盾當時不同意社會主義者通過婦女運動求得婦女政治解放與經濟解放，使之「變成社會的人」的社會革命婦女觀。也許因為茅盾反對辛亥革命後的婦女參政運動導致以個別貴族婦女「花瓶」般的參政掩蓋了軍閥專政之反動本質的緣故，所以，由一個極端走向另一個極端：他認為婦女「簡直不用參政」，其「根本的改革」「是道德的改革，家制的改革，女子在社會上地位的改革」。他認為「單講政治改革是要大失敗的」；故應「多做些社會上的事，少做些政治上的事」。〔註17〕他告誡說：「莫認婦女運動有階級（男一階級，女又一階級）戰爭的意味」，導致反抗、敵視男子，凌駕其上，「代替男子的地位」〔註18〕等後果。這就模糊了婦女運動的政治性質。固然，婦女運動是不能從一般意義上導致對男子的反對與取代。但對此應作階級分析。從實質言，壓迫婦女的，恰恰是站在統治階級立場上的男子。茅盾當時

〔註14〕《「一個問題」的商榷》，《時事新報·學燈》，1919年10月30日、11月1日，《茅盾全集》第14卷，第59～61頁。
〔註15〕《解放的婦女與婦女的解放》，《茅盾全集》第14卷，第68～69頁。
〔註16〕《婦女運動的意義與要求》，《婦女雜誌》第6卷第8號，1920年8月5日，《茅盾全集》第14卷，第158頁。
〔註17〕《評女子參政運動》，《解放與改造》第2卷第4號，1920年2月15日，《茅盾全集》第14卷，第123～124頁。
〔註18〕《茅盾全集》第14卷，第159頁。

看不到這重本質，遂把婦女運動局限在文化層面上了。與此相聯的是，茅盾當時還把改變政治經濟制度的難度估計過大，對作爲社會集體力量的婦女運動及其與整個革命之關係估計不足，遂降低了婦女運動的要求：「我們當前的問題，是解放的準備，和解放的以後。」〔註19〕他還認爲男女平等問題「經濟尚止是一端」；他看輕了經濟上獲得解放的意義和力量。故把道德思想當作「一個最大的力」。以爲「婦女問題不必定要從經濟獨立做起」；可「從改造倫理，改造兩性關係入手，就是從精神方面入手，那才合文化運動的眞實意義。」〔註20〕這就頭足倒立般顚倒了文化與經濟在婦女運動中的位置，當然不可能從根本上解決問題。

也由於缺乏應有的政治觀念與階級分析，他對婦女運動之動力的論述，存在更大的偏頗。他對婦運成員，倒是作出了階級劃分，看到了她們是由闊太太貴小姐、中等「詩禮」人家的太太小姐、貧苦的勞動婦女三部分組成。他認爲闊太太貴小姐不能做婦運「中堅」，他這態度是正確的。但認爲貧苦的勞動婦女是「落伍者」或往往是「道德墮落者」，故也不能成爲婦運「中堅」；這是錯誤的「群氓」「庸眾」論的反映。他把中等人家婦女看作婦運「中堅」，〔註21〕也是明顯的誤認。看來茅盾受資產階級民主主義婦女運動理論家愛倫凱所代表的「女子主義者」的影響所產生的最大的失誤：是忽視婦運與婦女解放的政治性質。其理論上的消極作用與局限的表現，也是多方面的。

此外，茅盾這時也受了無政府主義婦女觀的影響。他說：「我的意見」有的「和無治主義派相合」，因此他主張過廢家庭，建公寓公廚。他認爲「社會生活即家庭生活」。〔註22〕這就從一個極端走向另一個極端了！

總起來看，茅盾早期的婦女觀與婦女運動觀，其性質是革命民主主義的，而非社會主義的。由於所受影響的多源性與駁雜性，也由於自身婚姻的獨特性與尋求自我心理平衡等原因，其主張具有眞理與謬誤同在的特徵。這從一個側面說明了這時茅盾的世界觀的複雜性。但我們又應該明確：其主導方面

〔註19〕《茅盾全集》第 14 卷，第 63 頁。

〔註20〕《家庭服務與經濟獨立》，《婦女雜誌》第 6 卷第 5 號，1920 年 5 月 5 日，《茅盾全集》第 14 卷，第 136～138 頁。

〔註21〕《怎樣方能使婦女運動有實力》，《婦女雜誌》第 6 卷第 6 號，1920 年 6 月 5 日，《茅盾全集》第 14 卷，第 144～147 頁。

〔註22〕《致郭虞裳》，《時事新報·學燈》，1919 年 11 月 18 日，《茅盾全集》，百花文藝出版社版，第 100 頁。

具時代進步性。故能在「五四」前後與時代取向同步，對婦女與婦運起了一定的啓蒙作用與推動作用。

三

「五四」運動發展到「六三」階段，工人階級登上了歷史舞台，發揮起領導階級的作用。這次運動，繼十月革命之後，再次給茅盾以巨大的影響與震動。它使中國革命完成了由舊民主主義到新民主主義的偉大歷史轉折；使置身此革命新潮的茅盾不僅耳目一新，也自覺地探究其思想理論根源。從1920 年下半年起，茅盾開始自覺地學習並接受了馬克思主義理論。與此同步的是，導致他的婦女觀與婦女運動觀發生了質變。其主要文字標誌，就是 1921 年 1 月 15 日發表在《民鋒》雜誌第 2 卷第 4 號上的論婦女問題的長文：《家庭改制的研究》。此文較系統地介紹了恩格斯的《家庭、私有制和國家的起源》（茅盾簡稱爲《家庭的起源》）、倍倍爾的《社會主義下的婦女》及英國的社會主義詩人、評論家與學者加本特的《愛的成年》、《中性論》等書中所反映出的社會主義者的婦女觀。這些論著與觀點對茅盾產生了決定性影響。他表示：從此放棄了對他影響極大的愛倫凱的「女子主義派」觀點；他宣布：「我是相信社會主義的」，「我主張照社會主義者提出的解決法去解決中國的家庭問題」以及婦女運動問題。在此長文中，茅盾確立了以下新觀點：一、承認經濟（特別是其中的生產力）對社會所起的決定作用。例如「自從機器時代以來，舊家庭制的基礎，已自然地動搖」；「這完全是社會經濟組織改變後不得不然的形勢。」〔註 23〕二、他承認經濟基礎對政治、法律以至道德等等上層建築諸因素起決定作用。如他認識到在城市，「社會經濟組織不許婦女有勞動的權利」；在鄉村，儘管婦女也參加田間和家庭勞動，但在家庭經濟分配中，婦女也沒有支配權。由此他得出結論：「什麼禮教等等，還是社會制度經濟組織的產兒；不把產生這產兒的社會制度和經濟組織改革過，而專從思想方面空論，效果很小。」由此他徹底否定了自己從前那些偏頗的理論，提出了嶄新的馬克思主義的觀點：「最先切要的事是改革現在的社會的經濟組織。」〔註 24〕三、他確立了一個基本信念：「社會主義世界必爲將來的世界」；他接受了加本特的觀點：「人類最合理的生活應是社會生活，一切人

〔註23〕《茅盾全集》第 14 卷，第 184 頁。
〔註24〕《婦女經濟獨立討論》，《民國日報》，1921 年 8 月 17 日，《茅盾全集》第 14 卷，第 246 頁。

類都是痛癢相關的，一切人都在同一社會中生活著，互盡其服務的能力。」
〔註25〕於是茅盾又宣布：從此他全部接受社會主義者「三位一體」的家庭改制的主張：「（一）婦女的解放；（二）兒女的良善教養；（三）私產繼承法的廢止。」〔註26〕四、他認清了婦女運動與社會革命的關係，糾正了過去對婦女運動「中堅」力量的錯誤看法，強調「不要專注目於太太們、小姐們和嬌養的女學生們。」要「努力從社會各階級各方面去找些覺悟的女性」，特別是應「快到民眾中間尋求覺悟的女性」。〔註27〕由於有了階級觀點與階級分析方法，茅盾就放棄了愛倫凱的使婦女成為遊離於社會之外的「自由人」的主張；完全贊成社會主義者的使婦女成為「社會的人」的主張：使婦女解放與革命同步，使婦女擁有與男子同樣的政治、經濟、文化、道德、倫理等一切權利。

不過茅盾接受的社會主義婦女運動理論中，摻雜著部分無政府主義思想的成分，如主張廢除繼承權等。這說明他仍處在初級階段，他尚欠成熟。

茅盾對自己原來的談戀愛與婚姻的偏激之論，也作了糾正；提出了一些頗有新意的見解：一、他認為「戀愛是神聖的」：這是一種「限於兩性間的最高貴的感情，起於雙方人格之互相了解，成於雙方靈魂之滲合而無間隙，它的力是至大至剛的，它的質是至醇至潔的，它的來源是人類心靈的最深處。」故「強令戀愛者不得戀愛」或「強令無戀愛者發生戀愛」都是罪惡！〔註28〕二、故此他放棄了結婚不必以戀愛為前提的舊說，改弦更張為「兩性結合而以戀愛為基」的即合於道德，反之則否的新說。三、他認為愛是無條件的；「戀愛不是理智的產物，是感情的產物」；真的戀愛是「一往直前，不怕天，不怕地，盲目的舉動。」「忘了富貴名位的差別，忘了醜美的差別，忘了人我之分。」〔註29〕「要戀愛就戀愛，什麼也不顧。」對這種「『狂』的氣分」，茅盾「頗表示敬意」。〔註30〕這說明茅盾接受了馬克思主義之後，不僅對其資產階級民主主義的婦女觀作了較徹底的修正；而且也把他因個人婚姻遭際的原因所形

〔註25〕 《家庭改制的研究》，《茅盾全集》第 14 卷，第 196、186 頁。
〔註26〕 《家庭改制的研究》，《茅盾全集》第 14 卷，第 195～196 頁。
〔註27〕 參看《新性道德的唯物史觀》，《婦女雜誌》第 11 卷第 1 號，1925 年 1 月 5 日，和《婦女週報·社評（五）》，《婦女週報》第 44 期，1924 年 7 月 16 日，《茅盾全集》第 15 卷，第 255～267、175～179 頁。
〔註28〕 《新性道德的唯物史觀》，《茅盾全集》第 15 卷，第 255 頁。
〔註29〕 《戀愛與貞潔》，《茅盾全集》第 14 卷，第 331 頁。
〔註30〕 《解放與戀愛》，《茅盾全集》第 14 卷，第 323 頁。

成的對封建包辦婚姻的妥協態度，從人道主義出發作出的改良主義的種種觀點，作了較徹底的修正。

不過這時他又有新的局限性。如他認為「不許離婚固然不對」，因為這「太巇視個人的幸福」。但「許人自由離婚毫不加以制裁，也有流弊。」因為這「於社會組織之固定，很有妨礙。」他希望「在兩極端中間」「得個執中的辦法」。〔註31〕事實上他並未找到，實際上也不存在這種折衷主義的辦法。這和他絕對肯定戀愛的「『狂』的氣分」同樣，是另一種片面性。

從茅盾的婦女觀、婦女運動觀及其發生質的轉變中不難看出，它從一個重要側面反映了茅盾的世界觀的發展和質變。由於茅盾的婦女觀、婦女運動觀和他的婚姻切身問題密切相關，這個側面及其轉變，既具有極端重要性，也具有與切身感性體驗及其理論昇華關係密切的實踐性。應該指出，不論中國的馬克思主義先驅李大釗、陳獨秀，還是滯後接受馬克思主義的魯迅，大都和茅盾同樣，經歷了先是倡導思想文化道德層面的變革，後來在十月革命或「五四」運動的政治革命歷史經驗中，體會了馬克思主義的婦女運動觀的科學性，這才徹底站到列寧的下述經典性結論上來：「從一切解放運動的經驗來看，革命的成敗取決於婦女參加解放運動的程度。」〔註32〕茅盾在他們中間，從歷時性看，其進程居中；從共時性看，其婦女觀、婦女運動觀最完整、全面、系統；轉變後的理論，也最紮實，極實踐啟發性。

第三節　借鑑西方，引導文學新潮流

和致力於思想啟蒙與「人的解放」事業同樣，茅盾登上文壇促進新潮，也離不開借鑑西方、銳意革新這一新學和舊學相碰撞的時代大背景。回顧這段歷史時，毛澤東作出精闢的總結：當年中國人曾真誠熱切地學習西方資本主義進步文化以謀救國之路，但這幻夢被帝國主義不斷侵略中國的殘酷現實所粉碎。倒是十月革命創立了世界上第一個社會主義國家這一偉大現實，使中國人進入了一個嶄新的時期，從此「中國人找到了馬克思列寧主義這個放之四海而皆準的普遍真理，中國的面目就起了變化了」。〔註33〕包括魯迅、茅

〔註31〕　《離婚與道德問題》，《婦女雜誌》第 8 卷第 4 號，1922 年 4 月 5 日，《茅盾全集》第 14 卷，第 327 頁。

〔註32〕　《在全俄女工第一次代表大會上的演說》，《列寧全集》第 28 卷，第 163 頁。

〔註33〕　《論人民民主專政》，《毛澤東選集》第 4 卷，第 1409 頁。

盾和毛澤東本人在內，都經歷過這條歷史必由之路。這是考察茅盾早期文學活動走向應該把握的基本線索。

一

作爲思想啓蒙與「人的解放」事業的主體部分，茅盾的早期文學活動之開端，在其發表青年問題、婦女問題著譯期間，它具有以下幾個鮮明特點。

以 1921 年 1 月主持《小說月報》改革爲界標，在這之前，茅盾單槍匹馬利用各種陣地發表文章，銳意奮進，帶有個人奮鬥的色彩。有了他主持的《小說月報》這塊陣地，他就盡可能廣泛地團結、組織、領導以文學研究會成員爲基幹的遍及全國的新文藝工作者，逐漸形成隊伍，發揮集體的威力，引導推動文學新潮流。在這由小到大、由個體到集體的發展壯大隊伍進程中，茅盾逐漸顯示出巨大的凝聚力與才能，成爲文壇領袖與核心人物之一；代表著「五四」新文學的時代走向。

茅盾早期文學活動與著譯，很快顯示出革命與文學互爲表裡這一貫串畢生的特徵。他當時就宣告：「中國自有文化運動」起，「新文學要拿新思潮做泉源，新思潮要借新文學做宣傳」，〔註34〕就成爲突出特徵。這也是茅盾處理文藝與政治之關係、引導文學新潮流的準則。二者互爲表裡，雙軌並行，成爲茅盾人生道路與文學道路的一大特點和一條基本貫串線。

茅盾開始致力文學，就注意窮本溯源，以期能取精用宏。他在晚年回首最早介紹西歐文學之往事時說：「我從前治中國文學，就曾窮本溯源一番過來，現在……轉而借鑑於歐洲，自當從希臘、羅馬開始，橫貫十九世紀，直到『世紀末』」。「這就是我當時從事於……古希臘、羅馬文學之研究，從事於騎士文學之研究，從事於文藝復興時代文學之研究的原因。我認爲如此才能取精用宏，吸取他人的精萃化爲自己的血肉；這樣才能創造劃時代的新文學。」〔註35〕茅盾當時研究工作在前，發表論著相對滯後。在其最早的論著中，上述特點有蹤可尋。如其第三篇文學論著《近代戲劇家傳》，〔註36〕就「是從希臘到近代的戲劇發展」源流再到「現代戲劇的派別」，作總體梳理與簡要的縱向描繪，並借助一個又一個具代表性的劇作家的小傳，顯示歷史發

〔註34〕《爲新文學研究者進一解》，《改造》第 3 卷第 1 號，1920 年 9 月 15 日，《茅盾全集》第 18 卷，第 38 頁。

〔註35〕《我走過的道路》（上），第 134 頁。

〔註36〕這是一篇長文，連載於《學生雜誌》第 6 卷第 7～12 號，1919 年 7～12 月。

展的血肉。有了這樣的宏觀縱向把握，茅盾就形成了頗帶文藝進化論色彩的宏觀概括公式：他認爲西歐文學是沿著「古典主義——浪漫主義——自然主義——新浪漫主義」的縱向基本脈絡發展過來的。以此爲參照系來觀照中國文學，他斷定當今文壇「尚徘徊於『古典』『浪漫』的中間」。爲推動中國文學加速向前發展，他認爲一方面要全面介紹各個階段，各種流派，以取得全方位的參照；另方面則應突出重點：「盡量把寫實派自然派的文藝先行介紹。」這些見解也是他的行動指南，體現在最早的論文之一《我對於介紹西洋文學的意見》及據此文改寫的《「小說新潮」欄宣言》〔註37〕中。

　　茅盾介紹西歐文學的另一特點，是先著重英、法，後著重俄國，但始終不忘東歐、北歐弱小民族文學，這幾條線在他的介紹工作中穿插交錯地進行。他的第一篇文學論文是 1919 年 2 月 3 日連載於《學生雜誌》6 卷 2 至 3 號的長文《蕭伯納》。蕭伯納這位英國文學泰斗，是茅盾向國人介紹的第一位作家。發表此文的同時，茅盾還配套翻譯了蕭伯納《人及超人》一書《唐西恩在地獄》一節中之一段：《地獄中之對譚》。稍後又有評論文章《蕭伯納的〈華倫夫人之職業〉》〔註38〕問世。茅盾看重蕭伯納，是因「其思想之高超直高出現世紀一世紀。」其作品「發布其高超思想辯論駁斥現社會之不良至於著底。」「蕭氏之主義一言以蔽之則欲『人以自主的經驗直觀生活，求每物之實在，而得創造目的之最高終點』是也。」其具體內容一是經濟主義：反對貧富不均，追求社會平等。二是倫理主義：破壞舊道德以實現理想之天國。三是其人生觀：期冀未來，目光關注下一世紀。茅盾極力稱道其作品「峭拔尖利」，強有力地體現了蕭氏之思想，稱得上高品位。茅盾這些評價，從新思潮新文學雙重觀照，具有促進中國破舊立新的現實針對性與功利目的。

　　茅盾的第二篇論文是緊接前文於同年 4～6 月發表於《學生雜誌》6 卷 4 至 6 號上的《托爾斯泰與今日之俄羅斯》。托爾斯泰是茅盾集中介紹的第二位作家。此文稍後，又作了評論《文學家的托爾斯泰》，譯了《托爾斯的文學》和托氏劇作《活屍》，並附長篇譯者前言。〔註39〕茅盾介紹與評價的特點，

〔註37〕刊於《時事新報‧學燈》，1920 年 1 月 1 日，《小說月報》第 11 卷第 1 號，1920 年 1 月 25 日，均見《茅盾全集》第 18 卷。這時國內外文壇把寫實主義與自然主義混同，茅盾亦不例外。

〔註38〕刊於《時事新報‧學燈》，1919 年 11 月 24 日。

〔註39〕分別刊於《時事新報‧學燈》，1919 年 12 月 8 日、《改造》第 3 卷第 4 號，

是把托爾斯泰置於俄國革命史與俄國文學史的縱向考察與比較的宏觀視野中。他說：《對托爾斯泰與今日之俄羅斯》一文，「讀者作俄國文學略史觀可也，作托爾斯泰傳觀可也，作俄國革命遠因觀亦無不可。」他把托爾斯泰畢生的文學建樹和同代作家屠格涅夫、陀思妥耶夫斯基等作了宏觀比較，借以判定托氏的俄國文學「主峰」地位。對其以「利他主義」爲核心的「托爾斯泰主義」，對其以眞實性爲核心的現實主義藝術，作了全面評述；並下結論道：從托爾斯泰可看到俄國革命的動力和遠因。茅盾發表上述有關托氏的論著與譯介的中間，同時發表了以下著譯：《羅塞爾〈到自由的幾條擬徑〉》、《社會主義下的科學與藝術（羅塞爾〈到自由的幾條擬徑〉之第七章）》、《俄國人民及蘇維埃政府》、《共產主義是什麼》、《美國共產黨黨綱》、《共產國際聯盟對美國 IWW 的懇請》和《美國共產黨宣言》。這印證了茅盾介紹托爾斯泰之目的在於追溯十月革命之動力與遠因；也印證了他推動新思潮、新文學的雙軌並行、互爲表裡的特徵。當然茅盾把托爾斯泰作爲俄國革命之遠因與動力，這是一種幼稚的誤認。但其對十月革命作史的考察與追溯的眞誠與熱情，卻難能可貴。而且他把十月革命與俄國文學作比照研究，其收獲與意義遠超出文學研究本身。

胡愈之作爲茅盾當年並肩戰鬥的老友，對此作了精闢的概括：「他對俄國文學和十月革命的研究，使他找到了一條以後始終不變的道路：文學是手段，革命才是目的。文學反映革命的實踐，而革命的勝利和失敗，又或多或少受文學的影響。」「和魯迅一樣，茅盾對古代中國文學和十九世紀以來的世界文學作過長期的深刻的研究、介紹和批判，最後才找到現代中國自己的文學道路，這就是共產黨領導的革命現實主義的道路。」〔註40〕這段話對茅盾人生道路與文學道路之形成發展及其相互關係的總結，是非常準確的。

二

在 1921 年 1 月茅盾主持《小說月報》改革之前，他發表的文學論著共 52 篇。其中中國文論 13 篇，外國文論 39 篇。此外還有一些討論文學的書信。這大體形成了茅盾早期文藝觀的構架，粗略歸納，包括以下幾個基本點。

1920 年 12 月 15 日、《學生雜誌》第 7 卷第 1〜6 號，1920 年 1〜6 月。
〔註40〕《早年和茅盾在一起的日子》，《憶茅公》，第 8 頁。

新文學與新文學創作的本質論：他當時認爲：「新文學就是進化的文學。」其要素「一是普遍的性質」，故「要用語體來做」。「二是有表現人生指導人生的能力」；故「要注重思想，不重格式」。「三是爲平民的非爲一般特殊階級的人的。」故「要有人道主義的精神，光明活潑的氣象。」〔註41〕據此他認爲，新文學創作要有三種工作：一「是觀察」，「就是用科學眼光去體察人生的各個方面，尋出一個確實是存在而大家不覺得的罅漏」；二「是藝術」，「就是用科學方法整理、布局和描寫」；三「是哲理」，即「根據科學（廣義）的原理，做這種文章的背景。」「三者之中，（二）最難」；藝術上很多流派「不是（一）（三）的不同」，而是「（二）的不同」。「儘管（一）（三）兩項很好，而（二）未盡好」；「便減了色。」〔註42〕足見茅盾對藝術審美特點從一開始就很重視。

「『美』『好』是眞實」的美學觀：茅盾指出，「最新的不就是最美的最好的。凡是一個新，都是著時代的色彩。適應於某時代的，在某個時代便是新；唯獨『美』『好』不然。『美』『好』是眞實（reality）。眞實的價值不因時代而改變。舊文學也含有『美』、『好』的，不可一概抹煞。」「文學是思想一面的東西」，「然而文學的構成，卻全靠藝術。」茅盾所謂「好」，指的是「善」。這番話是講眞善美相統一才成爲藝術，以及眞善美三者之間的關係。儘管他特別著重思想性，但對藝術性所擺的位置是科學的，辯證的。他又特別重視藝術眞實性。他對文學思潮中新與舊的看法相當辯證，他藉此確立其批判繼承觀與下述目的：「並不想僅求保守舊的而不求進步，我們是想把舊的做研究材料，提出他的特質，和西洋文學的特質結合，另創一種自有的新文學出來。」〔註43〕

作家的時代使命感：包括四個方面。一是「文學是爲表現人生而作的」。但這決非「一人一家的人生，乃是一社會一民族的人生。」不過需「請出幾個人來做代表」以表現人生的普遍性。這是他最早的「爲人生」的現實主義典型論。二是「宣傳新思想」。新思想「發聲振聵」的重要手段是新文學，「中國現在正是新思潮勃發的時候」，特別是民主的傳播，當然要借重新文學。三是「辟邪去僞」。對舊文學中之「邪」與新文學中之「僞」者，盡「闢」「去」

〔註41〕 《新舊文學平議之評議》，《茅盾全集》第18卷，第18頁。
〔註42〕 《對於系統的經濟的介紹西洋文學底意見》，《茅盾全集》第18卷，第23～24頁。
〔註43〕 《「小說新潮」欄宣言》，《茅盾全集》第18卷，第12～13頁。

之責。四是「將西洋文學的東西一毫不變的介紹過來」，作爲建設新文學的參照。四者歸一，茅盾要求作家承擔起時代的使命：「把德模克拉西充滿在文學界，使文學成爲社會化，掃除貴族文學的面目，放出平民文學的精神。」文學「是爲人類呼籲的，不是供貴族階級賞玩的；是『血』和『淚』寫成的，不是『濃情』和『艷意』做成的；是人類中少不得的文章，不是茶餘酒後消遣的東西！」〔註44〕這些思考與《新青年》倡導的體現時代最強音的文學觀一脈相承。

描繪思潮嬗變的「文學進化論」：在他概括出的西歐文學發展軌跡的「古典主義——浪漫主義——自然主義（寫實主義）——新浪漫主義」公式基礎上，茅盾指出：「文學上各主義的本身價值是一件事，而各主義在某一時代的價值又是一事；文學之所以有現在的情形，不是漫無源流的，各主義之遞興，也不是憑空跳出來的。」「一則因爲『時代精神』變換了，一則因爲文藝本身盛極而衰，故有反動。」「照西洋文學之往跡看來」，「浪漫派是古典派的反動；而自然派又是浪漫派的反動。古典派與自然派偏重理性，用意實同，然而不能即謂自然主義之反抗浪漫派乃回到古典。」「每個反動，把前時代的缺點救濟過來，同時向前進一步。」〔註45〕茅盾認爲文學中「思想能夠一日千里的猛進，藝術怕不是『探本窮源』便辦不到。」故應「探到了舊張本按次做去」，決不能「唯新是摹」。〔註46〕

以上四點是茅盾早期文藝觀的基本內容，也是他改革《小說月報》，領導文學研究會的理論綱領雛型。不過這時茅盾還沒有確立馬克思主義世界觀與方法論，其主導方面還是革命民主主義的。他還不能明確劃分資產階級與無產階級根本對立的兩種性質迥異的世界觀的界限。許多觀點也瑕瑜互見。如他誇大了托爾斯泰的作用，不僅說他是十月革命之「動力」、「遠因」，還說「俄國之革命僅爲托爾斯泰勢力之第一步」。這就混淆了根本性質的區別。看來他這時未讀過列寧論托爾斯泰的那批論文，程度不同地對托氏和十月革命的長遠目標都有誤認。再如他那個文學進化論色彩較濃的「文藝思潮發展史公式」的理論基礎：每一「反動」都前進一步，也與實際不盡相符。中國究竟應從哪一步開始，起碼在 1919～1920 年他尚欠穩定的認識。故一兩年間曾數易其

〔註44〕 《現在文學家的責任是什麼？》，《茅盾全集》第 18 卷，第 8～11 頁。
〔註45〕 《致徐秋沖》，《茅盾全集》，浙江文藝出版社版，第 45～46 頁。
〔註46〕 《「小說新潮」欄宣言》，《茅盾全集》第 18 卷，第 12 頁。

主張，表現出一定程度的幼稚與急躁情緒。不過從另一面也可看出，他具有強烈的時代使命感與緊迫感；他急於以新文學推動新思潮，借以加快中國革命的步伐。

為進一步認識茅盾文藝思想的發展，有必要就此理一理頭緒。

1920 年 1 月 25 日他說：中國文學「尚徘徊於『古典』『浪漫』的中間」，「該盡量把寫實派自然派的文藝先行介紹。」〔註 47〕當時國內外大都分不清寫實派、自然派的界限。茅盾當時也認為「文學上的自然主義與寫實主義實為一物」。〔註 48〕時過不久，茅盾就不滿足這按部就班循序漸進的方式，想加快步伐為下一步創造條件。1920 年 2 月 25 日他說：「我們提倡寫實一年多了，社會的惡根發露盡了，有什麼反應呢？可知現在的社會人心的迷溺，不是一味藥所可醫好，我們該並時走幾條路」。「況且新浪漫派的聲勢日盛，他們的確有可以指人到正路，使人不失望的能力。我們定要走這條路的。」「表象主義是承接寫實之後，到新浪漫的一個過程，所以我們不得不先提倡。」〔註 49〕但茅盾提倡表象主義並未多久，1920 年 9 月，他又加快步伐，主張一步到位：提倡新浪漫主義。因為它「能幫助新思潮」，「引我們到真確人生觀」。〔註 50〕然而兩個半月後，即 1920 年底，他又別立一說：「我現在仔細想來，覺得研究是非從系統不可，介紹卻不必定從系統。」否則文海浩瀚，名著如山，何時才能趕上這世界文學步伐而不致落伍？此後他一度又走了極端，認為「文學上分什麼主義，實是多事」。他對自己的這些主張產生了懷疑。〔註 51〕直到 1921 年他主持《小說月報》時，才回到「為人生」的寫實主義立場，才結束了這一不斷搖擺舉棋不定的階段。

統觀這將近兩年的徘徊期，有兩個基本特點。一是對「寫實派自然派」由提倡到發生懷疑，一是對新浪漫主義由作為可望而不可即的遠景，到覺得有立即倡導促其實現之必要。兩者表面上看都比較簡單，但其實際內涵卻相當複雜。下面分別考察一下。

〔註 47〕《「小說新潮」欄宣言》，《茅盾全集》第 18 卷，第 14 頁。
〔註 48〕《致呂芾南》，《茅盾書簡》，第 58 頁。
〔註 49〕《我們現在可以提倡表象主義麼？》，《茅盾全集》第 18 卷，第 28 頁。表象主義即象徵主義。
〔註 50〕《為新文學研究者進一解》，《茅盾全集》第 18 卷，第 44 頁。
〔註 51〕1920 年「最末日」《致周作人》，《茅盾書簡》，第 3～5 頁。

三

　　茅盾根據文學進化論色彩很濃的公式作出中國當今文壇處於「『古典』『浪漫』的中間」的定位分析，並採取「把寫實派自然派的文藝先行介紹」的決策，實施不到一年，又持否定態度。這個認識轉折，和他混淆了好幾種不同質的思潮流派的區別有關；也和他對其主要參照系舊俄羅斯文學與蘇俄新文學的態勢估計的偏頗有關。

　　他抃棄其一度介紹過的「寫實派自然派」，是基於以下理由：「現社會現人生無論怎樣缺點多，綜合以觀，到底有眞善美隱伏在罪惡的下面；自然派只用分析的方法去觀察人生表現人生，以致見到的都是罪惡，其結果是使人失望，悲悶，正和浪漫文學的空想虛無使人失望一般，都不能引導健全的人生觀。」「在社會黑暗特甚，思想錮蔽特甚，一般青年未曾徹底了解新思想意義的中國提倡自然文學」，「其害更甚」：將導致「頹喪精神和唯我精神的盛行」。因此茅盾認爲：「在中國提倡新思潮」，不應提倡「寫實派自然派」文學。〔註52〕他這裡指的「寫實派自然派」，不僅僅是左拉、龔古爾兄弟及其他法國消極頹廢的自然主義文學，而且也把舊俄羅斯文學與早期蘇維埃文學幾個不同流派都列入他所否定的「寫實派自然派」文學之內。他說：「俄國自法國的自然文學傳進以後，有乞呵甫（A. Chekhov）高爾該（M. Gorky）的文學，造出俄國的自然派文學。繼高爾該的便是安得列夫（L. Andreyev），繼安得列夫的便是阿撒巴喜夫（M. P. Artzybashev）。安得列夫……的思想卻是悲觀而頹喪到極點；阿撒巴喜夫的文學更完全是唯我主義（Egoism）的文學。」「頹喪和唯我便是自然文學在灰色的人群中盛行後產生的惡果！」只有苦波寧是「近於新浪漫主義」的文學。「但是在中國卻不便希冀這種轉機；積極提倡自然文學豈不是前途的危險麼？」〔註53〕這裡茅盾把批判現實主義、自然主義、象徵主義、新浪漫主義、革命現實主義（即社會主義現實主義）混淆在一起，把分屬這些不同藝術傾向的作家都劃入「寫實派自然派」之內一起批評了。這期間茅盾所寫關於舊俄羅斯與蘇俄文學的文章，除已提到的關於托爾斯泰的諸文外，還有《安得列夫死耗》與爲 Moissəye J. Olgin 著《安得列夫》一文

〔註52〕《爲新文學研究者進一解》，《茅盾全集》第 18 卷，第 38 頁。
〔註53〕《爲新文學研究者進一解》，《茅盾全集》第 18 卷，第 39 頁；這裡所說這些作家是當時的譯名，現用的通譯名依次爲契訶夫、高爾基、安德烈夫、阿爾志跋綏夫和庫普林。下文提到他們，我改用通譯名，引文仍尊重茅盾的原文。

之譯文所作的一批注解；此外就是十分系統的長文《俄國近代文學雜譚》（上）（下）。〔註 54〕在《雜譚》這篇長文中，他把普希金、果戈理、屠格涅夫、托爾斯泰、陀斯妥耶夫斯基也劃入「寫實派自然派」文學範圍。雖未像批評安得列夫、阿爾志跋綏夫那樣，把他們列入「頹廢、唯我」範圍，倒是肯定了他們的健康取向；不過都限於肯定其曝露黑暗、憧憬未來、特別是曝露黑暗的作用。其實這些作家除陀斯妥耶夫斯基外，大都屬批判現實主義範圍，不能說他們是自然主義作家。高爾基則從 1906 年《母親》問世起，實際上已是社會主義現實主義作家，在這以前的作品，也並非自然主義；倒是具濃厚的積極浪漫主義色彩。把他們劃進「寫實派自然派」以「頹喪唯我」作為標誌，判定其反不如新浪漫主義，顯然是個失誤。

　　茅盾對俄國文壇主流取向的判斷也有失誤。他在 1920 年 1 月寫的《安得列夫死耗》中說：「高爾該是可以代表十九世紀末及二十世紀初的俄國文學趨勢；安得列夫便可以代表此後一直到現在的文學的特質的。」茅盾對高爾基的評價確實很高：「高爾該的特長是勇敢大膽的叛逆和對於未來世界的確切信任。」他在《俄國近代文學雜譚》中還說：「高爾該的價值總與天地長存。」但他這些肯定，著重點仍是「高爾該最善描寫俄國下等人的生活，悲痛不堪卒讀」；因此也把他劃入「寫實派自然派」。從《雜譚》中茅盾的自敘可知，這時他僅看到高爾基的極少量的作品：《他的情人》、《秋夜》、《小東西》，及僅收其五篇作品的「美國 Strartford 書店所印的 Stories of Steep」。並未讀到《母親》等社會主義現實主義奠基之作。上文所引的他關於高爾基、安得列夫分別代表俄國文壇前後期這一論斷，他是據「美人 Thomas Seltzer」的觀點：「高爾該在十九世紀末已到衰頹的時代。他那寫實的革命小說，已經不能滿足那些奮鬥到精疲力盡的俄民的腦筋；在這時，安得列夫起來，用那神秘的頹喪的文學，來描寫新希望和新奮鬥，……這是安得列夫取代高爾該的原因了。」〔註 55〕這些說法和俄國文學的實際情況並不相符；大大貶低了高爾基的作用。

　　俄國 1905 年革命的失敗，斯托雷平反動統治時期的到來，在悲觀失望情緒支配下，文學界的確出現了頹廢派文學的複雜組合。但這頹廢文學的代表，

〔註 54〕分別刊於《小說月報》第 11 卷第 1 號，1920 年 1 月 25 日、《東方雜誌》第 17 卷第 10 號，1920 年 5 月 25 日，和連載於《小說月報》第 11 卷第 1～2 號，1920 年 1～2 月。

〔註 55〕《俄國近代文學雜譚》（下），《小說月報》第 11 卷第 2 號，1920 年 2 月。

恰恰是被茅盾劃到新浪漫主義前驅中去的象徵主義（他稱爲表象主義）；代表
人物則是勃留索夫、勃洛克，和茅盾所批評的後期「自然派」代表、這時已
倒向反革命陣營的安得列夫，頹廢的阿爾志跋綏夫。其中也有被茅盾誤認爲
「新浪漫主義派」的庫普林（他倒是貨眞價實的自然主義派）。這些作家和流
派，在以 1905 年爲界的前期與後期（蘇俄文學誕生期），都非文壇主流。不
論 1905 年還是十月革命前後，以高爾基爲核心的革命現實主義派才是文壇主
流派。這期間高爾基發表了長篇小說《母親》（1906）、《義大利童話》（1911）、
自傳體長篇三部曲的前兩部《童年》（1913）、《在人間》（1914），還有大量短
篇與劇本。高爾基周圍有大批無產階級作家。如綏拉菲莫維奇出版了他的全
集一至五卷；瑪雅科夫斯基從未來派轉向革命現實主義與革命浪漫主義後，
這期間出版了長詩《戰爭與世界》（1916）、《一億五千萬》（1920），短詩集《瑪
雅科夫斯基詩選》。正是這批革命現實主義作家代表著蘇俄文壇主流，形成了
眞正以共產主義爲理想的較之茅盾倡導的新浪漫主義更先進的社會主義現實
主義文學派。由於時代條件的局限與語言的障礙，茅盾這時尚未及時把握這
一主流，也無法全面讀這些作家的作品，故此不適當地把他們當中許多人劃
入他當時持否定態度的「寫實派自然派」中；也對蘇俄文壇主流作出了偏頗
的判斷。

四

　　茅盾這時倡導的新浪漫主義所指究竟爲何？這是爲茅盾早期美學觀作定
性分析的關鍵性問題。其實他對新浪漫主義的理論界定，有個發展過程。其
最早的表述是 1920 年 1 月 25 日他在《時事新報・學燈》所刊致傅東華的信
中的話：「西洋自從過去六七十年中寫實主義盛行以來，到現在是合神秘表象
而爲新浪漫，但新浪漫只算是寫實的進化，不是反潮。」一個月後他作了修
正：「表象主義是承接寫實之後，到新浪漫的一個過程。」〔註 56〕又過一個月
他再次修正：「新世紀初表象派和神秘派大興，純粹寫實主義勢力大減，漸漸
有另成新派的現象。到今日已經有法國的羅蘭、巴比塞和西班牙的伊本納等
立起那新浪漫派來了。」〔註 57〕羅曼・羅蘭、巴比塞等人與神秘派象徵派並

〔註 56〕　《我們現在可以提倡表象主義的文學麼？》，《茅盾全集》第 18 卷，第 28
　　　　　頁。
〔註 57〕　《近代文學的反流——愛爾蘭的新文學》（續），《東方雜誌》第 17 卷第 7 號，
　　　　　1920 年 4 月 10 日。

無瓜葛，故此時茅盾所說的新浪漫派顯然已經與其脫了鉤。到 1920 年 9 月，茅盾對這個全新的概念首次作出正面解釋：「最近海外文壇遂有一種新理想主義盛行起來了。這種新理想主義的文學，喚作新浪漫運動（Neo＝Romantic Movement）。」〔註 58〕這是茅盾把新浪漫主義和他認定的新浪漫主義代表作家羅曼・羅蘭的新理想主義哲學思想第一次掛起鉤來所作的最早最完整的表述。其結果則又導致茅盾把新浪漫派與「表象派和神秘派」更加徹底地脫了鉤。這一切充分說明：茅盾對新浪漫主義的理解，逐漸產生了「位移」。他在 1920 年 9 月正式界定並予以倡導的新浪漫主義，已經不是在本質意義上屬於現代派及其重要支幹的象徵主義與神秘主義了。它與後兩者並無瓜葛。這是被茅盾重新解釋過了的以羅曼・羅蘭與巴比塞爲代表作家，以其新理想主義哲學思想爲基礎的「新浪漫主義」。對此茅盾作出了明確的說明：「最能爲新浪漫主義之代表之作品，實推法人羅蘭之《約翰・克利斯朵夫》。羅蘭於此長篇小說中，綜括前世紀一世紀內之思想變遷而表現之，書中主人公約翰・克利斯朵夫受思潮之衝激，環境之迫壓，而卒能表現其『自我』，進入新光明之『黎明』。其次則如巴比塞之《光明》，寫青年之『入於戰場而終能超於戰場，不爲戰爭而戰爭。』」〔註 59〕

　　應該特別指出的是：茅盾這裡所談的羅曼・羅蘭與巴比塞，均指其思想發展的前期而非後期。他們的新理想主義之所以能吸引茅盾，是因其具「從巴黎走到了莫斯科」的動勢。當時資本主義發展到帝國主義階段：對內殘酷鎮壓工農大眾，對外發動侵略戰爭，特別是撲滅蘇聯的戰爭。羅蘭和巴比塞對此均持強烈反對態度。羅蘭青年時代受托爾斯泰的人道主義與無抵抗主義哲學之影響，也受到巴黎公社革命精神與法國空想社會主義的影響。他說：「我的社會主義是純粹直覺的。」〔註 60〕但他對十月革命與國際無產階級革命運動強烈同情與支持。正是在這世界觀轉變的臨界點，他推出的《約翰・克利斯朵夫》，才體現出其屬資產階級民主主義性質的新理想主義傾向。其基本內涵一是被茅盾稱作「精神個人主義」的以個性解放爲核心的個人英雄主

〔註 58〕　《文學上的古典主義浪漫主義和寫實主義》，《學生雜誌》第 7 卷第 9 期，1920 年 9 月。

〔註 59〕　《〈歐美新文學最近之趨勢〉書後》，《茅盾全集》第 18 卷，第 48 頁。原文作家名、書名、人物名爲英文原文。譯名爲筆者所爲。

〔註 60〕　羅曼・羅蘭：《1895 年 9 月 28 日的日記》，轉引自四川人民出版社：《二十世紀外國文學史》第 1 卷，第 143 頁。

義；一是以自由、平等、博愛爲核心的革命人道主義。由於這時羅蘭的思想
含上述強烈同情十月革命與無產階級社會主義革命運動以及反侵略戰爭傾
向，故比一般的資產階級民主主義更積極、更先進。後來他「終於成爲社會
主義的戰士」。〔註61〕巴比塞的思想歷程與羅曼・羅蘭有共同點，他曾發起保
護蘇聯無產階級政權的反戰運動。1919 年他完成了以此反戰精神爲主題的長
篇小說《光明》及另一長篇《炮火》，受到列寧很高的評價。1923 年在政治迫
害最嚴重的時刻，他毅然加入法國共產黨，較羅蘭的前進更早更激進。他們
的新理想主義，是在由民主主義向社會主義過渡時期的具中介形態的進步哲
學思想。不光他們，在俄國如普列漢諾夫、高爾基，在中國如李大釗、魯迅
和此刻的茅盾，許多偉大的革命民主主義者，在向共產主義者過渡時，大都
呈現過這具過渡性與中介性的思想形態。茅盾倡導新浪漫主義的後期所舉《約
翰・克利斯朵夫》主人公那「表現『自我』，進於新光明之『黎明』」思想，
指的就是這種新理想主義。它與中國當時徹底的反帝反封建、鼓吹民主、科
學、自由、人道主義與個性解放的「五四」時代精神完全合拍。這正是茅盾
放棄他當時理解的「寫實派自然派」，而鼓吹新浪漫主義，且使之與象徵派頹
廢派完全脫鉤的歷史的現實的原因與根據。茅盾曾明確指出：「人的發見，即
發展個性，即個人主義，成爲五四時期新文學運動的主要目標；當時的文學
批評和創作都是有意識的或下意識的向著這個目標。」〔註62〕茅盾當然是有
意識的。

　　茅盾對他逐漸明確起來的以新理想主義爲哲學基礎的新浪漫主義文學主
張，作了明確的闡述：「浪漫的精神常是革命的解放的創新的。」新浪漫主義
「欲擺脫過去的專制，服務於將來。」「表現過去，表現現在，並開示將來給
我們看。」〔註63〕茅盾同時一再強調：「新浪漫主義之對於寫實主義」「非反
動而爲進化」。由此也可見茅盾的新浪漫主義與明確宣告自己是現實主義之反
動的現代派有質的不同。「新浪漫主義爲補救寫實主義之豐肉弱靈之弊，爲補
救寫實主義之全批評而不指引，爲補救寫實主義之不見惡中有善。」〔註64〕
它是「能兼觀察與想像，而綜合地表現人生的。」〔註65〕應該指出：由於茅

〔註61〕茅盾：《永恆的紀念與景仰》，《文萃》第 3 期，1945 年 10 月 23 日。
〔註62〕《關於「創作」》，《茅盾全集》第 19 卷，第 266 頁。
〔註63〕《爲新文學研究者進一解》，《茅盾全集》第 18 卷，第 42～43 頁。
〔註64〕《〈歐美新文學最近之趨勢〉書後》，《茅盾全集》第 18 卷，第 48 頁。
〔註65〕《茅盾全集》第 18 卷，第 71 頁。

盾當時分不清寫實主義與自然主義的界限，這裡他用「寫實主義」一詞所述「豐肉弱靈」、「全批評而不指引」、「不見惡中有善」等等，很大程度上是自然主義的弊端。而其 1920 年 9 月起再次修正了其界定的內涵的新浪漫主義，倒是與批判現實主義相一致；它確實與「合神秘表象而為新浪漫」或別的現代派分支，沒有什麼共同之處了。

事實上自《約翰‧克利斯朵夫》問世至今，中外文學界、學術界大都把它和其作者的同期作品視為批判現實主義之巔峰。不過以新理想主義思想為指導的這種創作方法形態，一如轉變為社會主義現實主義之前夕的高爾基那樣，在現實主義基質中，包含著積極浪漫主義與革命現實主義的新質基因。這就使它區別於自然主義；也區別於契訶夫、狄更斯式的批判現實主義。在十月革命前後，高爾基及許多蘇聯美學家都在尋找這一新創作方法的新定義，並試圖在「現實主義與浪漫主義的結合」上尋找突破。我認為：早在茅盾揚棄被他混同了的現實主義與自然主義，即他所說的「寫實派自然派」時，在他徘徊於現實主義與剛崛起的名目繁多的現代派諸派別之間時，他就懷著發現的喜悅，看出了羅曼‧羅蘭、巴比塞等以新理想主義思想為基礎的批判現實主義的新質；經過短暫的猶豫，他終於決心從「神秘表象」之「合」中把它分解出來，作為獨立的創作方法形態。為避免混同，他在命名為「新浪漫主義」時，這才把羅曼‧羅蘭與巴比塞的新理想主義思想及其代表作，拿來作為新浪漫主義的特定修飾語與限制詞。而茅盾再三申明：這「新浪漫主義」不是對寫實主義之「反動」，而是它的一種「補救」；則又從另一方面證明：它是被徹底的不妥協的反壓迫、反侵略精神和相信未來、憧憬革命理想的樂觀主義精神所充實了的新創作方法。這種具過渡性與中介性的創作情態，在羅蘭、高爾基、魯迅等偉大作家由批判現實主義向革命現實主義過渡當中，都程度不同地形成過「中介性」階段。迄今為止，中外理論家都對它關注過並認真研究過；但仍未能作出具高度理論概括性的定名、界定和闡述。茅盾的關於新浪漫主義的逐漸「位移」，終於定名，並作出定性分析的過程，應該說是較早的頗具開創性的發現與探索。由於還有欠科學處，他的努力迄今未獲普遍的承認。但對他的這一發現與探索，應給予較高的評價。因為它帶有明顯的前驅性與開創性。

至今這一「中介性」情態，仍被混淆在現代派諸分支中未獲解脫。學界對它也說法不一。但對這頗具理論意義的中介形態，我們應該依靠集合力，

把它剝析出來，給予科學的命名、界定與闡述。

第四節　「確信馬克思底社會主義」，參與籌建中國共產黨的宣傳工作

「五四」過後不久，文化革命隊伍就分化了。魯迅那種「兩間餘一卒，荷戟獨彷徨」的體驗，很多人都經歷過。1922 年茅盾首次總結這段歷史時說：「『五四』以後，人人有改造和解放的思想了」，「愛國思想的全盛時代」，「種下了憂國憂民、繼續奮鬥的種子。」但進步勢力「卻被舊有勢力所遮沒」。「人們仍舊得不到真的『改造』『解放』。」茅盾相信革命的「潛勢力是永遠存在的，所以彼等終有成功的一天。」不過思想戰線日趨複雜。因「受西方思想的影響」，個人主義便應運而生了。這導致「新村運動」、人道主義、無政府主義等思潮。這些思潮不僅解決不了問題，也「敵不過舊勢力」。青年們普遍陷入苦悶之中。有些人漸趨消極，甚至追求「個人肉感享樂主義」，「自我麻醉主義」等等。有的人以爲「新不如舊」，便「打起反對新思想的旗子」。〔註66〕正如魯迅所說：這是「沉滓的泛起」，是時代的逆流！

一

茅盾說他也是混在「這個漩渦裡的一份子，起先因找不到一個歸宿，……同樣感到了很深的煩悶」。這是他繼辛亥革命失敗後的第二次幻滅苦悶期。但他並沒有消沉，他仍然緊跟李大釗、陳獨秀等時代前驅；與文學戰線同樣，他在政治道路上，也苦苦地探索。這段思想歷程，是茅盾一生的關鍵。他走得十分艱難，態度卻十分執著。

他繼續無情地批判各種舊思想。例如他批判中國人「一向很重」的「崇拜心理」，及其對孔老二的雙重崇拜；他大聲疾呼：「我們應得醒醒了，應得把腦子裡崇拜二個字的影子磨了，只可有佩服，而且只佩服真理。」〔註 67〕他認爲「世間本沒有絕對的真理」，是經過無數前人的「補苴罅漏」，「才能得到一些『較完全』的」；「後人倘然不能把他的缺點尋出，把他的優點顯出，

〔註66〕《五四運動與青年們底思想》，《民國日報·覺悟》，1922 年 5 月 11 日，《茅盾全集》第 14 卷，第 338～344 頁。

〔註67〕《佩服與崇拜》，《時事新報·學燈》，1920 年 1 月 25 日，《茅盾全集》第 14 卷，第 104 頁。

或者更發揚之，那才是後人的不體面。」正是從這個立足點出發，他也不怕借鑑頗受非議的尼采。他贊賞尼采的下述見解：「把哲學上一切學說，社會上一切信條，一切人生觀道德觀，從新稱量過，從新把他們的價值估定。」〔註68〕正是從「五四」時代反封建傳統的需要出發，茅盾重新估價了尼采。他力爭把握第一手資料，不僅讀了最能代表尼采思想的《查拉圖斯忒拉如是說》和《強力意志》，譯了前者中的兩章：《新偶像》、《市場之繩》；還讀了尼采的其他著作，如《悲劇之發生》、《不合時宜的考察》、《人性的、太人性的》、《朝霞》、《快樂的知識》、《善惡的彼岸》、《道德的譜系》、《偶像的黃昏》、《反基督》等。此外還有尼采妹妹寫的《尼采傳》及其他研究尼采的著作。茅盾寫了洋洋鉅篇《尼采的學說》。

茅盾對尼采的道德觀持一分為二的態度：他「贊和『超道德家』的尼采」，卻否定宣揚「主者道德」，貶損「奴者道德」的「『道德家』的尼采」。尼采說過：「現社會的道德信條本來不過是利用他底一種人弄成的，不是絕對真理」，必須「重新估價」。茅盾很欣賞這段話。因為他從中得到「推翻舊道德，估定新價值的極妙利器」。但他又提醒人們：「讀尼采的著作，應該處處留心，時常用批評的眼光去看他，切不可被他犀利駭人的文字所動。」〔註69〕這種思辨的求實態度，和他擇取尼采學說之精華的大膽態度，同樣動人！

有比較才有鑑別，有鑑別才有擇取。在西方各種思潮中，茅盾終於把關注的目光集中到社會主義上來了。把他的零星回憶文字集中起來，我們可以粗線條地描繪出他從接觸馬克思主義到信仰馬克思主義，參與創建中國共產黨，並作為其重要成員之一積極參加戰鬥的歷程。

他最初接觸馬克思主義僅僅把它當作各種政治學說之一種來研究的，他說：「那時已是 1919 年尾，我已開始接觸馬克思主義，我覺得看看這些書也好，知道社會主義還有些什麼學派。」〔註70〕當時漢譯馬克思主義原著極少。茅盾所讀的是英譯版原著。〔註71〕

隨後他和籌建中國共產黨的陳獨秀等建立了聯繫。當時國內對社會主義的態度極為分歧和複雜。由於《新青年》內部發生政治分裂，1920 年 9 月陳獨秀把《新青年》移到上海出版。自第 8 卷第 1 號起「結束了過去的以『文

〔註68〕　《尼采的學說》，《學生雜誌》第 7 卷第 1 號，1920 年 1 月。
〔註69〕　《尼采的學說》。
〔註70〕　《我走過的道路》（上），第 133 頁。
〔註71〕　《致沈楚》，1974 年 2 月 4 日，《茅盾書簡》，第 305 頁。

學革命』爲中心任務的《新青年》，而開始了以『政治革命』爲中心任務的
《新青年》。」爲籌備此事，1920 年初陳獨秀專程來滬。茅盾也應陳獨秀之
邀，與陳望道、李漢俊、李達一起，到漁陽里二號陳獨秀的住處和他作過一
次長談。然而「其時談唯物史觀者，不僅陳等一派」，還有政治上屬研究系、
哲學上鼓吹「法國唯心派哲學家柏格森之『創化論』出名之張東蓀」等僞裝
進步的投機派。茅盾和他也有聯繫。不僅應約在其刊物上發表文章，還應張
東蓀之請爲其主編的《時事新報》代理過幾週「主筆」。「在籌劃如何結黨（共
產黨）之時，張亦參加。」而且「《新青年》開始『談政治』以後，在『理論』
方面，實甚駁雜。羅素博士來中國講學時，《新青年》譯登羅之著作，而對於
羅之思想體系，則未批判。」〔註 72〕茅盾當然不可能超越時代與當時的環
境。1919 年 12 月《解放與改造》就刊有茅盾應張東蓀之約客觀地介紹資產階
級改良主義哲學家羅素（時譯爲羅塞爾）鼓吹「基爾特社會主義」〔註 73〕的
文章：《羅塞爾〈到自由的幾條擬徑〉》。這篇文章相當長，茅盾信守客觀介紹
的原則，通篇無一臧否之言。只是後來在另一譯文略作表態：「其言公允中
和，總算得是折衷派。英國工會最發達，成爲基爾特自然較易；我國情形不
同，將來社會改造是否能出此途，誰也不敢說，我現在介紹他的主張，不過
叫大家曉得曉得是什麼一種東西罷了。」他說他譯該書的第二章《巴枯寧的
無強權主義》也是此意；「當然不是替無強權主義打邊鼓。」〔註 74〕羅素的
「基爾特社會主義」主張和平進入社會主義，反對無產階級對資產階級的鬥
爭，更反對無產階級專政。對此茅盾當時還不能識別；但他的上述表態卻相
當慎重。

茅盾從「拿來主義」出發，廣泛閱讀各種論著以充實自己。他通過美國
人開的伊文思圖書公司和日本東京丸善書店西書部購得許多英、美出版的新
書和雜誌，「通過英文」和「從日本譯本轉譯的」版本「讀社會科學、馬列主
義經典著作」。〔註 75〕這是他努力克服幾千年傳統思想局限去切近眞理的艱難

〔註 72〕《客座雜憶》，1941 年 9～11 月連載於《筆談》，《茅盾全集》第 12 卷，第 95
～97 頁。
〔註 73〕意譯應是「行會社會主義。」
〔註 74〕《〈巴枯寧的無強權主義〉譯者按》，《解放與改造》第 17 卷第 2 號，1920 年
1 月，《茅盾全集》第 14 卷，第 102～103 頁。
〔註 75〕《致沈楚》，《茅盾書簡》，第 305 頁，《致莊鐘慶》，百花版《茅盾書信集》，
第 442 頁。

的思辨過程，彎路自然難免。茅盾有過誤認，如他曾把岡察洛夫等人傳播傅立葉、歐文等人的空想社會主義的時代，稱作「社會主義的文學時代」。〔註 76〕他還說過「人群進化的大路到底是無政府主義呢，還是社會主義呢，原也難說」〔註 77〕的話。這時，茅盾對馬克思主義有認同也有保留，如認為「馬克思的唯物史觀，前半截是很不錯的，後半截──馬氏擴為經濟定運論──卻錯了」。〔註 78〕茅盾晚年總結這段經歷時說：「只有看得多，才能比較，才能分辨出哪些是正確的，哪些是不正確的；只有這樣自己探討出來的正確東西，自己才真正受用。當然，因此也走了彎路，付出了十分辛勤的腦力勞動，在當時歷史條件下，這是不得不然的」。〔註 79〕

二

　　然而茅盾是位唯物主義的實踐主義者。他認為：「凡事一套進理論的圈子，憑空的數起理來，每每是話語愈說愈多，而解決終於不得。我們自然不能完全看輕理論方面，可是也不可忘卻事實」。〔註 80〕「凡是一種改革，一定要跟著時勢走；不能專靠思想方面的提倡。」〔註 81〕我在前邊引證過茅盾的學習西方必須結合中國國情的言論，他 1910～1920 年研究和學習馬克思主義，雖從當作一種學派進行研究入手，卻能不斷地運用中國的實際需要加以篩選。大約在「1919 年參加政治活動」〔註 82〕之後，他有了更多的理論聯繫實際、以實踐檢驗理論的機會。

　　1920 年 7 月上海共產主義小組正式成立。同年 10 月茅盾經李漢俊介紹參加了該小組，並參與籌建中國共產黨的理論宣傳工作。為適應當時建黨的理論宣傳之急需，茅盾接受了該小組所辦第一份地下黨刊《共產黨》的主編李達的約稿。在翻譯和撰稿中，茅盾克服了學習過程的局限，認識加深多了；

〔註 76〕　《〈一個農夫養兩個官〉譯者前記》，《時事新報‧學燈》，1919 年 12 月 7 日。
〔註 77〕　《文學上的古典主義浪漫主義和寫實主義》，《學生雜誌》第 7 卷第 9 號，1920 年 9 月 5 日。
〔註 78〕　《尼采的學說》，《學生雜誌》第 7 卷第 2 號，1920 年 2 月 5 日。
〔註 79〕　《在「五四」時期老同志座談會上的發言》，1979 年 5 月 4 日，《茅盾全集》第 17 卷，第 622～623 頁。
〔註 80〕　《現代女子的苦悶問題》，《新女性》第 2 卷第 1 號，1921 年 1 月 1 日，《茅盾全集》第 15 卷，第 307 頁。
〔註 81〕　《解放的婦女與婦女的解放》，《婦女雜誌》第 5 卷第 11 號，1919 年 11 月 15 日，《茅盾全集》第 14 卷，第 65 頁。
〔註 82〕　1962 年 1 月 27 日《致翟同泰》，《茅盾書簡》，第 260 頁。

頭腦也清醒多了。他晚年回憶道：「我在該刊第二號（1920 年 12 月 7 日出版）翻譯了《共產主義是什麼意思》（副題爲『美國共產黨中央執行委員會宣布』）、《美國共產黨綱領》、《共產黨國際聯盟對美國 IWW（世界工業勞動者同盟的簡稱）的懇請》、《美國共產黨宣言》，共四篇譯文。通過這些翻譯活動，我算是初步懂得了共產主義是什麼，共產黨的綱領和內部組織是怎樣的；尤其《美國共產黨宣言》是一篇馬克思主義理論及其應用於無產階級革命實踐的簡要的論文，它論述了資本主義的破裂，帝國主義，戰爭與革命，階級鬥爭，選舉競爭，群眾工作，無產階級專政，共產主義社會的改造等等。由於從譯文中學得了這些共產主義的初步知識，我在 1921 年 4 月 7 日出版的《共產黨》第 3 號上，寫了一篇《自治運動與社會革命》〔註 83〕，同期的《共產黨》上又有翻譯的《共產黨的出發點》。在 1921 年 5 月出版的《共產黨》第 4 號，我翻譯了列寧的《國家與革命》第一章。」〔註 84〕這是列寧此書在中國最早的譯文，雖只譯了一章，卻傳播了列寧主義的理論精髓。

如果說 1921 年 1 月 15 日發表的《家庭改制的研究》是茅盾的婦女觀發生質變的標誌，那麼同年 4 月 7 日發表的《自治運動與社會革命》一文，就是茅盾的政治觀、社會觀發生質變的重要標誌。兩文發表時間相距不到三個月。中國當時仍然是被北洋軍閥政府統治著。全國各地又是地方軍閥割據的局面。北洋軍閥與地方軍閥之間、地方軍閥與縉紳之間，在統治人民問題上是一致的；但他們彼此又存在複雜的狗咬狗的矛盾。「省自治」與「聯省自治」運動，就是以此爲背景，由地方縉紳提出來的。他們打出「民主」和「自治」的旗號，迷惑並爭取群眾。茅盾此文旨在揭穿這一騙局。其立論根據，是馬克思主義的歷史唯物論的社會革命論。其基本精神有以下五點：一、茅盾指出：「省自治」運動的實質，是打著「民主政治」幌子的「縉紳」運動。縉紳階級統治和軍閥統治相比，「簡直就是前山老虎和後山老虎」，都是一樣要吃人的。所以「省自治」的縉紳運動如果得逞，「眞正的平民得不到一些好處，反加多一重壓制，加多一層掠奪罷了」！二、縉紳運動所謂的「民主政治」，目的是「狐媚外國的資本家」，其所謂「趕走軍閥」，「決沒有」「成功的可能」。「因爲他們的目的本不想把軍閥趕走」；「只想軍閥分一些賊贓與他們，他們就萬事俱休。」所以他們「還不及西洋的市民，是扶不起的賴狗，教訓不好

〔註 83〕 收入《茅盾全集》第 14 卷。
〔註 84〕 《我走過的道路》（上），第 175～176 頁。

的小子，簡直和軍閥是一模一樣的。」三、茅盾認為，「我們當前的事體該怎麼辦，是很明白了，這就是無產階級的革命！立刻舉行無產階級的革命。」四、「無產階級的革命便是要把一切生產工具都歸生產勞工所有，一切權力都歸勞工們執掌。直到盡滅一分一毫的掠奪制度，資本主義決不能復活為止。」五、茅盾表示他對實現這一理想充滿了信心，因為「這個制度現在俄國已經確定了」，因此它在中國也一定能確立。他堅信「最終的勝利者一定在勞工，而且這勝利即在最近的將來，只要我們現在準備著。」〔註85〕這些觀點，除「革命速勝論」屬於不切實際的幻想外，其他都是很正確，也很切中國實際情況之肯綮的。

　　茅盾在1921年1月發表的《家庭改制的研究》和同年8月發表的《婦女經濟獨立討論》兩文中，兩次提出過馬克思主義關於經濟基礎與上層建築、意識形態及其相互關係的辯證觀點，並用以解決婦女運動問題；同年4月發表的《自治運動和社會革命》則較系統地闡述了馬克思主義的無產階級革命與無產階級專政學說，並用以解決中國革命及其發展前景等實際問題。這充分說明，到1921年，茅盾已經基本上確立了馬克思主義世界觀，特別是確立了馬克思主義的社會革命觀。在茅盾譯了其第一章的列寧的《國家與革命》一書中，列寧明確指出：「誰要是僅僅承認階級鬥爭，那他還不是馬克思主義者，他可能還沒有走出資產階級思想和資產階級政治的圈子。」「只有承認階級鬥爭，同時也承認無產階級專政的人，才是馬克思主義者。」〔註86〕到1921年為止，茅盾前兩年存在的不明確什麼是社會主義，「人類進化的大路」到底是否是社會主義，以及贊成馬克思的歷史唯物論的「前半截」，而不贊成其「後半截」，即茅盾所謂的「經濟定運論」問題，現在一個一個通通解決了。至此，我們可以明確宣布，茅盾已經基本上是個馬克思主義者了：上述這批文章，是其理論的標誌；而1920年10月加入了共產主義小組，並成為中國共產黨最早的黨員之一，則是其組織上的標誌。只是其美學觀比較滯後，此時尚處在繼續變革期。

　　當然，我這裡僅僅說「基本上是」，是考慮到他這時思想中還有一些不徹底、欠辯證的東西。就《自治運動與社會革命》一文言，就明顯存在著兩個

〔註85〕《自治運動與社會革命》，《共產黨》第3號，1921年4月7日，《茅盾全集》第14卷，第200～204頁。
〔註86〕《列寧選集》第3卷，人民出版社，1960年版，第199頁。

弱點：一、他對中國國情與俄國國情的區別認識不夠。他沒有看出中國尚存
在發展民族資本主義的必要性而不是立即消滅民族資本主義。同樣，他也不
可能看出中國的無產階級革命必須分兩步走。二、與此相聯，他對中國革命
的勝利，態度上過於樂觀；存在幻想。對其艱鉅性、曲折性、長期性估計不
足。1927 年大革命失敗後，茅盾說他「幻滅」了；他「幻滅」的，正是這革
命速勝論的不切實際的「幻想」。然而不僅在當時，就是在此後若干年，甚至
直到 1940 年毛澤東在《新民主主義論》一文中把中國革命分兩步走的方針與
道路理論化之前，又有誰能達到這個時新高度呢？明確地指出 1921 年茅盾的
局限性是必要的。但是我們必須在中國革命史與中共黨史裡，對茅盾當時發
表的這篇帶有一定綱領性、路線性、策略性的文章，及其對中國共產黨成立
前夕所作的其他歷史貢獻，毫不含糊地記上一筆。1922 年 5 月 4 日，茅盾發
表了《五四運動與青年底思想》一文。直到這時他方正式宣布：「近來我已找
到了一個路子，把我底終極希望，都放在彼上面，所以一切煩悶，都煙消雲
滅了。這是什麼路子呢？就是我確信了一個『馬克思底社會主義』。」〔註87〕
茅盾的宣言後於他的行動。茅盾這種堅定而踏實的態度，起碼應該博得我們
的讚賞與尊敬！

　　如果從當時文藝界達到的思想政治水平看，我還要說：茅盾世界觀、政
治觀的突變，帶有明顯的前驅性與啟蒙性。茅盾不僅是中國現代文學史上第
一個共產黨員文學家，而且也是中共黨史上積極參與籌建中國共產黨的宣傳
工作的早期共產黨人之一，他為黨的建立所進行的宣傳活動和所建立的不朽
功勳是不應被遺忘的。

〔註87〕《茅盾全集》第 14 卷，第 344 頁。

第三章　叱吒文壇 (1921～1926)

第一節　主持《小說月報》與文學研究會

　　從 1920 年 12 月參與發起文學研究會，到 1921 年 7 月中國共產黨成立，茅盾以共產主義小組成員身分成為最早的 53 個黨員之一。從此，茅盾的文學與政治雙軌並行、互為表裡的活動，由個人方式轉入群體方式。為解放全人類的共產主義事業而奮鬥的偉大理想，成了茅盾的人生道路與「為人生」的文學主張及其日漸嬗變的導向與動力。但其人生道路與文學道路的發展歷程，卻是豐富、複雜的，有時也出現曲折。

一

　　茅盾成為主宰文壇的重要人物之一，是從他主持《小說月報》改革開始的。

　　《小說月報》創刊於 1910 年 7 月，是全國最大的文學期刊。它長期被封建文人所把持；但也時時受文學新潮的衝擊。中國近代最早的小說新潮發動者是梁啓超。維新維法失敗後，他轉向文壇，倡導「重『善』重『俗』」、反封建求民主的「政治小說」。與南社倡導「誠善美統一」的代表人物黃摩西成犄角之勢。這改良主義的「小說界革命」，「五四」前後被魯迅為先導的徹底革命派「為人生」的現實主義小說新潮所取代。茅盾在上海與在北京的魯迅相呼應，也構成犄角之勢。這就徹底改變了新舊力量的對比：新派強於舊派，「為人生」的審美取向深入人心。這一切對商務印書館及其所辦的《小說月報》形成鉅大壓力。連館內最保守的力量，也不得不從利害關係出發考慮《小

－73－

說月報》的改革問題。

大約 1919 年 11 月初旬，身兼《小說月報》、《婦女雜誌》兩刊主編的王蘊農經館方授意，取得孫毓修、朱元善同意，請茅盾在《四部叢刊》、《學生雜誌》兩攤工作之外，再來主持《小說月報》「小說新潮」欄。王蘊農也是封建文人，但非鴛鴦蝴蝶派。他也是南社社員，兼通西學，較爲開明。因此茅盾答應合作。1919 年 12 月 25 日《小說月報》第 10 卷第 12 號發表了茅盾擬的《「小說新潮」欄預告》，宣布了它的宗旨：「要使東西洋文學行個結婚禮，產出一種東洋的新文藝來！」〔註 1〕

從 1920 年 1 月第 11 卷第 1 號起，茅盾主持的《小說月報》「小說新潮」欄，以全新面目面世。他在《「小說新潮」欄宣言》中，闡述了自己的眞善美統一、以新文藝鼓吹新思想的美學主張。他從其文學進化論色彩很濃的「古典主義──浪漫主義──自然主義（寫實主義）──新浪漫主義」的公式中，挑出適合中國文壇當前需要的「寫實派自然派」「先行介紹」。他擬定了分兩步走的計劃，公布了第一批介紹 12 家 33 部作品，第二批介紹 8 家 13 部作品的具體安排。經過茅盾的精心策劃，「小說新潮」欄在封建文人長期把持的《小說月報》打開了一個缺口。但茅盾旋即發現：他的「小說新潮」欄僅佔刊物篇幅的三分之一。其餘版面仍登鴛鴦蝴蝶派和諸如「東方福爾摩斯」之類的小說。他的改革頂多是個「半」改革。

這使他大失望！

新舊兩派對這「半改革」均不滿意；訂數仍繼續下降。王蘊農只好辭去《小說月報》、《婦女雜誌》兩刊主編職務。爲扭轉困境，1920 年 10 月總經理張元濟、編譯所所長高夢旦赴北京拜訪新潮名流求教問計。他們見了胡適，也見了茅盾在北大預科大學時就多次拜訪過的蔣百里。蔣百里是浙江籍軍事教育家兼文學家。他這時正和鄭振鐸等籌備辦刊物，醞釀成立文學研究會。鄭振鐸是北京鐵路專科學校學生，這時已是發表了許多文章的文壇新秀。經蔣百里介紹他們和鄭振鐸相互交談了辦刊物的計劃。但張元濟不肯出版新刊，倒想請鄭振鐸來滬主持改革《小說月報》。作爲北京新潮派核心人物之一的鄭振鐸，重任在肩，學業未畢，不肯來滬主持《小說月報》的改革。他對已具全國影響的茅盾雖未謀面，神交卻久，就建議張元濟、高夢旦就地取「才」：請茅盾主持《小說月報》的改革。張元濟、高夢旦對茅盾的建樹早就

〔註 1〕《茅盾全集》第 18 卷，第 1 頁。

刮目相看，當即下了決心。

　　回滬後立即由高夢旦出面，約茅盾談話：先對他的工作備加稱讚，並代表館方要求茅盾接任《小說月報》、《婦女雜誌》兩刊主編。茅盾表示只能接任《小說月報》主編，但要了解況後才能提出徹底改革的意見。他從王蒓農處獲悉：已買下的鴛鴦蝴蝶派舊稿，足夠用一年。所存的林琴南譯稿也有十餘萬字。若要接收，談何改革？茅盾遂提出三個條件：一是存稿均不刊用。二是改四號字為五號字。三是「館方應給我全權辦事，不能干涉我的編輯方針。」高夢旦痛快地答應了這三個條件，只提出一個要求：1921年1月號的稿子，兩週後必須開始發排，40天發完，以保證按期出版。茅盾胸有成竹，就一口答應。從此茅盾踏上了以全國最大文學陣地引導新潮的征程。

　　茅盾決定自己搞論文譯文，創作則約人寫稿。他首先發信給北京的王統照。回信的卻是鄭振鐸。原來鄭振鐸從王統照、郭紹虞兩個參與發起文學研究會的朋友處得到溝通。王統照本和《小說月報》有稿件來往關係。郭紹虞原是商務印書館所辦尚公小學的教員，茅盾來商務印書館後和他結識。他現正在北京大學旁聽。由王統照、郭紹虞為他們雙搭鵲橋，何況鄭振鐸與茅盾又文交神交日久。鄭振鐸的回信促成了一件大事：京滬聯袂，成立了「五四」時期規模影響均最大的文學社團：文學研究會。原來鄭振鐸跟張元濟談判辦新刊未成，就決定先成立文學研究會。他在信中答應為《小說月報》組稿；並邀茅盾作文學研究會的發起人。茅盾大喜過望，慨然應允，並決定把《小說月報》作文學研究會的代會刊。12月4日與30日在京發起人在耿濟之家召開籌備會，起草了宣言、會章，通過首批會員名單。1921年1月4日在中央公園來今雨軒開了成立大會。從此掀開中國現代文學史嶄新的一頁。茅盾不只一次在文章中說過：文學研究會是當代各文學流派中唯一一個沒有宣布自己傾向何派的鬆散組織。其共同主張也僅是一句話：「將文藝當作高興時的遊戲或失意時的消遣的時候，現在已經過去了。我們相信文學是……於人生很切要的一種工作。」〔註2〕它留下的文件也僅是一份宣言、一份章程、一份會務報告。總會名義上設在北京，卻並無會址。由鄭振鐸和茅盾在京滬兩地負責總聯絡。1921年3月鄭振鐸畢業赴滬工作後，上海分會實際上成了「總會」。魯迅不是文學研究會的會員，因他所在的教育部規定：部員不能參加社會團

〔註2〕《文學研究會宣言》，《小說月報》第12卷第1號，1921年1月。

體。但他是文學研究會強有力的支持者。周作人起草的宣言，就經魯迅看過。會員的政治、藝術傾向也不完全一致。但大都是務實的文壇中堅，其創作、理論與文學活動，共同體現出「為人生」的現實主義傾向。茅盾與鄭振鐸以其理論批評、所辦刊物與巨大凝聚力，成為實際上的核心，具權威性的代表人物及實際的領袖；文學研究會以其務實精神與顯赫建樹，成為代表「五四」精神的最大文藝社團。

二

籌備文學研究會期間，鄭振鐸如約寄來一批稿件，後又寄來文學研究會宣言與會章。茅盾的論文等稿也已備齊。他還在《小說月報》11 卷末期發表了五則《本月刊特別啟事》，宣布自 12 卷起全面實行改革。還公布了以文學研究會會員為核心的撰稿人名單、新設欄目等等。

1921 年 1 月 10 日，茅盾「唱獨角戲」，全面改革的《小說月報》第 12 卷第 1 號按期出版。隨刊發表了文學研究會宣言與會章。茅盾在《〈小說月報〉改革宣言》中提出六點意見。主要內容是：「(一)『一國文藝為一國國民性之反映，亦惟能表見國民性之文藝能有眞價值，能在世界的文學中佔一席地』；(二)『中國舊有文學不僅在過去時代有相當之地位而已，即對於來亦有幾分之貢獻』；(三) 主張廣泛介紹歐洲各派文藝思潮以為借鑑，『對於為藝術的藝術與為人生的藝術，兩無偏袒』。」〔註 3〕這就確立了創作、介紹並重，借鑑中國古代文學與外國文學並重，「為人生的藝術」與「為藝術的藝術」並重的公允態度。改革號設論評、研究、譯叢、創作、轉載、雜載等欄目。其中「海外文壇消息」一直由茅盾撰寫，在溝通中外文壇方面影響也最廣最大。論文除改革宣言外，最重要的是茅盾的《文學與人的關係及中國古來對於文學者身份的誤認》、周作人的《聖書與中國文學》。創作除一篇投稿外，均是鄭振鐸由京寄來的文學研究會成員所作：冰心的《笑》、葉紹鈞的《母》、許地山的《命命鳥》、瞿世英的《荷瓣》、王統照《沉思》，和鄭振鐸以「慕之」筆名寫的《不幸的人》。〔註 4〕譯作及譯者層次與創作及其作者的層次同樣地高：

〔註 3〕《我走過的道路》（上），第 164 頁。

〔註 4〕茅盾曾以慕之的筆名為許地山的《換巢鸞鳳》寫過附言。我們編《茅盾全集》時，據此把《不幸的人》誤收入《茅盾全集》第 11 卷。後據 1921 年《交通部鐵路管理學校高等科乙班畢業紀念冊》得知，此文是鄭振鐸化名慕之所為。我曾以茅盾全集編輯室名義起草文章，作了正誤說明，刊《茅盾研究》

有周作人、耿濟之、孫伏園、王統照、鄭振鐸和茅盾本人等。茅盾還寫了評介文章《腦威寫實主義前驅般生》與六則「海外文壇消息」。他和鄭振鐸寫了五則「文藝叢談」。鄭振鐸還寫了「書刊介紹」。此外印有《跳舞》、《浴女》、《洗衣人》三幅精美彩印世界名畫。真是洋洋大觀，令人耳目一新。改革號一炮打響，徹底奪回了封建文人把持多年的這塊重要的文藝陣地。因此，在文壇引起很大震動。《時事新報‧學燈》主編李石岑在《介紹〈小說月報〉並批評》中說：讀了改革號「欣喜欲狂」。他除對具體作品給予嘉許外，還說：「小說月報今歲主其事者，為沈君雁冰。沈君性嗜文藝，復能寢饋其中，又得文學研究會諸賢之助，其所供獻於社會者，必匪淺鮮。」〔註5〕曉鳳發表的《介紹〈小說月報〉12卷1號》認為：該刊「已經在污泥裡過了一半的少年期了，伊現今……換了個靈魂」，「已經伐毛洗髓，容光煥發。」他特別肯定茅盾以多芬筆名發表的譯文《新結婚的一對》道：「多芬先生的文字，我平常不曾注意，但就這篇看來，是很有希望的。」〔註6〕

　　從1921年至1922年，茅盾獨力編了《小說月報》第12、13兩卷共24期。總共刊登論文（含譯著，下同）40篇；含茅盾的重要論文《新文學研究者的責任與努力》、《社會背景與創作》、《自然主義與中國現代小說》等15篇。文學史著33篇；含茅盾著譯各3篇。作家研究50篇；含茅盾著17篇。本刊作品評論76篇；除「附言」、「附注」等隨作品刊出的三言五語式的短論外，茅盾的評論僅4篇，反映了他不肯妄評自己編發的作品的謙遜態度。創作譯作647篇（詩287篇，劇30篇，小說281篇，散文47篇，兒童文學2篇）；作者既有魯迅及文學研究會中的大作家，也有文學新人；作品大都體現出「為人生」的現實主義傾向。國內文壇信息資料45篇；「海外文壇消息」192篇；全係茅盾為指引文壇、溝通信息所自寫。此外還有讀書雜記、書刊介紹59篇。名畫、插畫109幅。〔註7〕另出刊的一期《俄國文學研究專號》刊譯作與研究58篇。這說明改革後的《小說月報》，實際上是個綜合各種文體、理論與創作並重的大型期刊。

　　作為共產黨員和理論批評大家，茅盾自覺地把《小說月報》辦成推動文

　　　第5期。

〔註5〕《時事新報》分上、下兩次刊出，1921年1月31日、2月1日。

〔註6〕上海《民國日報‧覺悟》，1921年2月3日。

〔註7〕名畫插圖均附有文字說明。根據《小說月報》是茅盾獨力編輯的情況推斷，這些文字當係茅盾手筆。但《茅盾全集》沒有收入。

藝思潮、擴大革命影響的重要陣地。但他並不突出無產階級傾向，而是突出革命民主主義傾向，以便更廣泛地團結與影響作者與讀者。爲此他篳路藍縷，嘔心瀝血，高標準嚴要求。茅盾確立了宏偉的抱負：「我們的最終目的，是要在世界文學中爭個地位，並盡我們民族對於將來文明的貢獻。」〔註8〕1921年1月18日，他在致鄭振鐸信中表示：所刊作品「取極端的嚴格主義。」「非可爲人模範者不登。」「批評和藝術的進步，相激勵相攻錯而成。」故要鼓勵文學批評。他辦刊雖由個人主編，但要充分發動大家的力量。除鄭振鐸等文學研究會骨幹力量外，他還特別注意請魯迅給予支持。他和魯迅開始建立了密切聯繫。據《魯迅日記》載，僅1921年4月11日起至當年底，魯迅致茅盾信25封；茅盾致魯迅信23封。平均每月書信往來五六次。此外茅盾還經常通過周作人間接和魯迅交換意見。這使以茅盾爲首的文學研究會和以魯迅爲導師的《語絲》派結盟，成爲引導文壇新潮流的強大的「爲人生」的現實主義主流派。

茅盾的理論批評與辦刊工作產生了鉅大而廣泛的影響。其培養作家、建設隊伍的貢獻尤大。如茅盾發表冰心的《超人》時寫的附言及後來寫的《冰心論》，冰心認爲這影響了她畢生的文學道路。葉聖陶讀了茅盾爲其《母》所作評注「受寵若驚」，專程由蘇州趕到上海向茅盾面謝求教。巴金在成都奉讀《小說月報》後說他「受益匪淺」；他終生稱茅盾爲「沈先生」，師禮事之。沙汀說他「初期與文藝發生關係的媒介，就正是《小說月報》」。當時遠在法國的中共旅歐支部青年黨員傅鐘說：「沈雁冰同志的編著提高了我們的思想，啓發了我們的文學興趣，使我們更加認識到革命文學的重要作用。」〔註9〕茅盾介紹羅曼‧羅蘭與巴比塞的文章啓發了他們，爲此他們還拜訪了巴比塞當面求教。

儘管如此，茅盾對自己的工作的估計，卻謙虛而清醒，他說：「中國的新文藝正在萌芽時代，我們以現在的精神繼續做去，眼光注在將來，不做小買賣，或者七年八年之後有點影響出來。現在的《小說月報》只是純而正罷了。」〔註10〕足見茅盾高瞻遠矚的眼光與博大開闊的胸襟。

〔註8〕1921年2月3日《致李石岑》，《茅盾書信集》，百花文藝出版社版，第181頁。

〔註9〕以上引文分別見《憶茅公》與《茅盾紀實》兩書。

〔註10〕1921年2月2日《時事新報》：《致李石岑》，《茅盾書信集》，百花文藝出版社版，第181頁。

茅盾以《小說月報》為基地，魯迅以《語絲》為基地，共同以創作與理論批評引導文壇，團結與培養作家隊伍。這使我們聯想到俄國的別林斯基、車爾尼雪夫斯基、杜勃羅留波夫之分別主持著刊物以為陣地，扶植影響果戈理、奧斯特洛夫斯基、岡察洛夫等俄國作家群的輝煌文學時代的輝煌文壇格局：偉大理論批評家利用文藝陣地，團結凝聚偉大作家形成群體，其對時代的影響與推動力量之大，是無法估量的。

三

接手《小說月報》和參與發起文學研究會工作使茅盾不能回家過年還引起了小小風波。早在年初，茅盾把加薪、稿酬收入加多的事函告母親，她就疑心兒子拚命賺「外快」，可能是因為有了「女朋友」。老人對這包辦婚姻一直擔心。回信中就有弦外之音。夏天孔德沚懷了孕，到年底了兒子居然不回家過年，母親的回信空前嚴厲，要茅盾立刻搬家來滬。但在上海找三代四口人的居室談何容易？何況茅盾正籌備《小說月報》改革，只好託宿舍「經理」福生代覓。直到 1921 年 2、3 月間，才找到寶山路鴻興坊一樓一底帶亭子間、過街樓的寓所。茅盾籌備就緒，遂把家遷到上海。母親攜兒媳住進新居，見家具全新，僅洋裝書就有兩架，這才冰釋了懷疑。但她仍擔心兒子趕文章有損身體，遂讓兒媳負監督之責。其實茅盾趕文章，並非賺「外快」養「外室」，而是工作需要。茅盾至孝，並不解釋，每天晚飯後陪母親小坐一會兒，即回房趕文章。孔德沚仍跟婆婆學習。家務自有帶來的丫頭料理。婆媳「師生」有充分的時間教書、學習。

1921 年 4 月，長女沈霞呱呱墮地。暑期過後，孔德沚就到離家很遠的愛華女校文科插班。上海的學校程度高，功課很吃力；尤其因為她文字表達能力差，作文特別困難。茅盾公餘常跟夫人談政治談學業，實行其婦女運動文章中所論述的宏偉構想。他也常給她講文章寫法；有時還不得不越俎代庖，解燃眉之急。於是孔德沚遂以善寫文章聞名全校。她則感到很大壓力：擔心萬一敗露，難以下台。1922 年懷了沈霜，她才趁機輟學。此時她已達高中程度。

茅盾也引導夫人參加社會活動。其最早、歷時也最久的是 1919 年他與孔德沚、沈澤民參與發起，以茅盾為核心的桐鄉青年社。1919 年 9 月起又出版了《新鄉人》月刊，約出五六期；現僅存 10 月份出的第 2 期：其中刊有茅盾

－79－

《我爲什麼讀書》、《鄉譚》兩文。據第 3 期要目預告，還刊登了茅盾的《神奴兒》、《本鎮辦電燈廠問題》、《人到底是什麼》三篇佚文。1922 年春，茅盾攜夫人邀社內同志集會嘉興，研究擴大組織，改《新鄉人》爲《新桐鄉》繼續出版等事宜。次年他們又辦了桐鄉小學教師暑期演講會。茅盾講文學問題。會後他和孔德沚在母校植材小學談發展桐鄉教育事業與關心兒童諸問題。此會於 1924 年告終。據茅盾答翟同泰問時說：原因一是茅盾太忙，經費無著；二是沈氏弟兄是中共黨員，孔德沚也介入工運、婦運。這一政治傾向使社內思想保守者心存疑慮。桐鄉青年社是茅盾引導夫人、弟弟走上社會之始。其全部活動，是應「五四」大潮置身民主主義事業的時代需要；這是一個進步青年的民間組織。

沈澤民小茅盾四歲，其政治進步比兄嫂的速度都快。1917 年雖按父親遺囑入南京河海工程學校，旋即置身革命大潮。「五四」前後他走上街頭。他還與同學張聞天創辦了少年中國學會南京分會。他棄學研究政治，參加革命之心日益急切。據茅盾《我走過的道路》記，1921 年 2、3 月間兩人多次寫信討論行止。茅盾勸他等讀完這半年畢業後再說。不料 5 月底他眞的棄學返滬。他說服了母親和哥哥，於 9 月初和張聞天結伴赴日，邊打工邊學日語，研究馬列主義與十月革命經驗。〔註 11〕茅盾常在《小說月報》上刊登他的著譯，以稿酬補貼其日用。

由於茅盾主持《小說月報》、文學研究會影響極大，引起「文明戲」前驅汪仲賢的景仰。他託因投稿關係與茅盾熟稔的《時事新報》副刊主編柯一岑，邀茅盾參與發起一個戲劇社，成員還有陳大悲、徐半梅、熊佛西、歐陽予倩等。1921 年 5 月此戲劇社宣告成立。茅盾據羅曼·羅蘭倡導「民眾戲院」之意，起社名爲「民眾戲劇社」。所出《戲劇雜誌》刊登了沈澤民寫的《民眾戲劇的意義與目的》，評述羅曼·羅蘭的見解，實際上也是該社的代宣言。與此相關的是，茅盾還爲中西女塾學生上演的梅特林克六幕劇《青鳥》寫了《看了中西女塾的〈青鳥〉以後》一文，借以支持戲劇運動。

茅盾等文學研究會成員不斷擴大陣地，雜誌除了《小說月報》外還有《文學旬刊》（後改《文學週報》）、《晨報》副刊《文學旬刊》、《詩》等。此

〔註11〕關於沈澤民赴日時間，有 1920 年 7 月之說；其入黨時間，則有 1921 年 4 月入共產主義小組之說。本書均據茅盾《我走過的道路》，手足情深，其記憶當更可信。

外還出版了文學研究會叢書。《小說月報》出版了《被損害民族的文學》與
《俄國文學研究》兩個專號；再加上「海外文壇消息」及大量介紹外國文學
的著譯；在溝通中外文壇方面，也有重大影響。爲擴大文藝隊伍，茅盾提議
在北京「辦一講演會，就把講演稿作爲講義，分發遠處」。〔註 12〕他自己則在
江浙各地所辦的許多暑期講演會作過演講。這實際是左聯時期「文藝大眾化」
的濫殤。

　　1921 年 9 月，陳獨秀應共產國際代表馬林的要求，由粵返滬，擔負起中
共中央總書記職務。當時商務印書館擬聘陳獨秀任名譽編輯，派茅盾與陳獨
秀協商確定了月薪數目和承擔的任務。這時茅盾被編在中央支部。支部會就
在陳獨秀寓所法租界環龍路漁陽里二號開。這裡離茅盾閘北寓所極遠。開完
會回家常到深夜 12 點或凌晨 1 點。爲避免引起懷疑，茅盾經中央同意，向母
親、妻子公開了身份。深明大義的婆媳都很支持。將近年底時陳獨秀被捕。
陳獲釋後，改變了支部會地點；有時也在茅盾寓所召開。沈澤民入黨宣誓的
支部會即在他家裡開的。〔註 13〕這年底，中央決定由茅盾擔任直屬中央的聯
絡員。各地致中共中央的信件，外封寫茅盾的名字，內封寫「鍾英」（「中央」
的諧音）小姐收。每天由茅盾匯總，送到中央。外地來人也先找茅盾，對過
暗號，安排住下後，茅盾再和中央接頭。1921 年春鄭振鐸畢業後，來滬。旋
即進商務印書館主持《兒童世界》的編務工作。同時他還幫助茅盾處理《小
說月報》的編務工作。兩人通力合作，不論文學研究會或《小說月報》，工作
都大大加強，形成了鼎盛時期。

　　由於常有沈雁冰轉「鍾英小姐」之類信件，遂引起種種猜疑。有一次鄭
振鐸見寄《小說月報》的信件中，有一封寫有「沈雁冰先生轉交鍾英小姐玉
展」字樣。出於好奇，鄭振鐸就貿然拆開一看，卻大吃了一驚！原來這是中
共福州市委致中共中央的一封密函。鄭振鐸冰釋了懷疑；也了解到茅盾原來
是中共地下黨員。鄭振鐸是進步的革命民主主義者，對共產黨持同情態度，
其摯友茅盾又是其中一個重要成員，所以，他不僅幫助保密，幫助釋疑；此
後也配合茅盾的中共中央聯絡員工作。特別茅盾辭職、由他接手主編《小說
月報》之後，他更是幫助黨和茅盾做了許多工作。

〔註 12〕1921 年 8 月 11 日《致周作人》，《茅盾書簡》，第 13 頁。
〔註 13〕《我走過的道路》（上），第 180 頁。沈澤民入黨時間有 1921 年 4 月之説，若
　　　　茅盾的記憶不錯，則應是 1922 年 4 月。

第二節　堅持「爲人生」的功利主義，維護「寫實派」審美取向

從 1921 年始，茅盾的文學活動取得了輝煌成就；其美學觀也逐漸形成穩定的理論框架。茅盾乍登文壇時那種把捉不定對症良方時的急躁情緒與短暫的搖擺，這時已經結束；以「爲人生」的功利主義與「寫實派」的審美取向爲核心的美學觀基本定型。

一

1919 年底，茅盾開始學習馬克思主義。這有助於他克服思維方法的片面性。反映在文學論文中，儘管語言表述偶有偏重主觀或客觀處，但其美學觀總體，已經形成和具備了注重主觀與客觀相統一、主體意識與客體對象相統一、表現與再現相統一的合乎唯物辯證法的特點和基本性質。

以現實人生、時代精神爲核心的文學本源論：茅盾這一理論最有代表性的表述是「人的文學——眞的文學」。〔註 14〕其最形象化的概括是「鏡子說」：「文學是人生的反映，……譬如人生是個杯子，文學就是杯子在鏡子裡的影子」。〔註 15〕此說曾被批評爲「純客觀論」，是對「美在主觀」的新浪漫主義的拋棄。其實這比喻旨在說明：生活是第一性的，文學是第二性的，生活是文學創作唯一的源泉；藝術眞實不能違背生活眞實等觀點，並非把美的主觀性與美的客觀性對立起來。反之，他特別強調只有二者統一，才具備眞實性。因此他又說：「文學是表現人生的東西，不論他是客觀的描寫事物，或是主觀的描寫理想，……決不能把離開了人生的東西算作文學。」〔註 16〕

他所說的「人的文學」，表面看多少帶點人性論色彩；但其側重點在於：要求作家反映生活時，不要存私心與主觀片面性，要求作家的思想情感取向「一定確是屬於民眾的，屬於全人類的，而不是作者個人的。」茅盾的「眞的文學」口號的內涵是：「眞的文學也只是反映時代的文學。」「什麼樣的社會背景便會產生出什麼樣的文學來。」〔註 17〕

〔註 14〕　《文學和人的關係及中國古來對於文學者身份的誤認》，《茅盾全集》第 18卷，第 61 頁。
〔註 15〕　《文學與人生》，《茅盾全集》第 18 卷，第 269 頁。
〔註 16〕　《中國文學不發達的原因》，《茅盾全集》第 18 卷，第 97 頁。
〔註 17〕　《文學和人的關係及中國古來對於文學者身份的誤認》、《社會背景與創作》，

可見，這些觀點是個統一的有機組成體。這其實是他最早倡導「寫實派自然派」與「新浪漫主義」時種種取向的整合；但糾正了他在介紹西洋文學時有所側重導致的某些片面性因而引起的學界的種種誤解：如「美在主觀」說、存在「進──退──進」曲折歷程說，等等。新的觀點較爲辯證地說清了文學與生活、文學創作與作家審美取向之關係等複雜問題。所以這時茅盾的新的美學觀點，大體貫串著主客觀對立統一的辯證唯物論的反映論思想。

「文學爲人生」的革命功利主義的文學本質論：其現實動因是把文學視爲改良人生、促進中國革命的時代需要；其文學動因則是對俄國民主主義進步文學傳統的參照。茅盾指出：俄國人以爲文學「不單是怡情之品」，而且「是民族的『秦鏡』，人生的『禹鼎』；不但要表現人生，而且要有用於人生。俄國文豪負有盛名者，一定同時也是大思想家。」〔註18〕因此能成爲指導人生、傳播新思想、引導新思潮的動力。

茅盾還參考法國學者泰納的觀點，對文學提出「綜合地表現人生」的高要求；他把文學與人生的關係分解爲人種、環境、時代、作家人格四個層面。前三者是客觀的：構成文學所反映的客體對象。後者是主觀的：構成作家主體意識的靈魂。「時代」實爲構成「環境」的現實部分，相對於其歷史部分。單把「時代」提出來，旨在強調人生內涵的主導面；從嚴格的科學意義說，在這裡「時代」與「環境」形成了交叉，界限就不清了。茅盾所說的「人種」包含「民眾」、「民族性」、「國民性」、「全人類性」等既有區別又相互交叉的複雜內涵；把「人生」全部內容囊括無遺。「民眾」相當於左聯時倡導「文學大眾化」之「大眾」，體現出茅盾的階級傾向性。「國民」泛指社會各階級。但茅盾說：「所謂國民性並非指國土民情，乃是指這一國民共有的美的特性。」這就與集國民性之優秀素質的「民眾」發生內涵交叉。茅盾的「民族性」理論，是其「爲人生的文學」主張之精華：「民族的文學是他民族性的表現，是他歷史背景社會背景合時代思潮的混產品！」這裡包含著茅盾從民主主義、人道主義、國際主義思想出發所形成的「爲人生的文學」主張的重要發揮：「文學要同情和支持『被侮辱被損害』。」「凡在地球上的民族都一樣的是大地母親的兒子，沒有一個應該特別的強橫些，沒有一

《茅盾全集》第 18 卷，第 61、116、114 頁。

〔註18〕《俄國近文學雜譚》（下），《小說月報》第 11 卷第 2 號，1920 年 2 月 25 日。

個配自稱爲『驕子』！所以一民族的精神的結晶都應該視同珍寶」；「在藝術的天地內是沒有貴賤不分尊卑的！」在這裡，茅盾不僅維護了人民享有文學的權利，也區分了壓迫者與被壓迫者在善與惡等審美觀念上的對立和進步作家應持的審美態度：「被損害的民族的求正義求公道的呼聲是眞的正義眞的公道。在榨床裡榨過留下來的人性方是眞正可寶貴的人性，不帶強者色彩的人性。」因此茅盾更確信：「人性的砂礫裡有精金」，「前途的黑暗背後就是光明！」〔註 19〕茅盾說：「『人類』一詞當時習慣是指全世界的民眾。」但它比較「含糊」，〔註 20〕只在主導方面體現了「文學爲人生」主張的人民大眾立場。

「文學爲人生」主張的另一層面是文學與環境、文學與時代的關係。提出問題時茅盾是把環境與時代平行對待的；綜合論述時，卻重在其同一性：「一個時代有一個環境，就有那時代環境下的文學。環境本不是專限於物質的，當時的思想潮流、政治狀況、風俗習慣，都是那時代的環境，著作家處處暗中受著他的環境的影響，決不能夠脫離環境而獨立。」據此茅盾把「時代精神」引入美學，作爲新範疇，並給予科學闡述：「時代精神支配著政治、哲學、文學、美術等等，猶影之於形。各時代的作家所以各有不同的面目」，「同一時代的作家所以必有共同一致的傾向」，都「是時代精神的緣故」。茅盾認爲它是制約作家作品思想與藝術傾向的重大因素：「近代西洋的文學是寫實的，就因爲近代的時代精神是科學的。科學的精神重在求眞，故文藝亦以求眞爲唯一目的。科學的態度重客觀的觀察，故文學也重客觀的描寫。」〔註 21〕可見茅盾認爲，時代精神溝通了思想與藝術等許多重要文藝因素。他也以時代精神的理論來貫通他所提倡的自然主義（寫實主義）理論與對鴛鴦蝴蝶派爲代表的封建文學的批判。

以上以人種、環境、時代三個範疇所標示的文學與人生之關係的客觀性內容，是後來構成茅盾的現實主義典型理論、作家世界觀與創作方法及其相互關係之理論的堅實基礎。它說明：20 年代初，茅盾關於文學反映對象客體的理論，已經相對完整化了；它具有相當的美學高度與深度。

茅盾所說「文學與人生」之關係的最後層面，即「作家的人格」層面，

〔註 19〕 《被損害民族的文學號・引言》，《小說月報》第 12 卷第 10 號，1921 年 10 月。
〔註 20〕 《我走過的道路》（上），第 166 頁。
〔註 21〕 《文學與人生》，《茅盾全集》第 18 卷，第 270～271 頁。

講的是創作主體。這是其「爲人生的文學」的功利主義本質論中最重要的一翼。因爲對象客體不能自行轉化爲文學；社會生活美、自然美與生活眞實性也不能自行轉化爲藝術美與藝術眞實性。文學的「眞善美」的統一與構成，是由於作家及其主體性、主體意識、主觀能動的審美作用的充分發揮所致。因此茅盾認爲：「文學是人生的反映」，「文學是人生的綜合的反映」等語，不能充分完整地說明文學的本質；只有把作家的審美活動（感受、表現）使生活經過形象思維過程對象化爲文學作品考慮進去，並考察作家體現的傾向性，才能說明文學的本質。這就是他所強調的「作家的人格」作用的意義所在。他認爲，構成作家人格的首要因素，是世界觀：「革命的人，一定做革命的文學；愛自然的，一定把自然融化在他的文學裡。」構成作家人格的第二要素是審美個性：「大文學家的作品，哪怕受時代環境的影響，總有他的人格融化在裡頭。」因此他贊成法國作家法朗士的觀點：「文學作品，嚴格地講，都是作家的自傳。」〔註22〕茅盾認爲：「創作須有個性，這是很要緊的條件。」然而「必須先有了獨立精神，然後作品能表現他的個性。」〔註23〕這是一個整合性意見：「獨立精神」即世界觀，它是統率創作個性的。二者對立統一而爲作家獨立的整體人格；它決定了作品的獨特風格：「眞正的作家必有他自己獨具的風格，在他的作品裡，必能將他的性格精細地透映出來，文學所以能動人，便在這種獨具的風格。」〔註24〕這一切都滲透著作家的功利主義取向。

至此，主客觀因素經形象思維過程統一成「外化物」：文學作品。這些理論形成了完整的框架，把茅盾「爲人生的文學」主張系統化了。

「五四」新文學的開拓工程，始自《新青年》。它的特點是寓理論建設於對舊文學的批判之中。茅盾步其後塵，特點卻是在理論建設的主體工程中寓有批判與論爭的部分。茅盾的「爲人生的文學」主張，與魯迅的「爲人生的文學」主張，融成同一強大的理論體系；魯迅的創作與文學研究會諸成員的創作，匯成現實主義大系列。這是兩座大豐碑，共同構成「五四」新文學最大的主流：現實主義文學大潮。

〔註22〕《文學與人生》，《茅盾全集》第 18 卷，第 272 頁。
〔註23〕《新文學研究者的責任與努力》，《茅盾全集》第 18 卷，第 71、70 頁。
〔註24〕《獨創與因襲》，《時事新報・學燈》，1922 年 1 月 4 日，《茅盾全集》第 18
　　　　卷，第 154 頁。

二

　　理論建設與對封建文學的批判，是茅盾文學活動破立結合的兩翼。這時封建文學仍以鴛鴦蝴蝶派為代表。茅盾指出：這時它已經突破「鴛鴦蝴蝶」框架，包括黑幕小說、武俠小說、仿新文學（也寫勞動者）的「趕潮流」小說等等。若稱它為「《禮拜六》」派當更合適。這是因為其最早的刊物陣地是《禮拜六》雜誌。

　　「五四」以來，對封建文學發動過兩次批判：第一次在 1918～1919 年。以《新青年》為陣地，以李大釗、陳獨秀、魯迅、錢玄同、劉半農、胡適、周作人等為主力。當時鴛鴦蝴蝶派自恃有實力，有陣地，有廣大讀者群，故並未著力反撲。反撲者是林琴南等國粹派。第二次批判就以茅盾、鄭振鐸等文學研究會作家為主力，他們奪取《小說月報》作為新文學批判舊文學的陣地，理論建設與創作建設並重，奪取了廣大讀者市場。這次打擊對封建文學是致命的。封建文人深感形勢危急，遂如茅盾所說，好像亂窩的蜂群：「先罵《小說月報》和我個人，足足有半年之久，我才從文藝思想的角度批評」他們。茅盾寫了《這也有功於世道麼？》（1921 年 7 月 30 日《文學旬刊》9 號）、《自然主義與中國現代小說》（1922 年 7 月 10 日《小說月報》13 卷 9 號）、《寫實小說之流弊》、《雜談》（均見 1922 年 11 月 1 日《文學旬刊》54 號）、《真有代表舊文化舊文藝的作品麼？》、《反動？》（均見 1922 年 11 月 10 日《小說月報》13 卷 11 號）。其中《自然主義與中國現代小說》既是對封建文學的總清算，也是提出糾正文壇逆流，是具歷史意義與劃時代意義的總對策性的文獻。

　　以茅盾為代表對舊文學的這第二次批判具理論批判與理論建設、創作建設並舉的特點；對封建文學的打擊是致命的。茅盾首先從文學價值觀上對新舊文學作了質的界分：「舊派把文學看作消遣品」、遊戲之事、載道之器、或牟利的商品；「新派以為文學是表現人生的，訴通人與人間的情感，擴大人們的同情的」，故「無論好歹，總比那些以遊戲消閑為目的的作品要正派得多。」其次，茅盾指出了舊文學藝術上的弊端：「（一）他們連小說重在描寫都不知道，卻以『記賬式』的敘述法來做小說」，讀了這種小說「只覺味同嚼蠟」。「（二）他們不知道客觀的觀察，只知主觀的向壁虛造，以致名為『此實事也』的作品，亦滿紙是虛偽做作的氣味。」茅盾還把舊章回小說體的缺陷詳加列敘；對其所謂短篇小說「只不過是字數上的短」的誤認，也給予批

評。〔註25〕

不過茅盾對舊文學也不全盤否定，他把它分成三類四型。即：舊式章回小說、「不分章回的舊式小說」、「勉強可當『小說』兩字」的「短篇」與「中西混合的舊式小說」。〔註26〕對其通俗、運用白話等可取之處也予以肯定。但主導面是重「棄」輕「揚」。有時未免矯枉過正。如忽視其「寓教於樂」功能等等。這是當時新派的「時識」；與後來的重視社會功能、忽視審美功能與娛悅功能偏向有一定關係。

封建文學派難以招架這場全面而沉重的打擊，遂以不正當手段對商務印書館施加壓力。這時恰值高夢旦因不懂外文，難以駕馭日趨複雜的編譯所業務工作而辭去所長職務，由胡適的老師，被茅盾稱作「官僚加市儈的混合物」的封建文人王雲五繼任所長。王雲五與封建文學派沆瀣一氣，違背館方當年的諾言，不斷干涉《小說月報》編輯方針與編務。茅盾憤怒之下提出辭職。

其實早在 1921 年 9 月 21 日他在《致周作人》信中就談過他提出辭職的事。因爲他勞心勞力「唱獨腳戲」「出了八期」，引起的卻是「意外的反動」、「痛罵」及「對於個人的無謂的攻擊」。本來因編此刊已作出許多犧牲，「沒有充分時間念書」；因此「我這裡已提出辭職，到年底爲止，明年不管。」「空出身子，做四件事：（一）看點中國書，因爲我有個研究中國文學的痴心夢想；（二）收集各種專講各國民情民俗的書來看一點；（三）試再讀一種外國語；（四）尋著我自己的白話文。」〔註27〕只是爲了顧全大局；也因爲當時館方堅決挽留而作罷。

現在館方易人，且不講信義，茅盾堅決提出辭職。在去職前的這一段時間裡，茅盾對封建文學發動了更凌厲的攻勢。繼任主編者是鄭振鐸。他努力保持改革後的《小說月報》的方針的連續性。茅盾本擬離開商務印書館，但館方怕他另辦刊物唱對台戲，故堅決挽留，甚至提出今後工作由茅盾自定的承諾。陳獨秀怕茅盾一走，影響中央與地方黨的聯絡工作，也要茅盾留館工作。茅盾這才留下。他擔任的中共中央聯絡員工作，在鄭振鐸的配合下照舊進行。茅盾也像鄭振鐸幫助自己那樣幫其編《小說月報》。

〔註25〕《自然主義與中國現代小說》，《茅盾全集》第 18 卷，第 233、232、230 頁。
〔註26〕《自然主義與中國現代小說》，《茅盾全集》第 18 卷，第 225～230 頁。
〔註27〕《茅盾書信集》，浙江文藝出版社版，第 17～18 頁。

　　這期間他仍為《小說月報》寫「海外文壇消息」及其他著譯，同時校譯了林琴南譯《薩克遜劫後英雄略》（即英國作家司各特的《艾凡赫》），並寫了很長的《司各特評傳》；校譯了伍光建譯的《俠隱記》、《續俠隱記》（即法國作家大仲馬的《三個火槍手》、《二十年以後》），並寫了很長的《大仲馬評傳》。他還給商務版《國學小叢書》編選標點了《莊子》、《淮南子》、《楚辭》等書，並各附很長的「緒言」。此外他還編寫了《新文藝辭典》的部分辭條，可惜未能編完，因忙致輟。現在這些辭條已據手稿編入《茅盾全集》。這些雖屬普及工作；但茅盾致力深化，故也是學術性與理論開拓性很強的成果。

　　1922 年至 1924 年，茅盾還配合魯迅，開展了對封建復古派勁旅《學衡》派的批判。該派由南京東吳大學幾位教授胡先驌、梅光迪、吳宓等組成，他們都是留過洋的自稱學貫中西的學者。茅盾發表了十多篇文章。如《評梅光迪之所評》、《近代文明與近代文學》（均刊於 1922 年 3 月 1 日《時事新報·文學旬刊》）、《駁反對白話詩者》（3 月 11 日《時事新報·文學旬刊》31 期）、《寫實小說之流弊？》（11 月 1 日《時事新報·文學旬刊》54 期）、《真有代表舊文化舊文藝的作品麼？》、《反動？》（均見 1922 年 11 月《小說月報》13 卷 11 號）、《雜感》（1923 年 4 月 12 日《時事新報·文學旬刊》70 期）、《雜感》（6 月 2 日《時事新報·文學旬刊》75 期）、《文學界的反動運動》（1924年 5 月 2 日《文學》週報 121 期）、《進一步退兩步》（5 月 19 日《文學》週報 122 期）、《四面八方反對白話聲》（6 月 23 日《文學》週報 127 期）等等。茅盾著重揭露這些歐化紳士對西歐文學的無知與對封建文學的維護；反駁其對白話文及寫實主義的攻擊。除魯迅外，茅盾是批評《學衡》派最有力最持久者。

三

　　茅盾先後倡導「自然派寫實派」與新浪漫主義未見明顯實效而產生的「文學上分什麼主義，實是多事」的消極情緒，實際上很快就消除了。一向秉以公心，不憚否定自己的茅盾，在 1921 年產生了新的認識：「以什麼主義為唯一的『文宗』」固然不對，若「適可以某種主義來補救校正」「現今國內文學界一般的缺點」，「則亦未可厚非。」〔註28〕他深知：「文學上各種新派興起的

〔註28〕《一年來的感想與明年的計劃》，《小說月報》第 12 卷第 12 號，1921 年 12

原因，是因爲時代不同，人生各異，並非源於人之好奇喜新。」〔註29〕他發現，當今文壇上無論新舊文學，其存在的下述弊端，靠新浪漫主義無法救正。因此他認識到自己「曾說新浪漫主義的十分好」的話也有「弊端」。〔註30〕他把當前文壇創作中的弊端概括爲四點：一、對所寫事境未嘗有過經驗；二、爲創作而創作，並非印象深到「不能不言」而創作；三、並非以客觀的觀察做底子；四、人物、事境顧此失彼，二者「發生關係的很少」。茅盾經過「否定之否定」的反思，最後斷定：這些毛病「惟有自然主義可以療之。」〔註31〕於是他決定再次倡導自然主義。他仍認爲「文學上的自然主義與寫實主義實爲一物。」〔註32〕當時文壇大都如此認識。如謝六逸就說：「其實自然主義與寫實主義，在實質上並沒有什麼區別。」〔註33〕但茅盾倡導的自然主義，對此前盛行於西歐約半個世紀的自然主義有揚有棄，有自己的特定理解與發揮；茅盾在很大程度上是指現實主義。1923 年至 1925 年，他逐漸拋棄了其自然主義的外殼，其理解基本上形成介於批判現實主義與革命現實主義之間的新質，呈現出與其新浪漫主義理論逐漸「接軌」的動勢。1921 年至 1922 年茅盾倡導的自然主義，大體包括以下基本點。

以「眞」爲核心、眞善美統一的審美觀：茅盾強調指出，「自然主義最大的目標是『眞』。」「不眞的就不會美，不算善。」〔註34〕「古往今來，人們都相信眞善美爲三個最大的理想或最高的價值。」「眞」是人的「知性」；即對客體的正確認識。「美」是人的「情意」；即對客體之價值的主觀審美判斷。「善」是主體的正確判斷與客體的內在價值相契合所達到的理想境界；也屬「情意」範圍。茅盾認爲眞善美相統一的理想境界價值有「無上的權威」；「古往今來，爲善而赴湯蹈火」，「爲眞而吃苦嘗辛」，「如不穿著價值的鞋，哪克

　　　　月，《茅盾全集》第 18 卷，第 150 頁。
〔註29〕　《文學上新派興起的原因》，寧波《時事公報》，1922 年 8 月 12～16 日，《茅盾全集》第 18 卷，第 266 頁。
〔註30〕　「1920 年最末日」《致周作人》，《茅盾書簡》，第 5 頁。
〔註31〕　1921 年 8 月 3 日《致周作人》，《茅盾書簡》，第 11～12 頁。
〔註32〕　1922 年 6 月《致呂芾南》，《茅盾書簡》，第 58 頁。
〔註33〕　見 1922 年 5 月刊於《小說月報》第 13 卷第 5 號的《西洋小說發展史》，茅盾發表《「左拉主義」的危險性》（全文 800 餘字）時，曾把其論自然主義的部分（約 1100 字）作爲附錄；收入《茅盾全集》時刪去。「左拉」初刊文字爲「曹拉」，此文收入《茅盾全集》時改用通譯名「左拉」。
〔註34〕　《自然主義與中國現代小說》，《小說月報》第 13 卷第 7 號，1922 年 7 月，《茅盾全集》第 18 卷，第 235 頁。

至此？」〔註35〕

　　以「實地觀察」「客觀描寫」爲核心的自然主義創作方法論：茅盾認爲「客觀描寫與實地觀察」是自然主義的「兩件法寶」。〔註36〕因此他要求作家「要實地精密觀察現實人生，入其秘奧」；要「用客觀態度去分析描寫。」至於成功與否取決於作家「個人的天才」。〔註37〕茅盾說文學天才是「豐富的想像，透徹的觀察，深密的理解，敏銳的感覺，四者的總和」。〔註38〕觀察、感覺、理解是想像的基礎；這也說明實地觀察是客觀描寫的基礎與條件。但茅盾也充分肯定主體意識、想像虛構的重要作用。因此他承認，下述指責自然主義弊端的意見「是強有力的」：「自然主義者所主張的純粹的客觀描寫法是不對的，因爲文學上的描寫，客觀與主觀──就是觀察與想像──常常相輔爲用，猶如車之兩輪。太偏於主觀，容易流於虛幻。」「太偏於客觀，便是把人生弄成死板的僵硬的了。」〔註39〕這反映出茅盾對自然主義有揚有棄的實事求是態度。

　　倡導「文學上的自然主義」而非「人生觀的自然主義」〔註40〕：茅盾還承認對「人生觀的自然主義」的指責是「強有力的」；「迷信命定論」；專寫獸性與人間黑暗等等都反映了自然主義的人生觀上的弊端。他承認：「我從前也有一時因此而不贊成自然主義文學。」〔註41〕他現在「要採取的，是自然派技術上的長處」即「文學的自然主義」；〔註42〕亦即實地觀察、客觀描寫以求「眞」等等。他用來取代「人生觀的自然主義」的，是冷諦現實與追求理想相統一的審美觀：一方面「要有鋼一般的硬心，去接觸現代的罪惡」；另方面也要以樂觀與自信「去到現代罪惡裡看出現代的偉大來！」〔註43〕因

〔註35〕《美的概念》（一），《民國日報・覺悟》，1922 年 7 月 7 日，其（二）刊於 7 月 9 日，係茅盾「編述」，故《茅盾全集》未收。但此兩文代表茅盾當時的認識，由此可見其美學觀之一斑。

〔註36〕《自然主義與中國現代小說》，《茅盾全集》第 18 卷，第 242 頁。

〔註37〕1922 年 5 月《致史子芬》，《茅盾全集》，文化藝術出版社版，第 51 頁。

〔註38〕《告有志研究文學者》，《學生雜誌》第 12 卷第 7 期，1925 年 7 月 5 日，《茅盾全集》第 18 卷，第 533 頁。

〔註39〕《自然主義與中國現代小說》，《茅盾全集》第 18 卷，第 239〜240 頁。

〔註40〕1923 年 6 月《致周志伊》，《茅盾書簡》，第 56 頁。

〔註41〕1922 年 5 月《致周贊襄》，《茅盾書信集》，文化藝術出版社版，第 47 頁。

〔註42〕1922 年 6 月《致周志伊》，《茅盾書簡》，第 56 頁。

〔註43〕《樂觀的文學》，《時事新報・文學旬刊》第 57 期，1922 年 12 月 1 日，《茅盾全集》第 18 卷，第 324 頁。

爲「文學是時代的反映」，「必然含有對於當時代罪惡反抗的意思和對未來光明的信仰」。〔註44〕這反映出茅盾對自然主義有揚有棄的實事求是態度的又一側面。

　　一般與個別相統一的典型觀：茅盾認爲自然主義的客觀描寫，並非照相般的實錄；它也要進行典型提煉。因爲「文學的作用，一方要表現全體人生的眞的普遍性，一方也要表現各個人生的眞的特殊性。」使「截取一段人生來描寫，而人生的全體因之以見。」所描寫的是「緊要」的動作，「以表見那人的內心活動；這樣寫在紙上的一段人生，才有藝術的價值，才算是藝術品！」這實際上體現的恰恰是一般與個別、共性與個性、宏觀與微觀、歷時性與共時性相統一的現實主義典型化原則。因此茅盾要求實地觀察、客觀描寫所概括的，是由表及裡、借斑窺豹的典型事物。他認爲文學應該「重在描寫，並非記述，尤不取『記賬式』的記述；人類的頭腦能聯想，能受暗示，……能聞甲而聯想到乙」。〔註45〕因此對文學的典型概括中更加深邃的內涵，能夠有更多的領會。這又是茅盾的自然主義的審美欣賞觀了。

　　19 世紀興起於西方的自然主義的哲學基礎，是諸如孔德等人的實證主義哲學。從以上概括可見，經過茅盾的揚棄所闡述的自然主義，充滿辯證唯物論的反映論因素，已經具有新的哲學基礎了。

四

　　在茅盾倡導自然主義過程中，文學研究會與創造社之間爆發了自 1922 年 2 月始至 1924 年 7 月終持續兩年半的論戰。其實這兩個「五四」以來最大的文學社團，本有機會攜手合作。1920 年 12 月發起文學研究會時，「鄭振鐸就曾寫信給在東京的田壽昌（田漢），邀他和郭沫若一同加入發起人之列，但田漢沒有答覆。」〔註46〕據郭沫若說：田漢沒有通知他。〔註47〕那時他們正籌劃辦文學刊物。1921 年 4 月初，成仿吾誤信泰東書局擬聘他任文學部主任，於是，他和郭沫若一起由日本回滬。「1921 年 5 月初」，「由鄭振鐸發了請柬」，

〔註44〕《創作的前途》，《小說月報》第 12 卷第 7 號，1921 年 7 月，《茅盾全集》第 18 卷，第 118 頁。
〔註45〕《自然主義與中國現代小說》，《茅盾全集》第 18 卷，第 235、230、227、229 頁。
〔註46〕《我走過的道路》（上），第 201 頁。
〔註47〕《創造十年》，《沫若文集》第 7 卷，第 87 頁。

「請郭沫若在半淞園便飯」，再次邀其加入文學研究會。郭沫若以田漢不轉信似無意加入，他若加入對不起朋友爲由辭謝了。他只答應給刊物寫稿。「6 月上旬郭沫若回到日本，7 月初在東京成立了創造社。」〔註48〕兩軍對峙的局面就形成了。

論戰最早的導火線，是郁達夫 1921 年 9 月 29 日在《時事新報》所刊「《創造》出版預告」中有「我國新文藝爲一二偶像所龔斷」的話。直接動因是 1922 年 5 月 1 日《創造季刊》創刊號刊郁達夫的文章《藝文私見》中，不點名地說茅盾、鄭振鐸等是「假批評家」，並要把他們「送到清水糞坑裡去和蛆蟲爭食物去。」〔註49〕同期所刊郭沫若的文章《海外歸鴻》則說：「他們愛以死板的主義規範活體的人心，什麼自然主義啦，什麼人道主義啦，要拿一種主義來整齊天下的作家，簡直可以說是狂妄了。」〔註50〕茅盾說：「那時我們都是 20 來歲的青年，血氣方剛，受不得委屈，也就站起來答辯。」〔註 51〕茅盾先發表了《「創造」給我的印象》予以「回敬」。郭沫若則「回敬」了《論國內的評壇及我對於創作上的態度》。從此雙方的論爭就一發而不可收。論爭集中點是：一、文學創作的目的與思想藝術傾向；二、文學批評及其態度；三、介紹外國文學的目的與原則；四、翻譯中的錯譯、誤譯問題。

文學研究會與創造社是「五四」新文學的孿生弟兄，在反帝反封建、追求民主與科學、致力以文學啓發人民覺悟、抨擊黑暗現實等大方向上本來基本一致。產生爭論則緣於文學思想的以下分歧：茅盾代表的文學研究會主張「爲人生」的文學與現實主義文學；郭沫若代表的創造社主張「爲藝術」的文學與浪漫主義文學。不過創造社的創作並非純「唯美主義」或「爲藝術的藝術」，它也是關注人生反映時代的。因此其理論主張與創作發生錯位。當然文人相輕與小團體主義作怪也是產生論爭的一個原因。這一切說明了論爭的必然性。

後來創造社開始轉向，並且倡導革命文學。這就和茅盾 1925 年起倡導的「無產階級藝術」主張開始合流。郭沫若後來一度又放棄了浪漫主義，他改弦更張，寫了許多現實主義的詩歌。這就使休戰產生了必然性。

〔註48〕 《我走過的道路》（上），第 202 頁。
〔註49〕 《郁達夫文集》第 5 卷，第 119 頁。
〔註50〕 《創造季刊》，1922 年 5 月 1 日創刊號。
〔註51〕 《我走過的道路》（上），第 205 頁。

事後雙方都有程度不同的反省。但反省的態度各有不同。郭沫若說：「我們當時的主張，現在看起來自然是錯誤的。」「但雁冰和振鐸也不見得有正確的認識。」〔註52〕看來他意氣用事的情緒並未平息。因此在 1928 年和 1936 年兩次論戰中，又有強烈的表現。茅盾除批評自己「血氣方剛，受不得委屈」外，還承認「貶詞看來用得多了一些」，「冒犯了創造社主要人物的自尊心。」〔註53〕但對自己的正確觀點他始終沒有放棄。不過從創造社的改弦更張可以看出，這場論爭中的原則分歧還是有清楚的是非的。論爭促使雙方都加強了學習與研究，也對自己的不足作出反省；這時促進文壇進步，還是有益的。郭沫若說他的對立情緒是「舊文人相輕」與「行幫意識的表現」，〔註54〕即其一例。

第三節　「編務」掩護「黨務」，文學政治交錯

茅盾說他入黨後的活動是「文學與政治交錯」：特點是以文學與編務掩護其地下黨的工作。前節所述是其文學編務活動；本節所述則是與前者互補並進的黨的工作與政治社會活動。

一

1921 年冬黨派印刷工人出身的徐梅坤來商務印書館與茅盾合力組建起上海印刷工人工會基層組織。他們在工人中發展黨員，並建立了商務印書館黨支部。茅盾利用排印刊物之便，發動和教育工人。次年他又和徐梅坤在北四川路尚賢堂對面空地組織了紀念「五一」節群眾大會。由茅盾講《「五一節」的由來及其意義》。大會雖被巡捕破壞未能開完，但茅盾等首次組織群眾大會，就動員了三百餘人，顯示出巨大的威力。與會者大都是工人。這就是茅盾等在商務印書館埋下的黨領導工運的種子。

1921 年冬，中共中央派李達任校長，辦起一所培養婦運幹部、半工半讀的平民女校。茅盾和剛從日本回國的沈澤民都去任教。茅盾教英文，以英文短篇小說為課本。六名學生中有王劍虹（後與瞿秋白結婚）、丁玲與王一知等。

〔註52〕《創造十年》，《沫若文集》第 7 卷，第 127 頁。
〔註53〕《我走過的道路》（上），第 206 頁。
〔註54〕《創造十年》，《沫若文集》第 7 卷，第 127 頁。

　　孔德沚很羨慕這些女生。那時他已嚮往婦女運動工作了；限於文化程度她仍得在愛國女校學習。1922 年冬她因將臨產輟學。1923 年 1 月生一男孩，按沈家老例，這代「學」字輩名字應用「木」旁；遂取名學梅，乳名桑男，這就是茅盾日記書信中常提及的「阿桑」了。他小學時學名沈霜。長大參加革命後，同志們用諧音戲呼他爲「損傷」，他就改名沈孟韋。後來又怕人知道他是名作家沈雁冰之子而「另眼相看」，遂棄「沈」姓以名字最後的「韋」字代姓；又因自己性急，故取名「韋韜」；以自律應注意講究韜略。〔註 55〕這期間經茅盾介紹，沈澤民也入了黨。1922 年 5 月沈澤民出席在廣州召開的中國社會主義青年團代表大會時，當選爲團中央委員。這前後張琴秋在茅盾夫婦幫助下也來到上海，入了孔德沚上學的愛國女校。她寄住在沈家，與沈澤民一見鍾情。茅盾一家三代同堂，再加張琴秋和在此上學的孔德沚的小弟弟孔令杰，就相當熱鬧相當擁擠了。1923 年沈澤民被黨中央調到南京建鄴大學當教授，並籌建黨組織。張琴秋也考入南京美專。二人相偕赴寧。這時沈澤民擔任中共南京地方執委會委員。這年底調回上海和茅盾一起在黨辦的上海大學任教。張琴秋也在上海大學學習，先後入團入黨。1924 年 11 月茅盾一家遷居閘北區順泰里 11 號。1924 年底，沈澤民和張琴秋結了婚，寓所在茅盾寓所隔壁康德里 11 號 2 樓，這時王劍虹已經逝世。瞿秋白與楊之華結婚後，住在茅盾隔壁順泰里 12 號。孔德沚在茅盾、楊之華、張琴秋幫助下，也參加了婦女運動。她通過教夜校，聯繫了許多女工。她的婦女運動工作對象多是女學生、小姐、少奶奶等。她們常來找孔德沚。茅盾由此有了接觸、觀察革命女性的充分機會，爲後來的創作積累了素材。孔德沚在他們幫助下 1925 年入了黨。茅盾一家除母親外都是黨員。孔德沚又拉住在附近的葉聖陶的夫人胡墨林參加婦女運動。後來胡墨林也入了黨。這四個革命家庭比鄰而居，過從甚密，聚合起來，幾乎就是黨內的會議！實際上沈家、葉家先後都曾是召開黨的會議的會址。

　　茅盾在上海大學任教時，孔德沚大弟弟孔令俊（即孔令境）從烏鎮來投。茅盾安排他也入了上海大學。

　　上海大學是中國共產黨領導設立的培養革命幹部的高等學校。校址先在

〔註 55〕關於韋韜改名問題，有個流言，說他因故與父親反目，才棄姓改名。我採訪過當事人與有關的人，證明這純屬無稽之談。這裡詳細介紹了改姓名的緣由，順便澄清此事。

閘北青雲路青雲里，「五卅」運動時被封後遷青雲路師壽坊。學校於 1922 年開辦，並聘著名國民黨左派元老于右任爲校長。〔註 56〕學校設社會學、中國文學、英國文學、俄國文學四個系。〔註 57〕由著名的共產黨人鄧中夏任管理全校行政事務總務長，瞿秋白任教務長兼社會學系主任。茅盾於 1923 年春應聘來校任教。他在此和瞿秋白結識。從此兩位偉大的共產黨人和作家結下深厚友誼，多次並肩戰鬥，領導革命文學運動。〔註 58〕

　　據 1925 年 4 月 3 日的《民國日報》報導，茅盾當選爲該校最高領導機構行政委員會的教工委員。他在中國文學系教《歐洲文學史》與《小說作法》；在英國文學系教《希臘神話》課。〔註 59〕後來出版的《西洋文學通論》、《小說研究 ABC》、《神話研究》（含《希臘神話 ABC》）等書的基礎就是這時的研究與教學所得積累而成的。茅盾當時的學生與朋友黃紹衡回憶說：茅盾教學之外還指導學生寫作：「同學請他評改詩文稿」，他均「不辭辛苦，多予指正以至動筆修改」。黃紹衡多次投稿均被退回，因而「灰心極了」。茅盾舉法國科幻小說作家凡爾納的書稿被退 15 次，第 16 次投稿才得出版的例子，鼓勵他不要灰心。「後來果眞發表了一些文章。」〔註 60〕茅盾所教的學生中，還有丁玲、施蟄存、戴望舒等。他們後來都成了著名作家。施蟄存回憶說：上海大學的教授，並非「糊口的教授」，所任學科「都能負責。」〔註 61〕再度成爲其學生的丁玲回憶說：「我喜歡沈雁冰先生講的《奧德賽》、《伊里亞特》這些遠古的、異族的極爲離奇又極爲美麗的故事」，從中「產生過許多幻想」；我「翻歐洲的歷史、歐洲的地理」，把它和中國的「民族的遠古的故事來比較。我還讀過沈先生《小說月報》上翻譯的歐洲小說。他那時給我的印象是一個會講故事的人，但是不會接近學生。他從來不講課外的閑話，也不詢問學生的功課，所以我們以爲不打擾他最好。早在平民學校教我陀思妥耶夫斯基的《窮人》的英譯本時他也是這樣。」〔註 62〕丁玲的文學道路受茅盾影響極大。

〔註 56〕　《上海大學歡迎校長》，《民國日報》，1922 年 10 月 24 日。
〔註 57〕　《我走過的道路》（上），第 225 頁。據《上海大學史料》第 55～60 頁載，是三個系，沒有俄國文學系。
〔註 58〕　《我走過的道路》（上），第 224～226 頁。
〔註 59〕　《濟濟一堂的教師隊伍》、《中文系學程表》，《上海大學史料》，第 50、52、53 頁。
〔註 60〕　《沈雁冰先生初進上海大學任教》，《桐鄉茅盾研究會會刊》（三）。
〔註 61〕　《上海大學史料》，第 16 頁。
〔註 62〕　《丁玲近作》，第 76 頁。

故此她畢生稱茅盾爲先生。

　　1923 年是國內階級矛盾不斷激化的一年，這在商務印書館內部也有反映。這年 3 月，由於不滿館方的剝削，茅盾和鄭振鐸、胡愈之、葉聖陶、俞平伯、周予同、王伯祥、顧頡剛等憤而集資自辦出版社：樸社。他們十人議定：每人每月出資 10 元，艱苦支撐出版事宜。樸社經辦了兩年，1925 年「五卅」事件後解體。

　　1922～1923 年，茅盾的足跡踏遍蘇杭，多次參加各地的暑期講演會，並留下許多文章講稿。據蘇州高中校史編輯室掌握原始史料的同志告訴我：那時茅盾來蘇州的任務之一是發展黨員。1923 年 9 月中共中央把建黨後即成立的上海執委會改組爲兼管江浙兩省的中共上海兼區執行委員會。該會《紀事錄》〔註63〕1923 年 7 月 8 日載：「當場改選本地方兼區執行委員會委員五人，即：梅坤、南山、振一、雁冰、中夏。候補三人：特立（即張國燾）、作之、景仁。」7 月 9 日晚會議記錄：「討論分職問題：委員長：中夏，……國民運動委員：雁冰。」「討論國民運動〔註64〕問題：a.限最短期間全體加入國民黨；b.特設『國民運動委員會』，……委員長：沈雁冰兼；委員：林伯渠、張春木（張太雷）、特立、楊賢江……。」這時剛剛實現第一次國共合作。除中共全體黨員加入國民黨外，還特設民國運動委員會負責對剛成立與改組的國民黨上海執行部（沈澤民任該部宣傳指導幹事）及江浙兩省國民黨組織與社會各界的統戰工作。茅盾挑的是領導上海、江、浙統戰工作的委員長重擔。他的黨內職位很高。從上述名單可知，後來進入中共中央領導核心的許多人當時都是他的部下。也就是在擔任這個工作期間，他結識了毛澤東。據該會 8 月 5 日第六次會議記錄：「到會者：梅坤、雁冰、振一、中夏及中央委員潤之（即毛澤東）五人。」「決議：a.上海、杭州兩方同時做反對戰爭運動，以『反對戰爭、武裝民眾』爲口號，由國民委員會負責。……中央提出三點請地方注意：①勞委會（按：這是黨內的）與勞動組合部（按：這是公開作工人運動的）負責人應一致；②國委會委員長致入；③對邵力子、沈玄廬、陳望道態度應緩和，並編入小組。」茅盾晚年回憶道：「這是我第一次見到毛澤東同志。」關於軍事問題，就「是根據毛澤東的提議作出的決議。由此可見毛澤東早年就注意共產黨掌握槍桿子問題了。」

〔註63〕此原件現存上海檔案館。
〔註64〕當時所謂「國民運動」主要是指對國民黨的合作與其他統戰工作。

〔註 65〕茅盾也因此介入了掌握槍桿子、領導工人運動等黨的重要工作。他還受毛澤東委託，去做陳望道、邵力子、沈玄廬的說服工作：他們因不滿陳獨秀的家長作風，宣布退出共產黨。這說明這時毛澤東已經很信任茅盾了。

據該會 8 月 12 日第七次會議記錄：「雁冰代理秘書兼會計。」9 月 4 日記錄載：他正式分工任「秘書兼會計」。這當中他還代理過委員長工作。9 月 27 日第 15 次會議記錄載：「國民運動問題：中央意思，方今之日，一切勞工運動、婦女運動、學生運動及商人、農民運動，惟一目標——國民運動，故一切運動應屬國民運動範圍。為此，改組國民運動委員會。」經過這次改組後，茅盾除繼續任國民運動委員長外，還和向警予一起從黨的角度分管婦女運動。〔註 66〕

1924 年 1 月 13 日下午該會記錄載：「改選地方執委：雁冰（16）、澤民（11）、存統（10）、白民（9）、警予（9）。」茅盾得 16 票位居第一，說明其威信愈來愈高，擔子也愈來愈重。他仍任秘書兼會計。但工作範圍卻更加廣泛。這當中他參與領導了紀念十月革命、「二七」罷工一週年和列寧追悼會等活動及日常宣傳組織工作。1924 年初，茅盾應邵力子之邀，為其主編的《民國日報》主持副刊《社會寫真》（後改《杭育》），再加上在商務印書館的本職工作很重，故茅盾提出辭職。3 月 26 日該會記錄載：「沈雁冰辭職，委員會通過，唯因開大會補選在即，……待補選後交卸。」辭職獲准後，茅盾仍擔任黨中央的聯絡工作。據傅鐘回憶：周恩來由法國回國負責中共中央工作時曾囑：「中共旅歐總支部向中央和他本人報告工作和匯寄所出版的書刊，仍寄沈雁冰轉交。直到 1925 年底均如此。」〔註 67〕足見周恩來對茅盾也是十分信任的。

上海與江浙兩省是我黨最重要的活動地區之一。茅盾在此肩負黨的領導工作與統戰工作達數年之久。上海兼區執委會相當於建國初的中共華東局。茅盾在此崗位上所做的重大貢獻，在中共黨史上佔極重要的一頁。

二

茅盾負責黨的領導與統戰、宣傳工作，促使他自覺地關注研究和引導社會思潮與婦女、青年運動。他以對社會的全方位觀照視角，寫了一大批「抨

〔註 65〕《我走過的道路》（上），第 239 頁。
〔註 66〕從這時起茅盾領導的國民運動委員會工作，已大大超出對國民黨的統戰工作，幾乎包括全部統一戰線與群眾運動的廣大範圍了。
〔註 67〕《鮮紅的黨旗覆蓋在他身上》，《憶茅公》，第 18 頁。

擊劣政、針砭時弊」的社會批評文體的雜文，解剖光怪陸離的社會。這反映了茅盾的時代使命感與憂國憂民的參與意識，也爲後來小說創作形成的社會剖析特徵，奠定了初基。他保持著「五四」前夕對青年進行啓蒙教育的傳統，特別關注青年的思想動向。如發表了《享樂主義的青年》、《五四運動與青年們底思想》、《青年的疲倦》〔註68〕等，跟蹤研究分析了青年思想的動向，指出其存在的消極頹廢、享樂主義等偏向，並敲警鐘道：「這是對於現實的屈服，所以我很希望中國的青年不要向這條路上跑！」他號召青年要振作、樂觀，積極向上。

　　茅盾這時期的文學批評也具同樣的把握思潮動向，指示正確導向的特徵。他全力推動文壇主流；特別注意對代表「五四」方向的魯迅及其作品的貢獻給予充分肯定。早在《阿Q正傳》正連載時茅盾就斷定它「實是一部傑作」，說阿Q「是中國人品性的結晶」，「又是中國上中社會階級的品性！」〔註69〕1923年《文學週報》第91期上的《讀〈吶喊〉》是他第一篇系統推薦與評價魯迅的大論文。文章以雄辯的論述，確認了魯迅的文壇主將地位。對冰心、葉聖陶、許地山等「五四」作家，茅盾也及時評論，予以推薦。另一面，他對文藝思潮中的逆流，也及時予以批評。如他批評「唯美派」「滿口唯美主義，其實連何謂美，何爲藝術，都不甚明瞭。」〔註70〕他還批評古代的「假美主義」及其徒子徒孫：當代的「新假美主義」。〔註71〕與此同時，他極力鼓吹「有激勵人心的積極性」的革命文學取向，希望青年「再不要閉了眼睛冥想他們夢中的七寶樓台，而忘記了自身實在是住在豬圈裡。」他要求「文學能夠擔當喚醒民眾而給他們力量的重大責任。」〔註72〕他要求文學批評「不但對於『被批評者』要負責任，而且也要對於全社會負責任。」因此他希望批評家「要對於文學有徹底的研究，廣博的知識，還須了解時代思潮。」〔註73〕他自己的文學批評就具這些特點。他的文學批評形式也靈活多

〔註68〕　分別刊於《民國日報・婦女評論》，1921年12月14日、《民國日報・覺悟》，1922年5月11日、《小說月報》第13卷第8號，1922年8月10日；分別收入《茅盾全集》第14、18卷。

〔註69〕　《小說月報》第13卷第2號，1922年2月10日，《茅盾全集》第18卷，第160頁。

〔註70〕　《什麼是文學》，《茅盾全集》第18卷，第389頁。

〔註71〕　《雜感──美不美》，《茅盾全集》第18卷，第415～417頁。

〔註72〕　《「大轉變時期」何時來呢？》，《茅盾全集》第18卷，第414頁。

〔註73〕　《文學批評的效力》，《茅盾全集》第18卷，第125頁。

樣：既有長篇大論，也有三言五語。他還用「記」、「識」、「附言」、「附註」、「前記」等形式進行多樣化的批評，這種形式是對傳統「評點」派的借鑑與發展。

茅盾的視野是宏觀的和世界性的。不過這時他已突破了寫評論介紹的單篇論文等早期的格局，連連推出系統總結世界文學發展史的學術鉅著。1924年他在《小說月報》分六次連載其《現代世界文學者略傳》，1924～1925年分十次連載其《希臘神話》、分六次連載其《北歐神話》。特別是1924年8月《小說月報》15卷8號所刊登的長篇鉅著《歐洲大戰與文學——爲歐戰十年紀念而作》，是他第一部外國文學專題史著。其覆蓋面包括世界各國主戰派、反戰派與貌似與戰爭無關，實則以社會情態描寫反照戰爭等三大類文學的發展歷史。既概括了德、法、英等參戰大國的戰爭文學，也概括了受戰害最深的弱小國家弱小民族如比利時、猶太等國家與民族的戰爭文學。既概括了現實主義主潮，也概括了表現主義等主流。所論重點作家達數十位，所論作品達數百篇，體現出茅盾深厚的學識與博大的視野。他毫不留情地批判那些或從狹隘愛國主義出發，或從文化至上主義出發，對帝國主義侵略戰爭狂熱支持的主戰派文學。即便批評名家大家時也不手軟。他對侵略戰爭本質的剖析尤爲深刻：「我們是爲了人類的野獸般的白相殘殺而死的；我們是爲了別人競爭商場而死的；我們是爲了他們分贓不均而死的。」〔註74〕這些判斷，一箭中的！他特別推崇辛克萊、巴比塞的作品那種透過戰爭描寫揭示無產階級社會主義未來前景的傾向，指出他們的預見被蘇聯十月革命的偉大勝利所證實。當時中國正處於第二次世界大戰時期遭受日本侵略和中國共產黨領導工農革命即將掀起大高潮的前夕，這些文學觀照，頗有現實意義。此書也體現了茅盾的許多藝術卓見。如認爲大戰期間的「神異怪誕的神怪劇」是戰爭中人民痛苦異常心理的變態要求官能刺激以求片刻快感的產物。再如他給表現主義下了準確定義；且指出它「能夠吸收那因大戰而始覺醒的人道主義和世界主義的傾向，於是逐頭角崢嶸，光焰萬丈。」〔註75〕這對拓寬我國文學思潮格局，借鑑與認識西方文學經驗，創造多樣化的中國文學，加強文學與現實的關係，都有啓迪作用與現實意義。

茅盾是我國介紹西方文學，研究外國文學的前驅；是最早也是成就最大

〔註74〕《歐洲大戰與文學》，第23頁。
〔註75〕《歐洲大戰與文學》，第107頁。

的外國文學史家。20 年代是他評介與研究外國文學特別是西歐文學最輝煌的
時期。他爲我國的外國文學研究奠定了初基。

三

繼「二七」大罷工之後，黨領導下的工人運動日趨高漲。帝國主義與軍
閥政府的鎮壓也日甚一日。1925 年 2 月，日本紡織廠領班毒打女童工，引發
了上海第一次全市大罷工。5 月因日紗廠開除工人，引發了第二次全市大罷
工。5 月 15 日槍殺工人領袖顧正紅事件，使罷工罷課達到高潮。黨及時加強
了對鬥爭的領導與組織、宣傳工作。如向警予、張琴秋等創作演出的話劇《顧
正紅之死》就起了很大鼓動作用。茅盾這時雖然離開了直接領導工運的中共
上海兼區執委會，但他曾長期擔任其領導職務，又曾是國民運動委員會委員
長、勞動組合書記處成員，1924 年 10 月起他還擔任實際上是工運領導機構的
民校工人運動委員會組織部指導委員；這幾個領導職務，都與工運密切相關。
他這時又正擔任商務印書館的黨支部書記，所以一直與工運領導核心保持密
切聯繫，並配合其工作。孔德沚則隨楊之華參與對女工的宣傳鼓動工作；也
置身於鬥爭漩渦。

1925 年 5 月 1 日，在廣州召開的第二次全國勞動大會上，成立了中華全
國總工會。上海的各種工會隨之紛紛成立，這就使這次全市罷工，完全能自
覺地有組織地進行。中共中央直接領導的 5 月 30 日南京路的遊行示威就是如
此。當天茅盾和孔德沚、楊之華隨上海大學宣傳隊參加了匯集南京路的遊行
隊伍。他們邊遊行，邊呼口號，還時時停下參與街頭演講。南京路老閘捕房
開排槍打死打傷十多名群眾，鮮血染紅了南京路時，茅盾他們正走到先施公
司門前。退下來的人流衝得他們難以立足，他們只好穿過先施公司從其後門
撤出。當晚茅盾獲悉：黨中央和上海兼區執委會領導人連夜在閘北寶興里集
會決定：立即成立上海總工會，會同上海市學聯、上海總商會，聯合組成上
海工商學聯合會，作爲核心領導全市總罷工總罷課總罷市；並組織群眾於 5
月 31 日舉行規模更大的示威遊行。

31 日中午，楊之華和茅盾夫婦奔向南京路。茅盾估計：「今天要挨水龍掃
射了。」但他們決計不穿雨衣也不帶傘：「顯示我們什麼都不怕的精神！」
〔註 76〕抵南京路時暴風雨突然襲來。他們冒雨加入一堆堆攢聚的工人學生隊

〔註 76〕《我走過的道路》（上），第 262 頁。

伍。孔德沚、楊之華立即開始慷慨的演說，揭露帝國主義的罪行。這時傳來集合出發的信號。他們三位仍加入上海大學的隊伍。然而「三道頭」和頭纏紅布的印度巡捕揮棍揮搶衝擊群眾，水龍頭也掃射過來。儘管他們奮勇向前，高喊口號，仍被軍警衝散。這年茅盾 29 歲，孔德沚 28 歲。青春與熱血使他們在這流血的南京路上，一再留下歷史性的足跡。

茅盾遍覓孔德沚、楊之華而不得，只好折回。孔德沚卻按「婦女隊伍去衝總商會促其總罷市」的指示，隨人群奔向天后宮。在天后宮裡邊，李立三率總工會、市學聯的代表和總商會負責人展開激烈辯論。孔德沚她們在外邊高呼口號予以配合。及至她濕淋淋地趕回家，已是深夜。她帶回的是三方已達成總罷工、總罷課、總罷市協議的好消息。茅盾聽孔德沚說她和楊之華也失散了，就急急到隔壁探望。正巧楊之華和瞿秋白也剛返回。瞿秋白介紹了黨中央的部署：6 月 1 日「三罷」大規模持續進行。茅盾夫婦也趕回家做次日的戰鬥準備。

「五卅」運動期間，茅盾幹了五件大事。一是作為上海大學代表，參與發起了上海教職員救國同志會。6 月 4 日集體簽名發表了宣言。6 日他又和楊賢江、侯紹裘發表談話，宣布了救國同志會的宗旨、章程與六項辦法：「一、組織外交股，收集此次交涉資料，並提出交涉意見；二、參與各種救國活動，加入工商學聯合會，共同發起國民外交協會；三、輔助學生組織；四、注重實際宣傳；五、聯絡全國教職員一致行動；六、與官廳交涉『五卅』善後事宜。」〔註77〕9 日茅盾和沈聯璧又起草了一份宣言。他還參與赴各校的演講團。講題是《「五卅」事件的外交背景》。第二件是參與主持 6 月 3 日創辦的《公理日報》工作，以打破政府的新聞封鎖，揭露「五卅」慘案真相，宣傳教育群眾。瞿秋白任主編，茅盾和鄭振鐸、葉聖陶等主持編務。三是組織了商務印書館工會，並以黨支部書記身份參與領導罷工委員會的臨時黨團。四是在商務印書館發動捐款，支持運動。由於茅盾的威信與影響，館方不僅捐款很多，還暗中給予經費，支持《公理日報》。五是寫了《五月三十日的下午》、《暴風雨——五月卅一日》、《街角的一幕》〔註78〕三篇報告文學，真實地記錄了這段歷史，描繪了運動中各種社會心態。

〔註77〕《我走過的道路》（上），第 268～269 頁。
〔註78〕分別刊於《文學週報》第 177、180、182 期，1925 年 6 月 14 日、7 月 5 日、
　　　　7 月 19 日，見《茅盾全集》第 11 卷。

「五卅」運動顯示了黨領導的工人運動的威力。但因上海總商會出於私利停止罷市，牽動了全局，使運動終於失敗。上海的工運從此趨入低潮。為扭轉局面，黨中央派徐梅坤會同茅盾，以黨支部為核心組成臨時黨團，領導 8 月 19 日開始的商務印書館職工要求加薪的大罷工。茅盾擔任領導罷工的中央執行委員會（13 人）的委員和與資方談判的代表。他還負責起草文件、發布消息等工作。茅盾參加了與資方的三次談判。第二次談判因孫傳芳屬淞滬鎮守使派一營長率兵干預，資方害怕事態擴大，這才開始妥協。8 月 27 日的第三次談判自晨至夜，茅盾等代表職工據理力爭。最後達成協議。28 日茅盾作為談判代表，向全館職工大會報告了談判經過，說明達成的協議對工運十分有利的情況。與會全體歡呼贊成。遂由茅盾起草了有效期三年的復工條件。此件手稿現完好留存。這是茅盾第一次參與領導基層罷工運動，並取得了全面勝利。

在建黨與新民主主義革命初期，茅盾不僅參與組織與宣傳工作，著力理論建設，而且擔負著從基層到高層的黨的領導工作、統戰工作與群眾運動的組織、發動與領導工作。這對他的人生道路有重大影響。首先是促使其全面確立起無產階級人生觀、世界觀；同時也為其後來的創作與理論批評工作奠定了紮實的政治基礎與生活基礎；進一步明確了其文學道路的革命方向。這對其創作個性特質的確立，也具有決定性的作用。

在中國現代文學史上，具有茅盾這樣的政治經歷的作家與理論批評家，還是不多的。也只有結合這特定時代的特定經歷，才能正確把握與評價茅盾及其創作。

第四節　從「為人生」的文學到「為無產階級」的文學

茅盾的世界觀的發展，呈波浪式推進態勢；其政治觀是先導，其文藝觀卻相對滯後。然而經歷了黨的領導工作與工人運動的多年鍛鍊，人生經歷中的階級鬥爭實踐，使他的認識得到昇華；特別是參加「五卅」前後的革命運動，使他對人生歷程的階級內涵有了更深刻的認識與體驗；於是其「為人生」的文學主張就被「為無產階級」的文學主張所取代：這導致他的世界觀人生觀的全方位質變。

一

這首先在他的散文創作中反映出來。茅盾的文學創作，始於童話和散文
而非小說。其散文處女作，是刊於 1922 年 8 月《民國日報‧婦女評論》54 期
的《一個女校給我的印象》。我們編《茅盾全集》時，誤把《不幸的人》當作
他的處女作。原因是此文刊於 1921 年 1 月 10 日《小說月報》12 卷 1 號（即
全面革新的首期）時署名「慕之」。茅盾 1979 年 3 月 20 日《覆姜德明》信中
說：在該刊同年 5 號落華生的小說《換巢鸞鳳》後以「慕之附註」出現的「慕
之」，是他的筆名。而改革後的《小說月報》是茅盾「唱獨角戲」一人編輯，
附言、附註、編後記等均出自他手。故未曾想到他的「慕之」筆名會與別人
「重名」。後據 1921 年初印行的《交通部鐵路管理學校高等科乙班畢業紀念
冊》得知，《不幸的人》即紀念冊所收鄭振鐸作《一個不幸的車夫》。這是鄭
振鐸爲支持《小說月報》改革，化名「慕之」把自己畢業前夕所寫的此文寄
茅盾「應急」。我曾執筆一篇正誤的小文，以《茅盾全集》編輯室名義發表，
對此作了說明。〔註79〕這樣列《茅盾全集》散文卷第 2 篇的《一個女校給我
的印象》，就毫無疑問是茅盾散文的處女作了。其後是《一個青年的信札》。
〔註80〕然後就是集中反映「五卅」的《五月三十日的下午》、《「暴風雨」——
五月卅一日》、《街角一幕》三篇報告文學了。這些作品突出的特點，是作家
對婦女、青年，尤其是工人運動題材的熱切關注；對反帝反封建、爭民主爭
自由革命時代主旋律的張揚；和對各種社會現象與社會心理的剖析；對社會
醜態病態的無情鞭撻。特別是關於「五卅」的三篇報告文學，突破了其「爲
人生」的文學框架，明顯地展示出無產階級文學的基本傾向，成爲印證其文
藝觀發生質變的根據之一。這些散文還反映了茅盾「美源於創造」的審美觀。
這些散文一篇有一篇獨特的文體形式。《一個女校的印象》是夾敘夾議的平淡
的外在觀照；《一個青年的信札》卻用七封信以第一人稱視角貫穿兩個人物的
愛情心理起伏的內在描寫與客觀揣摩。關於「五卅」的三篇報告文學，第二
篇截取事件進程的幾個片段作傳神描繪；第一篇也截取幾個片段，卻用來對
比崇高的心靈與齷齪的心態；第三篇同樣是對比上述兩種不同心態，但不再
用描繪手法，卻用話劇般的對話體。三篇文章以三種不同的散文文體，從不
同側面剖析人們對「五卅」這一偉大事件的不同的反映，不同的心態。《大時

〔註79〕刊於《茅盾研究》叢刊第 5 期，文化藝術出版社出版，1991 年。
〔註80〕載《文學週報》第 165 期，1925 年 3 月 23 日。

代中一名小卒的雜記》〔註81〕的文體更是特別：它由小序與標號（一）（二）
兩段正文組成外部結構，把剪成片段的各生活截面重新組合成統一體，似斷
實續地展示出所寫各種人物的不同面貌與心態。這些散文筆法、結構均不相
同，體現出茅盾有意識地創造各種散文文體的創作探索與試筆。直到《疲倦》
與《嚴霜下的夢》〔註82〕面世，茅盾才找到趁手的散文形式：抒情散文與夾
敘夾議體雜文。

二

茅盾從「為人生」的文學發展到「為無產階級」的文學，其世界觀轉變
之突破的契機，在於從階級鬥爭實踐中充分把握了階級分析方法，並用以分
析人生，分析文學的社會階級內容。他在政治上確立階級鬥爭觀點，運用階
級分析方法，始自入黨前。文藝上閃現這火花，最早是 1922 年。他說：「文
學之趨於政治的與社會的，不是漫無原因的」，事實證明「環境對於作家有極
大影響」。「人是社會的生物」，「新文學果將何趨，自然是不言而喻。」〔註83〕
但這結論比較模糊。次年他就從本可作出明確結論的立場上退縮了：「人生觀
之確定與否，和文學家之所以為文學家，似乎沒有多大的聯帶關係。因為文
藝作品的價值在於：觀察的精深，描寫的正確，及態度的謹嚴。」對作家的
思想，「甚至可以不問其是否確為終古不磨之真理。」〔註84〕可見他不僅回避
與看輕了文藝與政治的關係，而且也看輕了作家世界觀對創作的指導作用。
這實際上是從 1922 年《文學與人生》中所說的「革命的人，一定做革命的文
學」的觀點退了下來，故此雖把真實性視為最高準則，但其是否就能臻本質
的真實？茅盾當時對此並無本質的把握。

1925 年茅盾作出了質的突破與飛躍。其標誌是差不多同時推出的下述文
章：《「大轉變時期」何時來呢？》《雜感——讀代英的〈八股〉》、《人物的研
究》、《現成的希望》、《論無產階級藝術》、《告有志研究文學者》和《文學者
的新使命》。

〔註81〕 刊於《文學週報》第 194 期，1925 年 10 月 11 日。
〔註82〕 分別刊於《文學週報》第 191 期，1925 年 9 月 20 日、《文學週報》第 6 卷第
2 期，1928 年 2 月 5 日。
〔註83〕 《文學與政治》，《小說月報》第 13 卷第 9 號，《茅盾全集》第 18 卷，第 281
頁。
〔註84〕 1923 年《致谷風田》，《茅盾書信集》，文化藝術出版社版，第 87 頁。

在展開討論之前，有必要先澄清圍繞《論無產階級藝術》是否茅盾著作的種種分歧。據葉子銘說：1956 年他在《論茅盾四十年的文學道路》的初稿中「論述茅盾早期文藝思想的演變時」，曾把《論無產階級藝術》「作爲一個重要的論據寫進論文」。〔註85〕茅盾審閱後致信葉子銘：「不記得 1927 年以前我在《文學週報》上寫過《論無產階級藝術》。您是否可以告訴我此文的署名？若把別人的文章算到我的頭上了。那會鬧笑話的。」及至他見到此文後，茅盾又在信中說：「謝謝您 6 月 7 日來信告訴我關於《論無產階級藝術》的署名等。我已借到《文學週報》，一看該文，便想起來了；那是陸續寫的。」〔註 86〕經過恢復記憶的查證與思考，茅盾在《我走過的道路》中寫道：「在 1924 年，鄧中夏、惲英和澤民等提出革命文學的口號，之後，我就考慮要寫一篇以蘇聯的文學爲借鑑的論述無產階級革命文學的文章。我的目的，一則想對無產階級藝術的各個方面試作一番探討；二則也有清理一番自己過去的文學藝術觀點的意思，以便用『爲無產階級的藝術』來充實和修正『爲人生的藝術』。當時我翻閱了大量英文書刊，了解十月革命後蘇聯文學發展的情形。」「還沒有動手寫文章，正好藝術師範學院請我去講演，我就講了這個題目。後來我就在這個講稿的基礎上，寫成了《論無產階級藝術》。論文的前半篇寫於『五卅』以前，全部完成則在『五卅』運動之後的十月十六日。」〔註 87〕爲什麼自己寫的如此重要的大文章茅盾竟會忘記？這是有客觀原因的。

1988 年 6 日日本《茅盾研究會會報》第 7 期《茅盾〈論無產階級藝術〉的出典》一文作者白水紀子，採用把日、英、中三國文字逐段對照圖示的方式證明：茅盾此文是「全面依據亞・波格丹諾夫《無產階級的藝術批評》」的「刊登在《THE LABOUR MONTHLY》〔註88〕上 VOL.5-1923-12」的同名文章略有刪節的英譯文字「寫出來的」。〔註89〕1988 年 8 月 20 日《文藝報》發表孫中田的文章《關於茅盾〈論無產階級藝術〉的寫作》表示，不同意白水紀子的意見。理由是：「『無產階級文化派』的全部傾向，並不等於就是《無

〔註85〕　《夢回星移》，第 34 頁。
〔註86〕　《致葉子銘》，《茅盾書簡》，1957 年 6 月 3 日、23 日，第 212～213 頁。
〔註87〕　《我走過的道路》（上），第 286 頁。
〔註88〕　《勞動月刊》。
〔註89〕　白水紀子：《關於〈論無產階級藝術〉》，《湖州師專學報》1989 年第 3 期，以下引白水紀子文均出此。

產階級的藝術批評》的傾向；同樣，也應當把茅盾和波格丹諾夫的文章加以區別。」如二者對待文化遺產的態度不同：茅盾一向「主張借鑑，而不是照搬和模仿」，此文亦然。白水紀子反駁孫中田道：「茅盾論文的開頭部分近於抄譯」，「但從第二章起，直譯的傾向變得明顯起來」。「茅盾修改的部分並沒有對波格丹諾夫的主要論點有很大的改變」。她仍堅持茅盾文章「是全面依據亞・波格丹諾夫的論文而寫出來的」。這個論點 1991 年李標晶的《1925 年前後茅盾文藝思想辯析──茅盾與波格丹諾夫文藝思想比較談》〔註 90〕指出茅盾與波格丹諾夫有三點區別：一、關於藝術的實質；二、如何對待文化遺產；三、如何建立無產階級文化。但李標晶並未具體比較上述兩種文本；故未能終結這場爭論。

　　我對比了白水紀子所說的波格丹諾夫的《無產階級的藝術批評》英譯文字〔註91〕和茅盾的《論無產階級藝術》，也按白水紀子的方法，逐段作對比研究，然後再加整合，得出的結論是：一、波格丹諾夫的《無產階級的藝術批評》（以下簡稱「波文」）的基本觀點是正確的。他當年受批評的錯誤觀點在「波文」中並無多少反映。反之倒應據「波文」對其藝術觀重新審視。二、茅盾的這篇文章（以下簡稱「茅文」）的基本觀點大都與「波文」相同。大部分段落正如白水紀子所標示的，有對應關係。但其中相當一部分是用茅盾自己的觀點加以調整，取捨揚棄，並用自己的語言論述的；因此並非「直譯」。另外有些部分則是譯成中文，稍加變動或基本未變，組織到上述文字中去。三、「茅文」與「波文」有很多不同：甲，把論題《無產階級的藝術批評》改爲《論無產階級藝術》；相應地抽去或壓縮了「波文」關於「批評」問題的有關論述。這就把論題擴大了。乙，波氏以「普遍組織科學」爲基礎，論述文學的「組織生活的作用」的觀點，在「波文」中的反映微乎其微，經茅盾剔除後，已無蹤可尋。可見茅盾並不同意波氏這個觀點。丙，「茅文」刪去了與修改後的主題關係不大的許多材料；補充了不少茅盾所熟悉的西歐文學（包括其各現代派文學）的例證。丁，「茅文」中第一部分論無產階級藝術的形成歷史、對無產階級藝術所作的理論界定等是茅盾獨立寫成的論述文字。「波文」中無此內容。而這又是「茅文」中事關其無產階級文藝觀之確立與否的重大內容。戊，「茅文」提出了「什麼是革命文學」，它與無產階級文

〔註90〕見《茅盾與中外文化》一書，南京大學出版社，1992 年。
〔註91〕茅盾當時沒有學俄文，他所讀蘇聯的東西全都是英譯文字。

學有何異同問題，並詳加論證。這也是「波文」所沒有的，事關茅盾無產階級文藝觀確立與否的重大內容。己，「茅文」論述了繼承文學遺產、內容與形式相統一等問題。對此「波文」略有論述，茅盾加以展開，加強了自己的論述。

根據以上情況，我認為：一、把茅盾的藝術觀與波格丹諾夫的藝術觀作宏觀對比，不足以說服白水紀子；只有像她那樣全面對比「波文」與「茅文」，才能和她展開「對口徑」的討論。二、白水紀子認為「茅文」是根據「波文」所作的「抄譯」和「直譯」，這個判斷基本上不符合實際情況。因為就局部言有此情況；就整體言就不是這樣了。因此白水紀子的上述判斷或結論是不能成立的。三、把「茅文」和「波文」作宏觀性整體對比和微觀性逐段對比可以斷定：「茅文」是以「波文」為基礎，或部分引用，或部分改寫，或參考其觀點，但就整體言，則是茅盾獨立撰寫的「編著」。它既非「編述」，更非「抄譯」或「直譯」。四、「茅文」與「波文」的基本觀點，無法作「質」的區分。故從波氏與茅公藝術觀有「質」的區別立論，論證「茅文」與「波文」之「質」的區分，也難以得出站得住腳的結論。五、包括白水紀子在內，國內外學者都承認茅盾的《論無產階級藝術》代表了茅盾的觀點，能充分說明其藝術觀發生了「質」變。既然如此，我也以此文和上述其他文章作為統一體，據此來考察茅盾由「為人生」的文學到「為無產階級」的文學這一文學觀的質變，是完全能站得住的。

然而，也正因為「茅文」是「編著」，就不像全出自自己獨立思考所得的「論著」那樣記憶深刻。故茅盾對此文是否自己所寫，30 餘年後有個恢復記憶的過程，就是完全可以理解的了。

三

1925 年茅盾的文藝觀由「為人生」的文學質變為「為無產階級」的文學，主要表現在以下方面：

以鮮明的無產階級觀點與階級分析方法提出了「為無產階級」的文學口號，以此取代模糊的「為人生」、「為全人類」、「為民眾」等口號。例如他第一次對人物描寫提出了表現其階級性的典型化要求。他說：「因為所屬的階級不同，人們又必有階級的特性。」所以作家「必須描寫」人物的「階級的特性」。不過這要困難得多。因為「階級的特性就比較的深伏些（常混和於人們

的思想方式中），非眼光炯利的作者不能灼見。」〔註92〕再如他確認批評家必須站在特定的階級立場上：「批評論是站在一階級的立點上爲本階級的利益而立論的。雖然自來的文藝批評家常常發『藝術超然獨立』的高論，其實何嘗辦到？」「所以無產階級藝術的批評論將自居於擁護無產階級利益的地位而盡其批評的職能。」又如，他對無產階級文學階級傾向性的看法是：「無產階級的詩歌和小說總有十分之九是激勵階級鬥爭的精神的。」但「所指向的，不是資產階級的個人，而是資產階級所造成的社會制度」；「他在階級的地位的問題。」〔註93〕

從此基點出發，他清理了自己過去提倡的「爲人生」的文學與「民眾藝術」等主張。他認識到「從文學發展的史跡上看來，文學作品描寫的對象是由全民眾而漸漸縮小至於特殊階級的。」他反省道：「在我們這世界裡，『全民眾』將成爲一個怎樣可笑的名詞？我們看見的是此一階級和彼一階級，何嘗有不分階級的全民眾？」他承認他當年倡導羅曼・羅蘭稱道的「民眾藝術」「是欠妥的，是不明瞭的，烏托邦式的」。他也糾正了自己從前從俄國文藝主潮之代表的角度對高爾基及其作品性質的誤斷。他宣布：是高爾基「第一個把無產階級所受的痛苦眞切地寫出來，第一個把無產階級靈魂的偉大無僞飾無誇張地表現出來，第一個把無產階級所負的鉅大的使命明白地指出來給世界人看！」茅盾激情滿懷地宣言：「我們要爲高爾基一派的文藝起一個名兒」，「一個頭角崢嶸，鬚眉畢露的名兒——這便是『無產階級藝術』。」他宣布：「我們不能不拋棄了溫和性的『民眾藝術』這名兒。」〔註94〕對於從不輕易放棄原則的茅盾說來，這是他經過多年實踐與深思熟慮取得的重大突破。

對無產階級文學產生條件、內涵及其與其他文學的區別的理論闡釋：茅盾首先用辯證唯物論的反映論對文學及其產生條件作出科學解釋。他認爲，文學的構成因素是意象與審美觀念。「意象可說是外物（有質的或抽象的）投射於我們的意識鏡上所起的影子。」其基礎是客觀存在的生活現實。「我們意識界裡卻有一位『審美』先生便將它們（意象）捉住了，要整理它們」；「那

〔註92〕《人物的研究》，《小說月報》第 16 卷第 3 號，1925 年 3 月 10 日，《茅盾全集》第 18 卷，第 474 頁。

〔註93〕《論無產階級藝術》，《茅盾全集》第 18 卷，第 506、513 頁。本節引文只注《茅盾全集》卷數頁數，不注引文出處者均引自此文。

〔註94〕《茅盾全集》第 18 卷，第 499～501 頁。

些可以整理可以和諧的意象便被留下來編製好了，那些不受整理無法和諧的，便被擯斥了。將編製好的和諧的意象用文字表現出來，就成了文學：那些集團的意象的和諧程度愈高，便是那『文學』愈好。」於是茅盾給文學下定義說：「文學是我們的意象的集團之借文字而表現者，這種意象是先經過了我們的審美觀念的整理與調諧（即自己批評）而保存下來的。」〔註95〕在《論無產階級藝術》中，茅盾繼續展開這形象思維過程各環節的剖析，並把它提煉成一個公式：

新而活的意象＋自己批評（即個人的選擇）＋社會的選擇＝藝術

茅盾所說這意象的生成，是他提倡自然主義時所強調的，作家對客觀存在的生活這一文學的唯一源泉作「實地觀察」後反映到頭腦中的產物。「自己批評」的內涵，是作家按照「自己的合理觀念與審美觀念」進行「取締或約束」，亦即他前邊所說的「整理」使之「和諧」。對無產階級文學來說，這「合理的觀念」即作家的無產階級世界觀，這「審美觀念」即作家的無產階級美學觀。在這裡，茅盾結束了過去的徘徊，第一次十分明確地把無產階級世界觀、審美觀對創作的指導作用，放到支配形象思維全局的位置；第一次十分清楚地指出邏輯思維與形象思維在創作過程中交互作用的辯證統一關係。這對他提倡自然主義時，僅強調「客觀描寫」實際，不給主體意識的能動作用在創作過程中以應有的地位的舊看法，是一大修正。在這個公式裡，他還第一次把時代對作家的主體意識的制約作用放在突出地位，單列成「社會的選擇」這個重要環節。他說「社會的選擇」一方面表現為時代對作家主體意識的影響；另方面則是對既成的文學作品與文藝新潮的篩選：「把適合於當時社會生活的都保存了或提倡起來，把不適合的消滅於無形。」茅盾指出，這社會的選擇的標準，又首先表現為階級標準的選擇：「在資產階級支配下的社會」，「自然也以資產階級利益為標準」；無產階級領導下的蘇聯「獨多無產階級文藝」，則因為其選擇依據的是無產階級利益的標準。〔註96〕

茅盾指出：在「社會的選擇」之外，文學「還受到一個『人為的選擇』，便是文藝的批評」。批評者也是「站在一階級的立點上為本階級的利益而立論的」。事實上「社會的選擇」很大程度上是通過文藝批評這「人為的選擇」來

〔註95〕《告有志研究文學者》，《學生雜誌》第 12 卷第 7 期，1925 年 7 月 5 日，《茅盾全集》第 18 卷，第 525 頁。

〔註96〕《茅盾全集》第 18 卷，第 505～506 頁。

實現的。兩者的合力，造成了「社會的鼓勵或抵拒」。它「實有極大的力量，能夠左右文藝新潮的發達」。〔註97〕由此茅盾就說清了他不早不遲在「五卅」運動前後倡導「為無產階級」的文學的原因與動機：他是在自覺地體現其代表無產階級利益的時代需要。

以此為基礎，茅盾把無產階級文學的內容作了精確的界定。他指出：「無產階級藝術並非即是描寫無產階級生活的藝術之謂。」〔註98〕他對比了狄更斯和高爾基同是描寫無產階級的小說，指出其質的區別在於：「狄更斯自身確不是無產階級中人，而高爾基則自己是無產階級」，一方面他「曾經歷過無產階級的生活」，但更重要的，是他具有無產階級的思想與感情。這就把無產階級文學與資產階級文學作了質的區別。〔註99〕茅盾又指出：「無產階級的精神是集體主義的，反家族主義的，反宗教的。」而「農民的思想多傾向於個人主義，家族主義，宗教迷信的。」這就把無產階級文學與農民文學作了質的區別。〔註100〕茅盾還指出：無產階級文學又並非「舊有的社會主義文學」。後者的「作者大都是資產階級社會的知識階級」，他們「對社會主義有信仰」故「表同情於社會主義」但「他們的主義是個人主義」，這就和無產階級集體主義思想有質的區別。〔註101〕

然而茅盾並不拒絕繼承這些非無產階級文學遺產，他認為這一切都是「無產階級受於舊時代的一份好遺產，卻不能算作他們『自己的』。因為「遺產總不過是遺產，總帶著舊時代的氣息。」〔註102〕我們只能批判地繼承。在這裡茅盾又顯示了他和波格丹諾夫的區別。

對無產階級文學的社會教育作用與審美作用的理論闡釋：茅盾這時修正了他在前幾年提出的「鏡子」說：「文學決不可僅僅是一面鏡子，應該是一個指南針。」這是對他前些年提倡自然主義時強調「客觀描寫」的大突破。茅盾的「指南針」說，意思是文學於「真實地表現人生而外」，要指導人們奔向「更光明更美麗更和諧的前途」。「文學者目前的使命就是要抓住了被壓迫民

〔註97〕 《茅盾全集》第18卷，第505～506頁。
〔註98〕 《茅盾全集》第18卷，第507頁。
〔註99〕 《現成的希望》，《文學週報》第164期，1925年3月16日，《茅盾全集》第18卷，第496頁。
〔註100〕 《茅盾全集》第18卷，第507頁。
〔註101〕 《茅盾全集》第18卷，第509頁。
〔註102〕 《茅盾全集》第18卷，第510頁。

族與階級的革命運動的精神，用深刻偉大的文學表現出來」，使之「普遍到民間，深印入被壓迫者的腦筋，因以保持他們的自求解放運動的高潮，並且感召起更偉大更熱烈的革命運動來！」為此茅盾要求作家「認明被壓迫的無產階級有怎樣不同的思想方式、怎樣偉大的創造力和組織力，而後確切著名地表現出來，為無產階級文化盡宣揚之力。」〔註 103〕茅盾承認「無產階級作家把本階級作戰的勇敢視為描寫的唯一對象」是無產階級藝術初期必然的現象而承認其合理性；但他又希望作家能「拋棄了這個狹小的觀念」而擴大其題材與主題，進而寫「力戰而後能達到他們的理想，但這理想並不是破壞，而是建設──要建設全新的人類生活。」他肯定無產階級文學的戰鬥與鼓動作用，但指出這並非其全部目的，否則能「損害作品藝術上的美麗。」〔註 104〕顯然茅盾並不滿足於無產階級文學的革命功利主義。他始終是尊重藝術的獨特規律的。

因此茅盾又特別強調無產階級文學的審美作用。這也是他一貫的思路。他一直強調文學具備「真美」的品格，提出「美不美」的衡量標準「在乎他所含的創造的原素多不多。創造的原素愈多，便愈美。」〔註 105〕為此，早在 1922 年，他就提出了以「新鮮活潑為貴」的「意緒」說，認為文學底美雖不全靠意緒，但意緒「至少是它的一個主要成分。」〔註 106〕所以他在給無產階級文學下定義、列公式時，對其「意象」因素提出「新而活」的高要求。他強調：「文學貴在『創造』，文學不能不忌同求異。」茅盾十分重視文藝的特質，他既重理性，也重感性；既重「形貌」，更重「神韻」，認為「與其失『神韻』而留『形貌』，還不如『形貌』上有些差異而保留了『神韻』。」因為「文學的功用在感人（如使人同情使人慰樂），而感人的力量恐怕還是寓於『神韻』的多而寄在『形貌』的少」。當然他更重「『形貌』和『神韻』「相反而相成」的有機統一體。〔註 107〕茅盾所謂「形貌」，是指外在的美，「神韻」則是內在的美。在中國，「神韻」說古已有之。早在南齊時謝赫的《古畫品錄》中，就

〔註 103〕《文學者的新使命》，《茅盾全集》第 18 卷，第 539～541 頁。

〔註 104〕《論無產階級藝術》，《茅盾全集》第 18 卷，第 512～513 頁。

〔註 105〕《雜感──美不美》，《文學週報》第 105 期，1924 年 1 月 14 日，《茅盾全集》第 18 卷，第 417 頁。

〔註 106〕《獨創與因襲》，《時事新報‧學燈》，1922 年 1 月 4 日，《茅盾全集》第 18 卷，第 153～154 頁。

〔註 107〕《譯文學書方法的討論》，《小說月報》第 12 卷第 4 號，1921 年 4 月 10 日，《茅盾全集》第 18 卷，第 87～88 頁。

有「神韻氣力」之說。清王漁洋集「神韻」說之大成，把「無跡可尋」但又可品味感悟的最高藝術境界稱作「神韻」。茅盾繼承古人而發展之，把文學能臻「形貌」、「神韻」統一兼備，視爲藝術獨創性的最高審美境界。二者借助想像虛構等加工製作，外化爲作品，形成文學的審美期待。又通過閱讀欣賞，借助讀者的藝術感受與想像力被其把握而形成強大的審美感染力。這就是作家的「意緒」轉化爲讀者所把握到的「意緒」的文學美的「轉移」過程。茅盾認爲，他所重視的無產階級文學，思想性傾向性，其眞與善均應通過這種美的「轉移」發生審美行爲，完成審美過程，否則就易產生公式化、概念化之弊。

幾年之後，茅盾又把「意緒」說發展爲「醇酒」說：「文藝作品本以感動人爲使命。然而感人的力量並不在文字表面上的『劍拔弩張』。譬如酒，有上口極猛的，也有上口溫醇的。上口極猛者，當時若甚有『力』，可是後來亦不過如此。上口溫醇者，則不然；喝時不覺得它的『力』，過後發作起來，眞正醉得死人！眞正有力的文藝作品應該是上口溫醇的酒，題材只是平易的故事，然而蘊含著充實的內容；是從不知不覺中去感動了人，去教訓了人」，「給了讀者很深而且持久的印象。」〔註108〕他認爲豐富的生活經驗、眞摯深湛的感情與爐火純青的藝術表現手腕，是達此境界的條件。而「形式與內容必相和諧」是首要的前提。因此茅盾從 1925 年起，一直十分明確十分強烈地要求作家把「形式與內容必相和諧」作爲無產階級文學的目的與「努力的方針」。〔註109〕

至此茅盾的「爲無產階級」的文學主張，已經形成粗具規模的完整理論框架。此後他不斷豐富它，發展它，從而形成了茅盾頗具個性的馬克思主義的美學觀。

四

茅盾在 1925 年完成了其美學觀由資產階級民主主義到馬克思主義的轉變。這是他自 1919 年尾開始學習馬克思主義，逐步轉變其世界觀性質的最後一項工程。只有這項工程最終完成，我們才能認定：茅盾的世界觀發生了整體性的突變。

〔註108〕《力的表現》，《申報‧自由談》，1933 年 12 月 1 日，《茅盾全集》第 19 卷，第 570 頁。

〔註109〕《論無產階級藝術》，《茅盾全集》第 18 卷，第 514 頁。

我在《論茅盾神話觀的形成、發展及其文化索源特徵》〔註110〕一文中，提出這樣一個觀點：「人的世界觀的質變，其各個側面並非都呈共時性的統一形態。通常各側面往往波浪式地次第發生質變。這時對某一側面說來是質變；對其世界觀總體言仍屬量變。各個側面次第質變後的最終整合，才釀成世界觀整體的質變。」這裡需要補充說明的是：各側面差不多同時質變而導致世界觀整體性發生質變的情況比較少見；更多情況下是各側面次第質變後才整合成世界觀整體性質變。

茅盾正屬於後一種情況。不過他的世界觀各質變點之間，拉開的時間距離相當長。其最早突變的是社會政治觀。其美學觀側面的質變，竟滯後於前者四五年時間。這和他所受西方資產階級文藝思潮影響大，接觸的文學思潮面極其複雜，很長時間難以擺脫西方的人性論、人道主義影響等等，有很大的關係。只是在經歷了長期的階級鬥爭與工農革命運動的鍛鍊、實踐體驗之後，這才使其社會政治觀與美學觀的巨大差距逐漸縮小，最終統一到馬克思主義的辯證唯物論與歷史唯物論哲學觀上來，從而最後完成了世界觀整體性質變。也因為有此特點，其後又出現過一定程度的反覆，也就帶必然性了。

總體看來，茅盾的世界觀及其發展態勢，具有以下特點：一、早期的自然觀的唯物論特徵與早期社會觀的愛國主義、人民功利主義特徵的有機結合。二、以社會政治觀的突進為先導，帶動哲學觀、美學觀等其他側面；其發展呈不平衡態勢。三、世界觀質變前的過渡期較長；各側面質變點的出現，呈歷時性分散狀態。四、其前期，主要是20年代，帶一定的反覆性。故以時間界標其質變點，就格外困難。但其時間界標，大體說是1925年。五、上述特徵的出現，和他經歷的歷史年代客觀環境複雜多變，他所受的各種文化影響既廣且雜，其宏觀視界具學貫中西、博古通今等等條件有很大關係。但他的思想發展揮灑開闊，其思維方式具取精用宏特徵。因此茅盾的世界觀及其發展，具有格外豐富的內涵。它產生的影響，自然也寬廣而深遠。

〔註110〕刊於《東嶽論叢》第5期，1991年。

第四章　北伐前後（1926～1928）

第一節　在大革命激流中弄潮

　　大革命前後是茅盾人生道路一大轉折期：革命高潮把他推到職業革命家位置；革命低谷又使他成了專業作家。兩者歸一，構成一位時代弄潮兒形象。這獨特經歷中的一個獨特內容，是他的思想歷程的一大曲折。

一

　　1925 年孫中山逝世，國民黨內的右派勢力在北京西山開會反對孫中山的「三大政策」，史稱「西山會議派」。其上海的同黨奪取了環龍路 44 號國民黨市黨部作為其在上海的總部；宣布開除國民黨中全部共產黨員。茅盾是第二批被開除者。中共中央針鋒相對，指令惲代英與茅盾聯合國民黨左派籌組兩黨合作的國民黨上海特別市黨部。1925 年 12 月該部成立。惲代英任執委會主任委員兼組織部長；茅盾任宣傳部長。12 月底他和惲代英等當選上海出席國民黨第二次全國代表大會的代表。

　　他們 1926 年元旦之夜離滬，6 日後抵廣州。他們當即會見了大會秘書長吳玉章與中共廣東區委書記陳延年。這次大會共產黨員代表約佔五分之三。中共中央的決策是：團結國民黨左派與中間派，集中打擊右派即「西山會議派」。大會的「宣言重申：對外打倒帝國主義，對內打倒一切帝國主義的工具——軍閥、買辦及地主豪紳；指出中國國民革命必須誠意地和蘇聯合作，必須和一切被壓迫民族共同奮鬥。」會議通過了包括「彈劾西山會議派決議

案」在內的許多重要決議，決議重申了執行孫中山的國共合作方針。〔註 1〕
這次大會扭轉了一度逆轉的政局。

會後陳延年通知茅盾：中央決定留他和惲代英在廣州加強工作，以迎接
大革命與北伐高潮的到來。茅盾被委任爲國民黨中央宣傳部秘書。當時國民
黨中宣部長是汪精衛。因他擔任國民政府主席，中宣部部長一職由毛澤東代
理。茅盾的任職是毛澤東提名，經國民黨中央執委會常委會第三次會議通過
的。該部沒有副部長，毛澤東又極忙，所以秘書實際幹的是常務副部長的工
作。他住在東北廟前西街 38 號毛澤東寓，因此認識了楊開慧與毛澤東的兩個
孩子岸英、岸青，並有機會與毛澤東朝夕相處，相知也極深。毛澤東夫婦住
在樓上。茅盾和蕭楚女合住在樓下。

茅盾的第一件工作是從第 5 期起接手毛澤東編的國民黨政治委員會機關
報《政治週報》，並爲其專欄《反攻》寫了《國家主義者的「左排」與「右
排」》、《國家主義——帝國主義最新式的工具》和《國家主義與假革命不革
命》。〔註 2〕茅盾揭露道：國家主義者實際上是以國民黨右派元老鄒魯、謝
持、居正、林森等西山會議派爲代表，以曾琦、左舜生、陳啓天把持的《醒
獅週刊》爲陣地，打出「左排〔註3〕蘇俄帝國主義」，「右排英日帝國主義」旗
號，實際是充當英日帝國主義反蘇反共的工具。茅盾這三篇文章並非應景之
作，而是深入調查所得結果。他說：「去年五卅運動之後，約在八九月間，我
到了蘇州，又到了杭州，兩處住了五六天。會見了好些朋友，和那兩處地方
的社會領袖（多半是教育界人物），才知道那兩處的半新不舊的素來不知國家
爲何物的中年先生們現在一變而爲國家主義的革命家了。」他們聲言既「反
對共產黨，也反對國民黨」，究其源則因他們「見得反對革命是無用了」，但
「混充社會中堅人物」既不冒風險，又「免得被民眾罵爲不革命」。於是就充
當「假革命不革命」的國家主義應聲蟲。這樣，既可反蘇反共，又可以「獻
媚於英美日法帝國主義與其勾結的軍閥。」〔註 4〕「戲法人人會變」，但經茅
盾這一戳，其「假革命」眞反革命的本質，就徹底曝露了！茅盾這三篇文
章，開其政治批評文體之先河。在當時其影響遍及全國；是非常有銳氣的一
批政論。

〔註 1〕《我走過的道路》（上），第 296～297 頁。
〔註 2〕均刊於《政治週報》第 5 期，1926 年 3 月 7 日，見《茅盾全集》第 15 卷。
〔註 3〕「排」：排斥。
〔註 4〕《茅盾全集》第 15 卷，第 284～285 頁。

　　茅盾還有兩篇非常重要的文章。一篇是《蘇俄「十月革命」紀念日》，
〔註5〕全文九節，是他最早最系統論述十月革命及其對中國的指導作用的論
文。它指出十月革命是「世界社會革命的第一頁！」其「孿生子」就是「西
方的無產階級革命運動和東方的被壓迫民族的民族革命運動」。文章充分肯定
了代表這兩大革命潮流的列寧與孫中山兩位歷史巨人的偉大領導作用。文章
還肯定了國民革命中工農大眾的決定性作用。他號召全黨全民團結奮進，「勿
忘總理的遺教」，「努力革命，走上正確的道路！」另一篇文章是茅盾與蕭楚
女共同起草的國民黨第二次代表大會宣傳大綱，此文印發全國，宣傳了大會
的正確方向。

　　上述五篇文章，從正反兩面總結了當時革命面臨的形勢與存在的問題，
指出了努力目標，閃爍著戰鬥鋒芒。

　　這當中毛澤東託病請假赴湘粵邊界視察農民運動。中宣部長工作由茅盾
代理。〔註6〕此外他還應邀到廣州中學演講：用普羅米修斯偷天火幫助人類的
故事比喻中國革命。茅盾說：「偉大的孫中山先生就是普羅米修斯，革命的三
民主義就是火。」這話博得全場長時間的掌聲。這期間茅盾還會見了文學研
究會廣東分會諸同仁劉思慕、梁宗岱、葉啓芳、湯澄波，並指導其工作。劉
思慕回憶說：茅盾「和藹而瀟灑，謙遜而直爽，沒有一點架子。」他的「談
吐有風趣，耐人尋味」。「他如數家珍地、有的放矢地談論起當時文壇的流派、
動向，含蓄地給我們啓發，熱情地給我們獎掖」。他還「幫我們潤色與發表稿
子」，這一切「使我深受鼓舞。這是我朝著爲人生的現實主義的方向，從事詩
和散文創作的道路邁出的第一步，而茅公可說是我的引路人。」〔註7〕茅盾在
花城播散的文學種子，後來開放出一片又一片鮮花。

　　此後廣東形勢突變。蔣介石發動了反共的中山艦事件。茅盾目睹了事件
經過，又從毛澤東那兒了解到他和持妥協態度的蘇聯軍代表的爭論。陳延年
也態度猶豫。這使毛澤東非常惱火。他說：「看來汪精衛〔註8〕要下台，我這

〔註5〕收入 1926 年 1 月國民革命軍總部編的《革命史上幾個重要節日》，《茅盾全
　　　　集》第 15 卷，第 274～276 頁。
〔註6〕《中國國民黨第一、二次全國代表大會會議史料》上冊，第 481 頁，載有 2
　　　　月 16 日上午國民黨中常委會議的決定：「宣傳部代部長毛澤東同志因病請假
　　　　兩週，部務由沈雁冰同志代理。」江蘇古籍出版社，1986 年版。
〔註7〕《羊城北望祭茅公》，《憶茅公》，第 172～173 頁。
〔註8〕他當時還擺出一副支持革命的面孔。

代理宣傳部長也不用代理了。」這時上海電召茅盾返滬。毛澤東委託茅盾回上海辦個黨報，與被右派把持的《民國日報》抗衡。茅盾還受託把文件帶回上海交給黨中央。

1926 年 3 月底茅盾返滬後，立即把文件交給陳獨秀，也匯報了毛澤東交給的辦報任務。一切公事辦完，茅盾這才回家。

次日，鄭振鐸來訪，談及茅盾在廣東的革命活動香港報紙常有報導，引起上海駐軍注意，曾多次來商務印書館查詢。談到館方的態度，鄭振鐸吞吞吐吐。經茅盾再三問詢，才說出有勸辭之意。茅盾十分生氣地說：「當年我因館方干涉編務，曾提出辭職，是他們堅留。現在我就辭職！」第二天鄭振鐸送來館方給他的一張 900 元退職金支票，另送一張面值百元股票作爲酬勞。茅盾在商務印書館辛辛苦苦十年，幹了許多大事，竟落此下場！鄭振鐸關心老朋友的生活，要介紹他去編副刊。茅盾說：「我正要辦一張報紙，生計當無問題。」辭職以後，茅盾以大局出發，對鄭振鐸在館的工作，特別是他主編的《小說月報》，仍繼續給予支持。

二

在反動軍閥控制的上海，茅盾既被注意，就存在很大的危險。他決定立即遷居。新寓所在虹口區東橫濱路景雲里 11 號半。〔註 9〕西隔壁是葉聖陶，再西是周建人。來往甚便。

茅盾回滬後，擔任國民黨上海特別市黨部主任委員、國民黨宣傳部上海交通局代局長等職。4 月 3 日至 4 日，他先召開了國民黨上海特別市代表大會。在會上他作了關於國民黨第二次全國代表大會的報告。其第四部分中說：「大會對於革命之敵人，即帝國主義及其工具軍閥、買辦階級、土豪等，認識極爲清楚。」第五部分中說：要「聯合各階級共同努力幹國民革命，但會議認爲聯合戰線中之主力軍應爲工農階級，故發動工運、農運實爲當前最重要之任務。」第六部分是：「嚴申紀律，使參與西山會議之黨員皆受紀律制裁。」〔註 10〕這些都體現了共產黨的主張，故也是茅盾回滬後開展工作的方針。

他的工作重點是上海交通局。這是國民黨中宣部駐滬的秘密機構，設在

〔註 9〕 《我走過的道路》（中），第 2 頁。
〔註 10〕 《我走過的道路》（上），第 311 頁。

閘北公興路仁興坊 45 號、46 號。職權是翻印《政治週報》與中宣部下發的各種文件與宣傳大綱，轉發給北方及長江一帶各省國民黨部。由於孫傳芳控制的上海當局派人常駐郵局，專截這類材料，故廣州方面有專人「跑交通」，常年往來於穗、港、滬之間，專送這些文件。局內僅四五個人，全是共產黨員。所以上海交通局實際是共產黨的秘密機關。茅盾除開展這些常務工作外，重點是在籌辦毛澤東交辦的黨報：《國民日報》；以便與右派控制的《民國日報》抗衡。茅盾自任副主筆。他和正主筆柳亞子、副刊主編孫伏園多次磋商，確定了辦報方針，也起草了發刊詞等。但法租界駁回了創辦此報的申請。於是全部計劃化爲泡影！但受毛澤東委託籌劃的「國民運動叢書」卻有進展。茅盾初步計劃共分五輯。其中不少選題是正面宣傳馬克思主義與社會主義的蘇聯的。茅盾是這套叢書的編纂幹事，負其總責。

1926 年 5 月底，因交通局的經費遲遲未撥下來，茅盾曾致函廣州要求辭職。結果卻被正式委任爲交通局主任，並確定每月撥給經費一千元，當月經費立即撥給。茅盾有了經費，就擴大工作範圍。這年 8 月他派專人視察北方各省及四川至江蘇沿長江各省的黨務、工農運動等工作，並匯總情況，提出書面報告。

茅盾還同時擔任共產黨內的許多工作。在茅盾離滬前的 1925 年 8 月，中共中央宣布把中共上海兼區執委會改組爲中共上海區委員會（仍兼江浙區委）的決定。回滬後的 1926 年 4 月，茅盾開始擔任中共上海區委地方政治委員會委員。4 月下旬他又被委任爲上海區委委員並分管「民校」工作。這是茅盾第二次參與上海及江、浙兩省黨的領導工作。分管的工作大體與第一次相同。「民校」是當時黨內指「國民黨」時用的代稱。6 月 18 日茅盾改任中共上海區委候補委員兼「民校」主任。工作重點由黨內轉到黨對外的特別是對國民黨的統戰工作。這時他領導的工作又和孔德沚參加的婦運、工人夜校等工作發生關係。茅盾在黨內辦公的地點在閘北區通天庵路榮慶坊 16 號。此外茅盾還兼任中共中央宣傳部消息科長，負責從英文報刊上搜集材料。〔註 11〕這時茅盾已經是個職業革命家了！

每天他奔波於虹口區寓所與中共閘北區委聯絡處、上海交通局之間。這些機關都是秘密的，集會不便。據葉聖陶長子葉至善回憶：茅盾經常借他家召開黨的會議。葉家門口釘有藍底白字的「文學研究會」牌子，可以起

〔註 11〕 《鄭超麟談沈雁冰》，《新文學史料》1991 年第 2 期。

掩護作用。葉聖陶是茅盾的摯友，堅定的左派。夫人胡墨林又是中共黨員。在此開會極可靠。「會場設在客堂後間的樓梯底下」，會議通常都是晚上召開。〔註12〕

　　儘管工作如此緊張，晚上有空，茅盾仍堅持研究希臘、北歐神話及中國古典詩詞。孔德沚笑他「白天和晚上是兩個人」。她那時的社會活動也很多，她聯繫的婦運工作對象許多都是時代女性。她們常常來訪孔德沚。茅盾借此機會對她們作了長期觀察了解，因而頗為熟悉。茅盾自己在工作中也接觸到許多革命女性。這些都是他積累創作素材的對象。生活積累的發酵，導致創作衝動的事，就時時發生。如茅盾回憶錄中寫道：「有一次，開完一個小會，正逢大雨，我帶有傘，而在會上遇見的極熟悉的一位女同志卻沒有傘。於是我送她回家，兩人共持一傘，此時，各種形象，特別是女性的形象在我的想像中紛紛出現，忽來忽往，或隱或顯，好像是電影的斷片。這時，聽不到雨打傘的聲音，忘記了還有個同伴，寫作的衝動，異常強烈，如果可能，我會在大雨之下，撐一把傘，就動筆的。」〔註13〕當晚茅盾就「計劃了那小說的第一次大綱」，「就是後來那《幻滅》的前半部材料。」〔註14〕不過這時茅盾的精神狀態及其想寫的人物的精神狀態，都是昂揚向上的。如果能真的命筆成章，作品基調也將是昂揚向上的。可惜時代環境不作美，緊張的工作使茅盾抽不出提筆創作的集中的充分的時間。到大革命失敗時他真地提筆寫作，他和他的描寫對象的精神狀態，卻變得格外複雜。因而後來所寫的小說，與這時他所規劃的相比，已經是另外的面貌與格調了！

　　這期間茅盾雜文的基本主題是繼續「五卅」運動的反帝精神。他在《怎樣求和平》、《萬縣慘案週》、《爭廢比約的面面觀》、《〈字林西報〉目中之「赤化」原來如此》、《〈字林西報〉之於顧維鈞》、《靳雲鵬、國家主義、棒喝團！》等文中，把筆鋒指向帝國主義及其軍閥走狗、輿論工具，努力啓發人民群眾「認清楚誰是友人，誰是敵人，誰是真正的賣國賊！」〔註15〕

　　1926 年 7 月 1 日國民政府發表北伐宣言。10 月 10 日北伐軍獨立團攻克武昌。同日上海工人舉行第一次起義。這時中央估計浙江省長夏超會有反軍

〔註12〕　《「賦別寄哀思」》，《新文學史料》1982 年第 4 期。

〔註13〕　《我走過的道路》（上），第 315 頁。

〔註14〕　《幾句舊話》，《茅盾論創作》，第 4 頁。

〔註15〕　《萬縣慘案週》，《文學週報》第 245、246 卷合刊，1926 年 10 月 17 日，《茅盾全集》第 15 卷，第 296 頁。

閥舉動，故計劃派沈鈞儒爲未來的浙江省長，茅盾任省府秘書長。但因夏超被孫傳芳趕出浙江而作罷。但隨著北伐軍節節勝利，培養軍隊幹部成了當務之急。年底黨中央派茅盾赴武漢中央軍事政治學校武漢分校任政治教官。這是茅盾繼成爲職業革命家之後又正式置身北伐和軍界的重大的人生道路的轉折。

　　茅盾自違父命棄工就文，又逢「五四」與中國共產黨創建而一身二任，在人生道路上使「政治與文學交錯」，到這次投筆從戎，可以說是快馬加鞭奔上革命征程。離滬前寄存圖書時茅盾留下了豪語壯言：「也許以後我用不到了，但也許再沒有我來用它們。」〔註16〕他的內心世界是什麼情態，他自己並沒有正面宣泄。但作爲史家，有必要一探究竟。我從他「1926 年夏有感而作」的《「士氣」與學生的政治運動》〔註17〕中發現了「夫子自道」式的文字。茅盾此文，對古往今來知識份子的地位、抱負，作了透徹的估計：「人類有史以來，士的階級從來沒有做過一個社會裡的主人地位」，但其「天下興亡，匹夫有責」的態度，常影響國家興衰。「從那『士可殺不可辱』一成語，我們分明看見前輩先生的百折不回的勁節，與夫殺身成仁的救世主義來！他們的轟轟烈烈的事業，造成了我們歷史中最光榮的一頁，在世界史上且是無與倫比的一頁！」茅盾從周秦王朝一直總結到「五四」。從史跡中總結出幾點結論：一、在「朝政昏亂，國勢阽危，上下醉夢的時候，常常挺身出來作政治運動；此種精神，史家稱之曰『士氣』。」二、因教育落後，民眾落後，這政治運動「便成爲一般民眾要求自由解放之當然的代表。」三、其實質即「以太學生爲中心」，「一切有決心反抗專制暴政，要求自由解放的革命的知識階級，團結一致，領導民眾作政治運動。」四、「當中華民族受異族侵凌的時候，因爲民族思想的發展，『士氣』特別激昂」，政治運動則取民眾運動的方式。茅盾斷言：這「便是吾中華的國粹！」這「或者也就是我們的後人觀察我們的政治運動之結論」。他號召：「現在的知識階級應該覺醒久已沉睡的『士氣』」，「積極參加政治運動！」以上四點不就是茅盾投筆從戎，置身北伐與大革命洪流的代宣言嗎？茅盾也指出「士」存在脫離群眾、缺乏組織、常常「各立門戶，自相攻擊」等弱點，易被敵所乘「一

〔註16〕　《談我的研究》，《中學生》第 61 期，1936 年，《茅盾全集》第 21 卷，第 60頁。

〔註17〕　刊於《民鐸》第 8 卷第 4 號，1927 年 3 月 1 日，《茅盾全集》第 15 卷，第 310～325 頁。

網打盡」。

茅盾最後號召:「一、發動吾民族特有之『士氣』,聯合一切知識階級領導民眾作政治運動!二、拋棄意見,不分門戶,努力消弭內部之分裂,俾厚積勢力而不為敵人所乘!」以上各端,體現出茅盾的時代使命感與歷史反省意識,是他投筆從戎的革命參與意識之體現。然而茅盾並非傳統「士氣」的簡單繼承,作為共產黨員,他站在馬克思主義立場,對優秀傳統作出高瞻遠矚的昇華與發展。

他說:「世界無產階級在馬克思領導之下開始他們的鬥爭」,建成第一個無產階級專政國家,使我們知道「帝國主義之必然崩潰」,「無產階級是革命的主力」等真理,使我們「更加確定了我們的革命的人生觀,更加充實了我們的方略。」茅盾把這一切與中國革命實際、中共中央與孫中山共同締造的新三民主義結合起來,形成自己奔赴武漢,指導一切行動的綱領與方略。茅盾把上述堅定的共產主義人生觀,作為指導自己畢生活動的基本方針與出發點,並經受武漢時期大動蕩的嚴峻考驗。

三

儘管這時國民政府由廣州遷往武漢,但局勢仍處在動蕩期間。國民黨與共產黨之間,蔣介石與汪精衛之間,矛盾衝突日漸明顯。舉家遷武漢有所不便;讓孔德沚留在上海,她又不放心丈夫單槍匹馬去赴任。婆婆就挑起留滬帶兩個孩子的重擔,讓孔德沚隨行。

茅盾動身前接武漢來電,交給他在滬為軍校招生、聘教官等任務。他聘商務印書館同事、共產黨員樊仲雲、陶希聖、吳文祺等為教官;幫他一起完成了招生任務。為防孫傳芳軍隊阻難,茅盾沒隨學生同行。他攜孔德沚乘英輪赴武漢,在船上度過了陽曆年。抵武漢後,軍校安排他們住在武昌閱馬廠福壽里26號寓,離軍校(兩湖書院舊址)不遠。軍校實際負責人是校務委員兼總教官惲代英和教育長鄧演達。校方對茅盾的任命相當鄭重,發了第71項委任令:「委任沈雁冰為本校政治教官,支中校二級薪。」從此茅盾身著戎裝,文弱書生成了英姿勃勃的軍官了!

軍校分軍事政治兩科。課程也軍事政治並重。茅盾分頭到這兩科和單設的女生隊授課。他為女生隊單開了婦女運動等專題課。女生隊學生中就有後來成了茅盾的長篇小說《虹》的女主人公梅行素之原型的胡蘭畦。茅盾對

她早有所聞。1924 年胡蘭畦奔赴上海出席全國學生代表大會時，肩負著調查了解上海女子工業社情況，吸取經驗，爲四川婦女公會開展活動的任務。赴滬後，胡蘭畦直奔法租界辣斐德路福康里上海女子工業社下榻。她拜訪了該社股東陳望道夫人吳庶五和茅盾夫人孔德沚。茅盾和她雖未謀面，但從孔德沚處對她的情況略有所聞。胡蘭畦返四川後，考入軍校女生隊。總教官惲代英是她在四川瀘州師範時的革命引路人。在直接相處的師生關係之外，茅盾還從惲代英那裡了解到胡蘭畦的一些情況。

這時茅盾還兼武昌中山大學教授，並與該校的同事籌劃發起中蘇文化協會。後來因時局逆轉未成。

面對蔣介石加劇反共的危局，黨爲加強宣傳攻勢，調茅盾任漢口《民國日報》總主筆。茅盾脫下戎裝又拿起筆，遷到漢口歆生路德安里 1 號報社樓上居住辦公。孔德沚在農政部工作。這時她已懷孕數月。《民國日報》名爲國民黨省黨部機關報，實際由共產黨控制。社長是中共創始人之一的董必武。總經理是毛澤東之弟毛澤民。編輯方針由中共中央宣傳部確定。部長彭述之遠在上海，實際由瞿秋白分管。這是茅盾第二次和瞿秋白合作。編輯部沒有記者，消息由黨政機關、工農青婦等群眾團體提供，也得到人民社、血光社、一德社等通訊社的支持。茅盾每天選編、審定編輯們送來的稿件後，自己還要執筆千把字的社論一併排版付印。他常要幹到深夜甚至通宵。住在對面樓的新寡的武漢市海外部女同志范志超，爲擺脫單身漢的糾纏，常來找孔德沚，使茅盾多了個觀察了解時代女性的機會。

茅盾到報社不久，蔣介石發動了「四一二」大屠殺，隨即成立了南京政府，與武漢合法的中央政府相對抗。此前 4 月 6 日奉系軍閥在北京逮捕了李大釗等 60 餘個共產黨員，不久即秘密殺害。這些活動都有帝國主義支持。因此茅盾爲報紙所寫的大批社論，第一個主題就是揭露帝國主義支持下新舊軍閥鎮壓革命的血腥罪行。如《袁世凱與蔣介石》、《蔣逆敗象畢露了》、《鞏固後方》、《英帝國主義挑釁》〔註 18〕等。在這些社論中，茅盾採用對比方式，列出了蔣介石與袁世凱酷似的六大罪狀；並斷言：「蔣介石實在是一個具體而微的袁世凱。」〔註 19〕這些文章影響極大，不少話後來被證實是預言。歷史上只記載郭沫若的《請看今日之蔣介石》，而不提茅盾這批討蔣檄文，可能是

〔註 18〕這些文章均刊於《民國日報》，均收入《茅盾全集》第 15 卷。
〔註 19〕《袁世凱與蔣介石》，《茅盾全集》第 15 卷，第 351 頁。

因為它們是以社論形式發表的。其作者是大名鼎鼎的作家茅盾的真相，卻不被世人與學界所知。茅盾的文章也有缺陷：如說「蔣的勢力已到末日」，「我們再努力一點，早些把他完完全全送進墳墓去呀」〔註 20〕就把形勢估計得過分樂觀，對鬥爭長期性認識不足。

茅盾文章的第二個基本主題是宣傳黨的鞏固工農團結的根基的方針政策，駁斥污衊農民運動的謬論。如《鞏固後方》、《「五五」紀念中我們應有認識》、《革命者的仁慈》、《祝中央軍事政治學校特別黨部成立大會》、《鞏固農工群眾與工商業者的革命同盟》、《工商業者工農群眾的革命同盟與民主政權》〔註 21〕等。茅盾特別強調三個戰略：武裝民眾；嚴厲鎮壓城市反動派；根除農村封建勢力。他認為這是鞏固工農與工商業者聯盟、保護民主政權的大政方略。特別重要的是，茅盾大力支持毛澤東、瞿秋白堅持的正確農民運動路線，嚴厲批駁源於土豪劣紳與民主主義右派的污衊農運為「痞子運動」的反動言論。這也澄清了汪精衛連發「訓令」指責農運「過火」，實則保護土豪劣紳所造成的混亂。

因此陳獨秀對茅盾多次施加壓力，要他少登工農運動消息；少發支持工農的言論。茅盾據理力爭。董必武也支持茅盾說：「不要理他，我們照登。」瞿秋白則提出另辦一張報，仍由茅盾任主筆，放開手腳宣傳共產黨的思想與方針政策。可惜形勢急劇逆轉，此計劃未能實現。

茅盾文章第三個基本主題是揭露反動派鎮壓群眾運動，發動武裝叛亂的罪行。如他寫的《夏斗寅失敗的結果》、《撲滅本省各屬的白色恐怖》、《長沙事件》、《肅清各縣的土豪劣紳》〔註 22〕等社論，以及經他審定發表的《宜都縣黨員之浩劫》、《鍾祥避難同志為鍾祥慘案呼籲》、《又有兩起大屠殺》、《羅田慘案請願團之呼籲》等等。對夏斗寅、許克祥等新軍閥的叛亂，各地鎮壓群眾的血案，逐一揭露與抨擊。茅盾說：「這些小縣城中發生的動亂的慘劇，那裡同志們的不幸遭遇，以及我在社論中講到的反對派的陰謀，苦肉計、殘忍等等，深深地印入我的腦海，後來我寫《動搖》等，就取材於這些事件。」〔註 23〕

茅盾這些文章有三個特點：一是非常及時地對時勢作透徹分析與指導性

〔註 20〕《蔣逆敗象畢露了》，《茅盾全集》第 15 卷，第 353～354 頁。
〔註 21〕均刊於漢口《民國日報》，均收入《茅盾全集》第 15 卷。
〔註 22〕均刊於漢口《民國日報》，均收入《茅盾全集》第 15 卷。
〔註 23〕《我走過的道路》（上），第 335～336 頁。

論斷，有強烈的敏銳性、應變性；體現了較高的馬克思主義理論水平。二是不就事論事，而是盡可能地對事件作出前因後果分析，致力於總結經驗教訓與發展規律。三是既反右，又防「左」。特別可貴的是在「左」乍冒頭時就敲起警鐘。同時又注意保護工農群眾的革命積極性。如果當時能採納這些意見，即便不能避免歷史曲折，起碼能減少損失。遺憾的是，當時領導者未能採納。

這時武漢國民政府主席汪精衛步蔣介石後塵背叛和鎮壓革命的態度，已經公開暴露。在北方，作北伐姿態的馮玉祥也投靠了蔣介石。陳獨秀卻步步退讓。革命危急，真正的共產黨員不得不轉入地下。茅盾在發表了最後一篇社論《討蔣與團結革命勢力》後，奉黨中央之命，辭去報社任職，藏身法租界一家棧房。7月30日，茅盾接到黨的命令，攜一張兩千元的支票，赴九江交黨組織。茅盾託人把臨產的孔德沚送回上海，自己乘日本輪船「襄陽丸」離開武漢奔赴九江。同行的是宋雲彬和宋敬卿。

在武漢時茅盾曾和孫伏園、郭紹虞、陳石孚、吳文福、樊仲雲、傅東華、林思平、顧仲起、陶希聖等共10人，組成上游文藝社，其陣地是由孫伏園主編的《中央日報》副刊《上游》。茅盾在此發表了《紅光‧序》、《〈楚辭〉選序》、《最近蘇聯的工業與農業》等。離開武漢時他答應孫伏園繼續寄稿件支持《上游》。這就是散文《雲少爺與草帽——致武漢的朋友們（一）》、《牯嶺的臭蟲——致武漢的朋友們（二）》和詩《留別雲妹》等牯嶺時期寄給《上游》發表的作品之由來。

第二節　懷著幻滅情緒「停下來思考」

茅盾懷著樂觀的追求奔赴武漢；卻懷著幻滅的情緒重返上海。對這段經歷幾十年來眾說紛紜；茅盾的袒露也未能清澈見底。因此在這裡我不得不承擔把當時的「時識」昇華為「史識」的任務。

一

1927年7月24日晨，船抵九江，茅盾立即去找黨組織接頭。出乎意外的是，接待人卻是他在報社的領導董必武；在座的還有譚平三。董必武說：「你的目的地是南昌；支票也帶到南昌去。今早聽說火車已經不通。你快去看看。萬一車真不通，你就回上海。這裡不要再來，我們也馬上轉移。」茅盾去買

票,果然車已不通。聽同船來的人說:「可以從牯嶺翻山走小路去南昌。惲代英昨天已經上山去了。」茅盾當即決定上山。宋雲彬聽說,也要同去遊廬山。抵山頂後,在僅有十多個房間的廬山大旅社下榻。茅盾立即出去打聽翻山的小路。在牯嶺大街巧遇夏曦。他告訴茅盾:「惲代英已翻山去了南昌,現在小路也被封鎖。此地不宜久留,你還是回去罷。我也要馬上離開。」這使茅盾十分頹喪!他只好住下等待機會。

在旅社百無聊賴,茅盾遂提筆踐孫伏園之約,寫了書信體散文《雲少爺的草帽——致武漢的朋友們(一)》與《牯嶺的臭蟲——致武漢的朋友們(二)》。兩文寫於 25 日和 27 日,先後發表在 1927 年 7 月 29 日、8 月 1 日《中央日報》,署的是大家熟知的沈雁冰的筆名玄珠。《雲少爺的草帽》開頭用這樣的話明明白白地交待了自己的行蹤:「寫這封信的人,離開你們已經兩天了⋯⋯他現在正和兩個同伴住在牯嶺的一家旅館裡。」〔註 24〕「文革」中和近幾年,都有人把茅盾此行污衊爲「攜款潛逃」。此兩文就是最強有力的反駁:天下有這樣敢於在報紙上公開姓名與行蹤的愚蠢的攜款潛逃者嗎?

兩文純係紀實散文,文末署 7 月 25 日即他上山的次日。但人名卻是虛擬的:雲少爺就是宋雲彬。「我們的冰瑩」指船上碰到的孔德沚女友唐棣華(陽翰笙夫人)。「另一位女同志」即范志超。文中所說一個人「在『幻滅』的時候,⋯⋯總想記他的好友,他的愛妻,他的兒女」,是茅盾第一次用「幻滅」一詞描繪他此時的情緒。但兩文卻以調侃的語氣掩蓋了其幻滅情緒與頹喪格調。這段經歷茅盾還寫在紀實小說《牯嶺之秋》〔註 25〕裡。

7 月 26 日茅盾突患急性腸胃炎,一夜連瀉七八次。俗話說:好漢經不住三泡屎,何況體弱積勞的茅盾。這一躺倒就起不了床!山上又缺醫缺藥,只購得八卦丹救急。宋雲彬見茅盾一時起不了床,不僅不予照料,就撇下重病的朋友,獨自下山回上海了!

吃了幾天八卦丹,茅盾漸有好轉。他聽到茶房說,「南昌出了事」,又說不清底裡。茅盾硬撐著病體出去打聽。正巧碰見范志超。這才知道周恩來於 8 月 1 日領導了南昌武裝起義,繳了朱培德的槍。現在南昌由葉挺、賀龍的部

〔註 24〕《茅盾全集》第 11 卷,第 47 頁。
〔註 25〕刊於《文學》第 3、5、6 號,1933 年 9、11、12 月,見《茅盾全集》第 8 卷。其中的「老明」就是茅盾,雲少爺自然是宋雲彬。

隊控制，但又被敵軍所包圍。詳情范志超也說不清。茅盾這才恍然大悟！原來派自己去南昌，是參加武裝起義，所攜的款是起義經費。但南昌現已被圍，他無法再去；茅盾十分著急。范志超說：「這幾天汪精衛、于右任、張發奎正在山上開會，認識你的人很多。為避免意外，你千萬不要露面。有消息我來告訴你。我住在廬山管理局石局長家。他是國民黨左派，住他那裡比較安全。回程票也可以託他買。」茅盾估量情況，只好實行董必武安頓的第二方案：去不了南昌就返上海。於是他託范志超轉託石局長代自己購船票，準備等山上開會的人一走，就返回上海。

二

　　茅盾是假託教員上山度假住進旅社的，一時還不致引起懷疑。這期間無所事事，夏日苦長，就譯隨身帶的英文版西班牙作家柴瑪薩斯的中篇《她們的兒子》借以消磨時日。然而胸有鬱積，夜不能寐，骨鯁在喉，不吐不快。很少寫新詩的茅盾，卻接連寫了兩首新詩。一首是 8 月 9 日作的《我們在月光底下緩步》〔註 26〕：「我們在月光底下緩步，／你怕草間多露。／／我們在月光底下緩步，／你軟軟地頭靠著我的肩窩。／／我們在月光底下緩步，／你如何懶懶地不說話？／／我們在月光底下緩步，／你脈脈雙眸若有深情難訴！／／終於你說一句：明日如何……／我們在月光底下緩步。」另一首是 8 月 12 日作的《留別雲妹》〔註27〕：「雲妹：半磅的紅茶已經泡完，／五百支的香煙已經吸完，／四萬字的小說已經譯完，／白玉霜、司丹康、利索爾、哇度爾、考爾辯、班度拉、硼酸粉、白棉花都已用完，／信封、信箋、稿紙，也都寫完，／矮克發也都拍完，／暑季亦已快完，／遊興是已消完，／路也都走完，／話也都說完，／錢快要用完，／一切都完了，完了，／可以走了！／／此來別無所得，／但只飲過半盞『瓊漿』，／看過幾道飛瀑，／走過幾條亂山，／但也深深的領受了幻滅的悲哀！／後會何時？／我如何敢說？／後會何處？／在春申江畔？／在西子湖邊？／在天津橋畔？」兩首詩前虛後實，格調亦有別。前一首比較嚴肅，假託一對戀人默默交流心曲，體現其情緒憂鬱，前景渺茫的心態。後一首與兩篇具調侃基調的散文相同，是以「留別」

〔註26〕刊於《文學週報》第 16 期，1927 年 12 月 4 日。此詩為《茅盾全集》與《茅盾詩詞集》所佚。

〔註27〕刊於《中央日報》副刊，1927 年 8 月 17 日。亦為《茅盾全集》與《茅盾詩詞集》所佚。

式書信體寫的一首打油詩。它以玩世不恭的油滑口吻始,以沉鬱渺茫的格調終。正如有人悲極時反而會爆發一陣狂笑,笑者其表,悲者其裡。此詩的「油滑」語氣,突出了「此來別無所得」,只「領受了幻滅的悲哀」與不知前景「何時」「何處」的渺茫困惑情緒。用今天的文壇語言說,頗帶點黑色幽默的味道。然兩詩不論形式格調有何歧異,均透過個人幻滅情感的抒發,揭示出大革命失敗後普遍存在的時代苦悶與歷史性困惑等當時許多人共有的社會心態。

常言道,「詩無定解」。於是近些年就有人標新立異,嘩眾取寵:撇開《我們在月光底下緩步》,單挑出《留別雲妹》加以歪「批」,說此詩並非半實半虛,而是純粹的「象徵詩」:「雲妹」象徵「革命」;「留別」則是茅盾「脫離政治激流的一份自白書」。甚至還有說它是「叛黨」或「脫黨」「宣言書」者。這些解釋,離此詩的內在意蘊何啻十萬八千里?

其實這是以「留別」書信體出之的一首打油詩。其抒情基調與魯迅的打油詩《我的失戀》頗類似。「雲妹」是「象徵」還是「虛構」?這是理解此詩的關鍵之一。統觀全詩,顯然「雲妹」並非「象徵人物」。與屈賦中的美人香草之「象徵」意象顯然不同。我們固然不能坐實「她」是指山上所遇見的實有的人如范志超等,但也並非毫無實據或原型的純虛構人物。「雲妹」的命名,是沿著《雲少爺的草帽》中「雲少爺」實指宋雲彬,但取其名字第二字予以虛化稱「雲少爺」的辦法。這「雲妹」在茅盾筆下,後來還出現過兩次。一次是《幾句舊話》中說:「那時還有兩位相識者留在山上。都是女子,一位住在醫院裡,我去訪過她一次,只談了不多幾句,她就低聲說:『這裡不便談話』。」〔註28〕另一次是《從牯嶺到東京》中說:我「也時時找尚留在牯嶺或新近來的幾個相識的人談話。其中有一位是『肺病第二期』的雲小姐。『肺病第二期』對於這位雲小姐是很重要的;不是為的『病』確已損害她的健康,而是為的這『病』的黑影的威脅使得雲小姐發生了時而消極時而興奮的動搖的心情。她又談起她自己的生活經驗,彷彿就是中古的 Romance」。「她說她的生活可以作小說」。茅盾對她「發生了研究的興味」。茅盾說,他的《蝕》中「絕對沒有雲小姐在內;或許有像她那樣性格的人,但沒有她本人。因為許多人在那裡猜度小說中的女子誰是雲小姐,所以我不得不在此作一負責的

〔註28〕見《創作經驗》一書,天馬書店出版,1933年,《茅盾全集》第19卷,第441～442頁。

聲明，然而也是多麼無聊的事！」〔註 29〕這番話幾乎就是對上述穿鑿附會解釋《留別雲妹》者的預作的回答，同時也提供了《留別雲妹》與《蝕》三部曲幻滅情調有相通之處的一個佐證。

其實詩與小說都可以半實半虛；也可以完全虛構。但它多少都有些現實生活依據。這「雲妹」當然是茅盾虛構的接受第一人稱「我」的這首《留別》詩的主人公；她和上述兩文所記那患病的「雲小姐」，在「幻滅」性格與情緒基調上，也許有某些關係；但她主要是爲抒發情感所假託的「對象」。「雲妹」也好，「我」也好，都是多少有些革命失敗導致「幻滅」的「時代病」的。這是以「留別」詩的形式交流「幻滅」情懷的基礎與主旋律。可見，《我們在月光底下緩步》、《留別雲妹》與《蝕》三部曲之間，不論抒情基調抑或主人公心態，都有相通之處。但若是說「雲妹」是象徵「革命」的象徵人物，與屈賦「美人」「香草」同，恐怕比說「雲妹」即雲小姐或范志超更難成立。由此導出《留別雲妹》是「叛黨宣言」或「脫離政治激流的一份自白書」，則不僅失實，而且近乎荒謬了！

此論之謬，關鍵在於對茅盾的「幻滅」，對茅盾所說「我有點幻滅，我悲觀，我消沉……我倒並沒動搖過」〔註 30〕一語，其解釋是根本不合事實的。茅盾破滅的「幻想」，是從 1921 年就形成的「革命速勝論」：「最終的勝利一定在勞工者，而且這勝利即在最近的將來。」〔註 31〕此幻想他堅持了多年。直到 1927 年 5 月 10 日，即「四一二」反革命政變後將近一月時，他還堅信「蔣的勢力已至末日」，「再努力一點」就能「早些把他完完全全送進墳墓去。」〔註 32〕可見茅盾這「幻想」實際上是「革命速勝論」。這「革命速勝論」他一直保持了六年之久。從「四一二」政變到汪精衛的「七一五」叛變，再到南昌起義軍 8 月 5 日撤出南昌，說明這次起義最終失敗：茅盾的「速勝論」才徹底動搖。反映到其 7 月 25 日寫的《雲少爺的草帽》和 8 月 12 日寫的《留別雲妹》中，她連續用了「幻滅」與「幻滅的悲哀」等語，算是首次公開宣布了他這「革命速勝論」「幻想」的徹底破滅。這就是茅盾所謂「幻滅」的眞

〔註 29〕 見《小說月報》第 19 卷第 10 號，1928 年 10 月 8 日，《茅盾全集》第 19 卷，第 177～178 頁。著重號是引者所加。

〔註 30〕 《從牯嶺到東京》，《茅盾全集》第 19 卷，第 180～181 頁。

〔註 31〕 《自治運動與社會革命》，《茅盾全集》第 14 卷，第 204 頁。著重號係引者所加。

〔註 32〕 《蔣逆敗象畢露了》，《茅盾全集》第 15 卷，第 354 頁。著重號係引者所加。

正的涵義。因此茅盾所「幻滅」的與告「別」的，不是「革命」與「政治激流」本身，而是其「革命速勝論」幻想。對中國革命與共產主義革命理想，幾十年的實踐證明，茅盾從未動搖過！這就是茅盾所說「我倒並沒動搖過」一語的真正涵義。弄清這一點，實在事關重大。因為從這裡我們找到一把打開《留別雲妹》與《蝕》以及「從牯嶺到東京」，他這段人生經歷轉折期的內在奧秘的鑰匙。這也是澄清所謂是茅盾「脫離政治激流的一份自白書」，以至更加荒唐的「脫黨宣言」、「叛變革命宣言書」等罪名的契機與關鍵。這證明了茅盾《我走過的道路》中下面的話的真實可信：「共產主義的理論我深信不移。蘇聯的榜樣也無可非議，但是中國革命的道路該怎樣走？在以前我以為已經清楚了，然而，在 1927 年的夏季，我發現自己並沒有弄清楚！」「我對於大革命失敗後的形勢感到迷茫，我需要時間思考，觀察分析。自認離開家庭進入社會以來，我逐漸養成了這樣一種習慣，遇事好尋根究底，好獨立思考，不願意隨聲附和。」「不像有些人那樣緊緊跟上。」〔註33〕這種狀態從離牯嶺前夕就開始了。同樣原因，這期間與以後，他一直對幾次「左」傾路線持懷疑甚至反對態度。

三

茅盾在山上隱藏到 8 月中旬汪精衛等人散會下了山後，才由范志超託人購了船票，仍乘日本的輪船返滬。為避免在碼頭上遇見熟人，茅盾託范志超把行李帶回家，自己在鎮江換乘火車。不料在碼頭遇到軍警搜查，那張鉅額支票引起了懷疑。茅盾急中生智，就把它送給那軍警，才得脫身。茅盾乘火車到無錫住了一夜，次日改乘夜車返滬。由於這些防範措施，總算平安返回寓所。

家裡等著他的淨是壞消息。母親告訴茅盾：宋雲彬由廬山返滬後前來借住，自己不動手，讓臨產的孔德沚挺著大肚子給他掛蚊帳。孔德沚身體笨重，不幸摔倒，以致流產：大夫剪破子宮，取出已死的女嬰，才保住了大人。現孔德沚仍住在醫院。茅盾立即趕到醫院，所幸孔德沚已經脫險，正在恢復。茅盾把她接回家後，她告訴茅盾：國民黨已經下令通緝茅盾。交通局等機關也被查抄。孔德沚只得放出風聲，說茅盾已赴日本。我們現在仍可從 1927 年 8 月 31 日《新聞報》、8 月 14 日、15 日《申報》上，找到所刊正題為

〔註33〕《我走過的道路》（中），第 1 頁。

「清黨委員會披露共產黨操縱本黨幹部之眞憑實據」，副題爲「沈雁冰日記簿中撿出」的連篇報導。上海《民國日報・黨務》8 月 13 日、20 日、23 日、24 日則連續披露了「在沈雁冰宅中搜得」的文件、書刊目錄。所謂「沈雁冰宅」，實際是閘北公興路仁興坊 45 號、46 號交通局辦公處。報紙故意說是「沈宅」，旨在強調「共產黨操縱本黨幹部」的誣陷效果。今天我們倒可以從這些史料中，看出茅盾當年爲黨工作的部分輪廓。所公布的材料中有四冊支票存根，記錄了茅盾領導下開展黨和革命工作的經費開支情況。書刊目錄反映了茅盾學習馬克思主義研究黨報黨刊的部分視野。書信則反映出茅盾開展黨務與統戰工作的廣泛活動。所謂「沈雁冰日記」，其實是黨內和交通局內工作會議的簡要記錄。特別是其中 1925 年 11 月 5 日和 1926 年 6 月 21 日黨內會議的記錄。〔註 34〕從中很能看出茅盾的作用。現摘錄 1926 年 6 月 21 日在葉聖陶家開會的一段記錄：「第一區黨團……星期一晚七時三十分在香山路仁餘里八號開第一次會。」「主席雁冰。報告自『民校』〔註 35〕全體中央會於五月十五日通過《整理黨務案》後，本黨對『民校』政策由混合變爲聯合。以前的混合形勢，好處在將散漫之『民校』團結起來，壞處在引起『民校』分子之反感及同志之『民校』化。所以現在從混合向著聯合的路上走。目前雖不完全退出，但在非必要場合則完全退出。即放棄高級黨部，而拿住低級黨部。我們要奪取下級黨部及其群眾。因而目前之工作，注力於區分部之工作。」

看到這些報導，茅盾斷定，機關的破壞，同志之被捕，肯定是有叛徒出賣所致。他又看到 6 月份由南京政府主席胡漢民簽發的通緝令，自己的名字正在其中。他感到必須對行跡嚴加保密。夫妻倆商定，對外仍說茅盾去了日本。茅盾從此足不出戶，深居三樓，躲一陣再說。

但有一件大事，他還是抓緊辦妥了。這就是那張鉅額支票的處理：這是一張「擡頭支票」。「擡頭」寫有受款人姓名別號。受款人得到支票後，仍需有舖保，或本人在別家銀行有存款，才可由此銀行轉賬。茅盾回滬後，立即向黨組織匯報了詳情。當即採取措施：先向銀行掛失，然後由黨員蔡紹敏開的紹敦電氣公司擔保，提取了這兩千元款。茅盾這才一塊石頭落了地！這些事實說明，所謂「茅盾攜款潛逃」、「茅盾從上廬山起就脫離了黨」等說法，

〔註 34〕見《申報》與《新聞報》。
〔註 35〕「民校」指國民黨。

都是污衊不實之詞。茅盾回滬後，不僅依靠黨組織辦妥提款的事，就是後來隱居不出，也通過孔德沚仍和黨保持著組織聯繫。茅盾失掉黨的組織關係是赴日本之後。

茅盾所住的景雲里，是有三個弄的大院，多住商務印書館職工。他之所以沒有暴露，和其寓所結構有關。茅盾的寓所景雲里 11 號半，是一所從後門出入的三層小樓。底樓後門旁是灶披間。前頭是大廳，從中隔出一間與廚房相連。一樓二樓之間、二樓三樓之間，都有亭子間。二樓是老太太和兩個孩子的臥室。茅盾夫婦住比較矮小的三樓。出院後，孔德沚仍臥床養病，茅盾在病榻旁邊照料妻子，邊開始寫他的小說。這小說就是由《幻滅》、《動搖》、《追求》三個中篇組成的他的處女作《蝕》三部曲。

第三節　小說處女作《蝕》與《創造》

面對通緝令，茅盾只好轉入地下，蟄居斗室，專心創作：這使中國失掉了一位職業革命家；卻獲得一位偉大的無產階級作家。他的長篇處女作是由《幻滅》、《動搖》、《追求》三個中篇組成的《蝕》三部曲。茅盾這筆名，始用於發表《幻滅》時：茅盾原稿自署為「矛」盾。〔註 36〕主編《小說月報》葉聖陶覺得百家姓中無此「矛」姓，很容易暴露茅盾的行藏，故在「矛」字上加上草頭。茅盾的短篇處女作是《創造》。

一

雖然倡導過許多年自然主義，茅盾說自己「未嘗依了自然主義的規律開始我的創作」。茅盾說：自然主義者「左拉因為要做小說，才去經驗人生」；現實主義者「托爾斯泰則是經驗了人生以後才來做小說」。茅盾說：我是「更近於托爾斯泰」的，「我是真實地去生活，經驗了動亂中國的最複雜的人生的一幕，終於感得了幻滅的悲哀，人生的矛盾，在消沉的心情下，孤寂的生活中，而尚受生活執著的支配，想要以我的生命力的餘燼從別方面在這迷亂灰

〔註 36〕 茅盾 1957 年在《蝕》新版後記中首次解釋了他取「矛盾」這一當時剛流行的新詞為筆名的原因：1927 年他看到敵我之間、革命內部，尤其小資產階級知識份子和自己生活中都存在很大矛盾。但不少人又不肯承認，「侃侃而談，教訓別人」。茅盾取「矛盾」為筆名，寓有「諷刺別人也嘲笑自己的文人積習」之意。

色的人生內發一星微光，於是我就開始創作了。」〔註 37〕這番話說明了茅盾創作的革命功利主義動機。這是與他的「為人生」和「為無產階級」的動機相銜接的。它一開始就居茅盾的創作個性的中心位置，成為其由革命家轉而成為文學家的基本社會政治取向，也成了他「革命家與文學家完美結合」的人生道路的起點。這番話也說明了茅盾開始創作所取的創作方式是「托爾斯泰方式」，這是《蝕》及其創作方式的首要特徵。不過《蝕》的生活經驗積累，不僅是茅盾所說的他參加大革命時經驗的「動亂中國的最複雜的人生的一幕」，茅盾在作品中調動和投入的，是從「五四」中經「五卅」直到北伐前後他的全部經歷。

　　他著重提煉的是兩大層面：一是他從事宣傳、教育、黨內領導工作與從事統戰工作的政治閱歷，他據此構建《蝕》的大政治背景與寫工農運動等政治事件的時代思潮格局。二是他對社會各階層、特別是革命青年、時代女性的接觸、觀察與共事體驗所得。其中時代女性又包括他與之並肩作戰的同事如向警予、楊之華、范志超、黃慕蘭等；他在平民女中、上海大學、中央軍校女生隊執教的對象如丁玲、王劍虹、胡蘭畦等；以及孔德沚從事婦運、工人夜校工作的婦女對象；她們常來他們家，使茅盾也有充分的觀察、了解、研究的機會。這些生活積累，遠遠超過寫《蝕》時同代作家同類作品的生活基礎，使茅盾能以厚實的生活積累，從容進行其典型提煉。這是《蝕》及其創作方式的第一個特徵。

　　茅盾創作前的生活消化工作也相當充分。他的革命經歷與編輯工作、理論批評工作經歷，鍛鍊了他分析解剖社會的能力。馬克思主義理論的把握，使他更具備了科學的分析、解剖、思辨、整合的能力。他倡導的自然主義寫實主義本是人類認識史上科學實證階段的特定產物。茅盾也以「科學家的態度重客觀的觀察」、「科學的精神重在求真」的原則，追求生活真實基礎上的藝術真實性。〔註38〕而且他的上述生活閱歷，是與其 20 年代前半期的婦女、青年問題論著、20 年代後半期的社會政治問題論著相伴而生的。後者是前者的理論昇華；這理論昇華也是他從生活中提煉典型這一過程中，促進形象思維的理性思維助力。因此社會科學家、政治活動家的思維理性，一開始就滲進文學家茅盾的創作過程中去，給他的作品帶來明顯的理性思辨與社會剖析

〔註37〕　《從牯嶺到東京》，《茅盾全集》第 19 卷，第 176〜177 頁。
〔註38〕　《文學與人生》，《茅盾全集》第 18 卷，第 271 頁。

特徵。但這並非簡單的制約過程；而是相互促進、相互滲透的雙向運作的發酵過程。這是《蝕》及其創作方式的第二個特徵。

不過《蝕》的構思過程的前期，處在大革命前期和中期茅盾的思想與情感樂觀向上的階段；構思過程的後期與動筆寫作的過程，則處在大革命失敗後他的幻滅與消沉階段。主體意識這種變化，大大衝擊了茅盾上述理性思辨所得的某些科學認識與結論；大大加濃了內心體驗的主觀消極情緒對審美感受與審美表現的負面作用。因此，儘管茅盾聲言「《幻滅》和《動搖》中間並沒有我自己的思想，那是客觀的描寫」，《追求》則有其「思想和情緒」；〔註39〕但由於所寫人物由「五卅」時期的昂揚向上，到大革命失敗時期的「發狂頹廢，悲觀消極」，這樣的經歷，頗能與茅盾的思想情感產生共鳴，使茅盾獲得了宣洩思想情感的渠道，因此不可能做到前兩部都是「客觀的描寫」；其中仍然滲透了強烈的主體意識。所以描寫的客觀性與情感宣洩的主觀性，就成了《蝕》及其創作過程的第三個特徵。

《蝕》的構思始於1926年，茅盾說其創作衝動達到雨中與人共傘時如果可能就要動筆的程度，當夜他就寫下《幻滅》前半的大綱。〔註40〕第二次是在大革命時期的武漢，「眼見許多人出乖露醜」，「許多『時代女性』發狂頹廢，悲觀消沉」，這時他又產生「寫點小說」的念頭。第三次是在赴九江與其部分描寫對象原型不期而同路的途中。最後則是蟄居上海，「因為是閑身子了，就讓這『大綱』在我意識上閃動，閃動。」〔註41〕及至他伏在孔德沚「病榻旁邊一張很小的桌子上」動筆時，只要「凝神片刻，便覺自身已經不在這個斗室，便看見無數人物撲面而來。」〔註42〕這時，藝術構思與典型孕育已爛熟於心，呼之欲出了！

動筆之前，他在「二十餘萬字的長篇」與「七萬字左右的三個中篇」兩個方案的選擇上頗費躊躇。鑑於是初次寫作，「不敢自信」自己的「創作力，終於分作三篇寫了」。原擬各篇用共同的人物，以便「斷而能續」，實際各篇各有主人公，而以李克、史俊、趙赤珠、王詩陶、東方明、龍飛等次要人物連貫成「三部曲」。但這無法支撐統一的結構。於是各篇就不得不自成格局。〔註43〕書中

〔註39〕 《從牯嶺到東京》，《茅盾全集》第19卷，第180頁。
〔註40〕 《我走過的道路》（上），第315頁。
〔註41〕 《幾句舊話》，《茅盾全集》第19卷，第440～441頁。
〔註42〕 《寫在〈蝕〉新版的後面》，《茅盾全集》第1卷，第432頁。
〔註43〕 《從牯嶺到東京》，《茅盾全集》第19卷，第178～179頁。

大多數人物是 S 大學的學生。同學與戰友、同志關係是基本的人物關係。

二

《蝕》三部曲突出的文學史意義，首先是「敢涉足他人所不敢而又是人們所關注的重大題材」，〔註44〕借以展示出能揭示時代精神與革命主潮的重大主題。它以 1925 年「五卅」運動時捲入學潮及革命運動的一群大學生當時的經歷爲初基，寫他們自 1926 年以來，由游離革命之外的上海時期，到 1927 年置身革命的武漢時期，再到 1927 年大革命失敗後退出時代主潮，步入 1928 年幻滅、苦悶、頹廢的上海時期。以側面描寫與正面描寫相結合相交叉的方法，大體上勾勒出大革命前中後三期的時代大潮與革命進程。借助小資產階級知識青年（特別是其中的時代女性）的人生追求與革命態度的搖擺的審視與表現，對大革命的成敗，與主人公人生道路的得失，作政治的道德審美的揭示；較完整地表現出「現代青年在革命壯潮中所經過的三個時期」〔註 45〕的情態與心態。三部曲對此分別作出不同側面與不同角度的反映。

《幻滅》到底寫於何時？茅盾自己有三種不同的說法。一、他在《從牯嶺到東京》中說：「是一九二七年九月中旬至十月底寫的。」〔註46〕二、其長篇回憶錄《我走過的道路》初刊時說「從八月下旬動手，用了四個星期寫完。」其前半「用了不到兩個星期。」〔註47〕三、出單行本時他又改爲：「從九月初動手，用了四個星期寫完。」〔註 48〕《從牯嶺到東京》離寫作時間最近，回憶錄定稿是經過再三思索確認下來的，按理一、三兩說當比第二說更可靠。但《幻滅》是分兩次初刊於《小說月報》第 18 卷第 9、10 兩期，據該刊第 9 期版權頁可知此期出版的時間是 1927 年 9 月 10 日。據《幻滅》前半的初刊時間判斷，倒是第二說，即「八月下旬動手，用了四個星期寫完」一說更爲可靠。《幻滅》寫女主人公章靜「五卅」運動中參加學潮後一度消沉，1927 年又振作起來投身大革命中去，通過這一人生轉折，從上海寫到武漢，由側面到正面，寫出包括北伐二期誓師典禮在內的大革命時代壯潮及其泥沙俱下的

〔註44〕茅盾：《英文版〈茅盾選集〉序》，現拙編三聯書店版《茅盾序跋集》，第 218 頁。

〔註45〕《從牯嶺到東京》，《茅盾全集》第 19 卷，第 179 頁。

〔註46〕《從牯嶺到東京》，《茅盾全集》第 19 卷，第 180 頁。

〔註47〕《新文學史料》1981 年第 1 期，第 2～3 頁，《創作生涯的開始》——回憶錄（十）。

〔註48〕《我走過的道路》（中），人民文學出版社版，第 3、7 頁。

複雜態勢，及其投影於主人公心靈導致的心態反應。茅盾從個人命運與政治
變革之關係的高度，批判地描寫出現代青年「革命前夕的亢昂興奮和革命既
到面前時的幻滅」，對以個人主義爲核心的小資產階級及其兩重性，嚴峻關頭
產生搖擺與幻滅的必然性，作出頗具深度的形象化揭示。

《動搖》〔註49〕寫於 11 月初至 12 月初。事件的全部時間與《幻滅》後
半相同。即以 1927 年「四一二」、「七一五」蔣汪發動的兩次反革命政變及其
間的夏斗寅叛變爲背景，正面描寫武漢附近某縣的店員加薪、「解放妾婢」、
農民抗稅等大革命風潮。批判了掌權的「現代青年」「革命劇烈時的動搖」：
「由左傾以至發生左稚病，由救濟左稚病以至右傾思想的漸抬頭，終於爲大
反動。」〔註50〕揭露了反動派特別是土豪劣紳的反革命三部曲：混入農會煽
動極「左」的「苦肉計」；再利用這極「左」的「事實」誣衊革命；最後扯下
假面屠殺革命者。〔註51〕這些描寫，深層地揭示出大革命失敗的主觀與客觀
上的原因與歷史教訓。

《追求》寫於 1928 年 4 月 6 日，〔註52〕事件卻發生在同年 5 月前後。小
說「帶熱地」使用身邊材料，處在被通緝境地的茅盾不可能博採精用，深入
體驗。寫作過程中又獲悉瞿秋白執行「左」傾路線造成的慘重損失與嚴重後
果。這一切使茅盾的「情緒忽而高亢灼熱，忽而跌下去，冰一般冷。」這種
創作心境極大地限制了描寫時代主流，表現正面力量；倒使作品「有一層極
厚的悲觀色彩。」但《追求》社會觀照面仍比較寬。其人物散在新聞教育等
上層建築意識形態領域；觸角則伸向全社會。不過他們是些走出革命圈的悲
觀者，面對 1928 年日本帝國主義攻陷濟南，實行大屠殺這震驚世界的「五
三」慘案，大都態度冷漠！他們固然「幻滅之後不甘寂寞尙思作最後之追
求」，〔註53〕但大都胸無大志，視野狹小，追求的目標卑小微瑣；有的還追求
刹那間的感官快慰，甚至當土匪、自殺等強刺激。這是一群游離於時代浪潮
之外的「多餘的人」！對他們這些「劫後拾遺」的頹廢生活的描寫，只是展
示主潮過後的時代回流；是閃電雷鳴過後的餘響殘光。借助這批小人物幻滅

〔註49〕初刊於《小說月報》第 19 卷第 1～3 號，1928 年 1～3 月。
〔註50〕《從牯嶺到東京》，《茅盾全集》第 19 卷，第 179、183 頁。
〔註51〕《歡迎中央委員暨軍事領袖凱旋與湖南代表團之請願》，漢口《民國日報》，
　　　　1927 年 6 月 13 日社論，《茅盾全集》第 15 卷，第 395 頁。
〔註52〕初刊於同年 6～9 月《小說月報》第 19 卷第 6～9 號。
〔註53〕《從牯嶺到東京》，《茅盾全集》第 19 卷，第 185、179 頁。

與掙扎的病態生活的描寫，折射出一次大的動盪過後，必然產生的普遍性的困惑與時代苦悶情緒。對政治上的白色恐怖、意識形態領域的灰色生活、日軍侵華造成血案的種種描繪，以及這群小人物灰色生活與頹廢心態的剖析，都提供了真實的時代落潮期複雜扭曲的社會歷史景觀。

1930 年 5 月，三部曲總題為《蝕》，由開明書店初版。

《蝕》是迄今為止唯一的正面展現 1926 年至 1927 年大革命時代風貌，總結大革命及參與大革命的現代青年人生道路與追求之成敗得失的一部長篇鉅製。與剛剛興起的革命小說新潮及其代表作家蔣光慈的代表作《少年飄泊者》與《短褲黨》〔註 54〕等同期作品相比較，《蝕》是最傑出的一部。《少年飄泊者》以書信體小說形式寫主人公個人的身世經歷，結尾的一節雖敘述了「二七」大罷工的親歷，但文筆與畫面都比茅盾寫「五卅」的三篇報告文學還簡略還單薄。《短褲黨》剛開闊得多：正面寫迎接北伐軍的上海第二次工人武裝起義的經過。末章展示了第三次武裝起義成功後將出現的勝利圖景：雖非現實生活的描寫，卻體現出理想化憧憬。在重大題材與重大主題的反映與展示上，《蝕》與《短褲黨》是中國現代文學史上雙峰並立的歷史性作品。但蔣光慈並無革命的實踐與體驗，只是根據瞿秋白的口頭介紹憑空虛構。其人物多屬扁平型，且脫不開真人的底子。作品基本上是概念化的。其時代的歷史的片斷描寫，雖係珍貴的場景記錄，還留下瞿秋白、楊之華的虛擬形象的寫照，但總體講，缺乏審美表現力度。因而隨著歲月的流逝，其文學價值與審美生命力就漸趨剝蝕流逝了。

《蝕》的生活基礎卻極厚實，人物典型化程度較高，其時代女性塑造具整體性系列性，有較強的藝術生命力。《動搖》對大革命的主體化正面描寫，《蝕》全書借知識份子一角折射時代全景的描寫，其歷史內涵與審美力度都遠遠超過《短褲黨》。特別是借人物複雜的情感與心態剖析展示出時代的多層投影，重大題材的處理與重大主題的揭示，充滿藝術感染力。其中許多歷史場景描寫，在文學史上是僅見的。

三

《蝕》的第二個文學史意義，是推出了靜女士型與慧女士型兩個時代女性的典型系列。方羅蘭、胡國光這兩個形象也是不多見的典型。其人物心理

〔註 54〕分別寫於 1925 年 11 月、1927 年 4 月；初版於 1926 年 1 月、1927 年 11 月。

剖析與精神幻象手法的創造性運用，在文學典型化審美表現方面，也達到一
定的高度與深度。

法國著名理論批評家丹納在《藝術哲學》中說：「一個藝術家的許多不同
的作品都是親屬，好像一父所生幾個女兒，彼此有顯著的相像之處。」茅盾
受丹納與法國文學影響很深；其創作也脫不開丹納總結的上述規律。同一作
家不同作品是親屬，其不同作品中的人物間當然也有相像之處。這突出表現
在他推出的在現代文學史上佔獨特地位的時代女性系列上。這是茅盾刻意為
之的。他說：《蝕》中的「女子雖然很多，我所著力描寫的，卻只有二型：靜
女士，方太太，屬於同型；慧女士，孫舞陽，章秋柳，屬於又一的同型。」
〔註55〕這兩型的同點是都屬小資產階級，具或強或弱的兩重性，都受過「五
四」「五卅」與大革命的洗禮。他們區別於正與封建婚姻制度作鬥爭但尚未衝
出封建家庭束縛的「五四」女性，而是初步獲得女權，走上社會，置身過或
正在走向革命洪流的時代新女性。但其性格內涵與個性特徵卻各不相同。兩
型之間也有明顯的區別。

章靜女士、方太太（陸梅麗）、王詩陶等都受過時代洗禮與新式教育，一
定程度地擺脫了封建束縛，基本上是思想比較解放者；但仍屬具嫻靜溫婉內
秀、多愁善感等東方女性特徵的類型。她們都從革命漩渦中游離出來了。方
太太因「這個世界變得太快」自料難以適應而甘居圈外躲進小家庭，實際上
又難逃脫時代狂潮的波及，同樣陷入苦悶中。靜女士出於方太太般的孤芳自
賞與清高的心態，不肯隨波逐流因而退出革命。革命熱情與參與意識又使她
跳出小圈子，再度置身革命。她退出時固然苦悶；參與時又頗感幻滅，體驗
著更大的苦悶。她比方太太多些熱情的追求；但人生觀的個人本位主義使她
難以忘我：這一點兩人基本相同。善良、有革命熱情與參與感，處在弱者地
位，這一切使她比方太太更能博得同情，喚起美感。但她們都與惡絕緣。

周定慧女士與孫舞陽、章秋柳也是在「五四」、「五卅」或大革命浪潮中
泅泳的女性。她們開朗、潑辣、剛強、果斷，思想解放到「性解放」以至追
求強性欲刺激的程度。這是些頗具西方女性特點的，甚至歐化型的時代女
性。這就和靜女士等東方型女性顯然不同。她們都有強烈的革命參與感，也
有些實際的行動。其革命化程度也高於靜女士型。她們都是強者而不是弱
者。雖然慧女士是「性解放」與追求性強刺激的受害者，但她卻以性為反抗

〔註55〕《從牯嶺到東京》，《茅盾全集》第 19 卷，第 179 頁。

手段，實行對男子的普遍玩弄與報復主義。孫舞陽也具類似的取向。但她在「解放妾婢」中表現的極「左」行爲，使其革命熱情具極大的破壞性。只有章秋柳性格中更具善良品格與犧牲精神，以至要以「性」爲手段，改造以「自殺」爲人生追求的頹廢派史循。不過這也是小資產階級革命狂熱性的一種變態。所以她的善良與靜女士式的善良，同樣難以衝破其個人本位主義的局限。

在革命順境中與正確導向下，這時代女性的兩型，都能成爲革命參與者及積極力量。在時代逆轉或錯誤思潮裏挾下，她們就消極頹廢幻滅，甚至產生破壞作用。

茅盾通過這兩類不同型的時代女性典型系列的塑造，提出現代青年追求什麼人生道路與革命如何團結教育改造小資產階級革命青年的具重大教育意義與審美意義的時代課題。這兩種類型開闢了中國現代文學史上一條獨特的人物畫廊。這是其主要的文學史意義。

具同等意義的是《動搖》中的兩個男性形象方羅蘭與胡國光。方羅蘭是掌握國民黨縣級黨權的現代青年。軟弱自私折哀調和無決斷，是其「無往而不動搖」性格特徵的內在動因。在茅盾筆下的現代青年中，他是革命性最小，與反動勢力共鳴頻率最大者。這是他關鍵時刻向右轉的思想動因。因此，他在掌握黨權的全過程中，不論動機善惡，關鍵時刻總扮演客觀上起助紂爲虐作用的角色！因此他的頹廢與破壞性，與極「左」的孫舞陽性質不同。

胡國光是以極「左」面目出現的善搞鑽肚皮戰術的土豪劣紳典型。上文所引茅盾論述土豪劣紳那「反革命三部曲」，在胡國光身上得到極具個性特徵的生動體現。表面看，是方羅蘭容忍了胡國光。本質地看，是胡國光利用並且一定程度操縱了方羅蘭。這類泥鰍般善於操縱革命浪潮使之逆轉，善於使革命轉向極「左」，而導致極右惡果的反動典型，起碼在中國革命歷史上是屢見不鮮的普遍存在。然而茅盾把他個性化得更加充分，審醜效果也更強。

由於茅盾塑造這些典型時善於把傳統小說的行動描寫手法與西歐小說心理分析手法以至精神幻象手法結合起來綜合運用，就使這些人物個頂個栩栩如生。一部作品能一下子推出這麼多典型人物，建構出一個大革命前中後三期完整的藝術世界，在中國現代文學史上幾乎是獨一無二的。這顯示出茅盾成爲作家前已經是個在文壇舉足輕重的理論批評家所具的優勢：把理性思辨力與形象思維能力有機結合，運用於創作實踐；那審美感受審美表現的功

力經過理性的錘鍛，使將近十年的深厚生活積累得到充分發酵；再用「托爾斯泰方式」對象化爲作品時，就能舉重若輕。方羅蘭與靜女士、慧女士兩型時代女性這三種典型，在後來的短篇中，得到不同程度的延伸，這延伸也綿亙到此後的許多長篇與中篇小說中，成爲中國現代文學史上特別引人注目的現象。

《蝕》的第三個文學史意義是開拓了一個以心態剖析爲主，兼及社會情態剖析的社會剖析小說的新領域，爲後來形成的社會剖析小說流派開了先河。其心態剖析的突出建樹，是把 20 年代青年從「追求──動搖──幻滅」到「幻滅──動搖──追求」這一循環往復、曲折搖擺的人生道路，借助《蝕》三部曲獨特結構，作爲時代發展重大軌跡的一個重要側面，活脫脫地藝術地得到展現。這是《蝕》三部曲的整體性貢獻。它使社會剖析小說流派發展史的開端階段，顯示出一個雛型。《動搖》中社會情態剖析與社會心態剖析的有機結合，更充分地顯示出社會剖析小說的總體格局；預示著《子夜》般成熟的社會剖析小說即將出現。

《蝕》的藝術結構也是很有特色的。它開創了一種以三個並不十分有機的連綴性中篇組成一部長篇的「三部曲」形式。三部曲通常有主要人物起連貫作用。《蝕》僅由次要人物承擔此任。主要人物三篇都各有其人，互不交叉。次要人物的連貫作用則採取《儒林外史》方式：驅使其「行列而來，事與其來俱起，亦與其去俱迄。」〔註56〕時間並非單一歷時性，《幻滅》後半與《動搖》就處在共時性狀態。三部曲的整個藝術結構線索都以人物及其活動爲經，以心態展示爲緯。《幻滅》、《動搖》人物關係呈「雙曲線」形態。靜與慧、方羅蘭與胡國光均處兩極對比狀態。《追求》則多線交叉，糾結錯落發展。首章借寫同學會，集中介紹人物，布置線索。二至五章分頭各寫一個人物，二、四章集中寫王仲昭，三、六章集中寫章秋柳兼及她與史循的關係。三、五章寫張曼青兼及他與章秋柳之關係。七、八兩章對四個主要人物作整合性描寫。這就與《幻滅》、《動搖》圍繞兩個人物對比描寫、圍繞事件進程展開情節不同。這種結構的長處是靈活多姿；缺陷則是欠整體有機性。茅盾說他寫《幻滅》是「信筆所之，寫完就算」。《動搖》才「有意爲之」。〔註57〕這種痕跡是明顯的。故全書的藝術結構，也就成敗參半了。

〔註56〕《中國小說史略》，《魯迅全集》第 9 卷，第 221 頁。
〔註57〕《寫在〈蝕〉的新版的後面》，《茅盾全集》第 1 卷，第 425 頁。

四

　　《蝕》是一部思想容量厚重複雜，審美力度強，審美表現方式豐富多樣的力作。它歷來是中國現代文學史研究與文學評論爭論與探討的熱點與焦點之一。《蝕》存在明顯的弱點。突出的是基調中有悲觀幻滅成分，欠鮮明樂觀的前景描寫與相應的正面人物塑造。對此茅盾在《從牯嶺到東京》等許多文章中作過多次反思與自省。論者與讀者對這些提出批評，應該說是公正的客觀的。但有些批評是脫離時代脫離作品實際而提出的無端指責，或完全歪曲作家作品原意的臆斷；這就不公正、不客觀了。最有代表性的是當時的傅克興和後來的美籍華裔學者夏志清。

　　傅克興是創造社的評論家。他在《小資產階級文藝理論之謬誤——評茅盾君的〈從牯嶺到東京〉》〔註58〕一文中承認他「並沒有讀過」《蝕》。但他卻著文妄加評論，給《蝕》及其作者扣了四頂帽子：一是說茅盾寫《蝕》站在「將變爲資產階級底上層小資產階級立場」。二是說茅盾的「意識仍然是資產階級的，對於無產階級是根本反對的」。三說《蝕》「除卻暴露了他自身機會主義的動搖外，是沒有什麼意義的」。四說茅盾把中國革命當作「絕路」，故給小資產階級「指示一條投向資產階級底出路，所以對於革命潮流是有反對作用的」。前面說過，茅盾的「幻滅」情緒是對其堅持了六七年的「中國革命速勝論」的自我否定，並不說明他對中國革命發生動搖。因此與機會主義、反對革命潮流、指示投向資產階級之路諸說，風馬牛不相及。《蝕》的批判性描寫和茅盾爲《民國日報》所寫的一系列社論說明：茅盾既反對陳獨秀的右傾路線，也反對瞿秋白的「左」傾盲動路線。對方羅蘭與胡國光的批判性描寫，對孫舞陽、曹志方「左」的行爲的諷刺描寫，對史俊賞識提拔胡國光的批判描寫，都說明這一點。茅盾在《從牯嶺到東京》中所說的他寫《追求》時曾「因親愛者的乖張使你失望而發狂」一語就是「指瞿秋白和他的盲動主義」。對此茅盾態度十分鮮明：「我實在是自始就贊成一年來許多人所呼號吶喊的『出路』。這出路之差不多成爲『絕路』，現在不是已經證明得很明白？」「我就不能自信做了留聲機吆喝著：『這是出路，往這邊來！』是有什麼價值並且良心上自安的。我不能使我的小說中人有一條出路」，就因爲未能「發現一條自信得過的出路來指引給大家。」〔註59〕晚年茅盾回溯往

〔註58〕刊於《創造月刊》第2卷第5期，1928年12月10日。
〔註59〕《從牯嶺到東京》，《茅盾全集》第19卷，第185、180～181頁。

事說：「當時我和魯迅議論過，我們都不理解這種革命不斷高漲的理論。」
〔註60〕但傅克興對此理論是擁護的。他在文章中明明白白地說：他相信「中
國革命還在發展到一個新的高潮。」茅盾被扣上反對革命的帽子，恰恰因爲
茅盾否定的正是傅克興所堅持的。「唯我獨『左』，唯我獨『革』」，反對我的
主張就是反對革命，正是1928年頃創造社某些「左」得可愛的人的思維邏
輯。也正是出此同一原因，茅盾所用「留聲機」等語，獨犯了郭沫若，〔註61〕
茅盾遂被捲入開頭他並未介入的關於「革命文學」的論爭中，多次被打成資
產階級。

　　不過上述關於《蝕》未指示出路的批評，茅盾當時就虛心接受了。他承
認「這極端悲觀的基調是我自己的」；因而表示「我很抱歉，我竟做了這樣頹
唐的小說」，並決計改換環境，「把我的精神蘇醒過來。」〔註62〕他後來自省：
當時生活中實際存在「正面人物的典型」，他寫的李克就是共產黨員。但他只
是個次要人物。「我的悲觀失望情緒使我忽略了他們的存在及其必然的發展。」
由此茅盾把失敗的教訓昇華爲理論：「一個作家的思想情緒對於他從生活經驗
中選取怎樣的題材和人物常常是有決定性的。」〔註63〕應該說這些缺陷與當
時茅盾的小資產階級根性並未徹底清除，導致1927年頃人生道路與創作道路
上的搖擺，二者實際是「一事兩面」的。

　　夏志清評論《蝕》的立足點與傅克興完全相反，他認爲茅盾在小說中借
「自由主義和理想主義者」方羅蘭之口，「深責他自己和他的同僚」大革命中
的行爲「名爲改革，其實助紂爲虐」。夏志清特別欣賞方羅蘭下面這段「說得
既坦白，又富同情心」的話：「正月來的賬，要打總的算一算呢！你們剝奪了
別人的生存，掀動了人間的仇恨，現在是自食其報呀！你們逼得人家走投無
路，不得不下死勁來反抗你們」，「你們把土豪劣紳四個字造成了無數新的敵
人；你們趕走了舊式的土豪；卻代以新式的插革命旗的地痞；你們要自由，
結果仍得了專制。」「告訴你罷，要寬大，要中和！惟有寬大中和，才能消彌
那可怕的仇殺。」夏志清認爲茅盾是借方羅蘭宣泄「內心矛盾和痛苦」。夏志

〔註60〕《我走過的道路》（中），第14頁。
〔註61〕郭沫若1928年在《創造月刊》第1卷第8期發表的《英雄樹》，3月25日《文
　　　　化批判》上發表的《留聲機器的回音》兩文，就號召文學青年「應取的態度」
　　　　是做「留聲機」。
〔註62〕《從牯嶺到東京》，《茅盾全集》第19卷，第180、186頁。
〔註63〕《〈茅盾選集〉自序》，《茅盾序跋集》，第111頁。

清認爲這「使我們體會到暴政可惡這個不容置辯的眞理」。「就因爲這個原因，《動搖》……對今日生活在大陸的中國人說來，應比當年初出版時更見政治上的重要性。」〔註64〕這些論斷從根本上歪曲了茅盾與《蝕》的基本政治傾向。茅盾不是借方羅蘭之口說自己要說的話。其實茅盾旨在借方羅蘭的自我暴露，達到批判方羅蘭的右傾立場的審醜目的。茅盾還借李克評價縣黨部及方羅蘭的話，批評他們「遇事遲疑，舉措不定。該軟該硬，用不得當。」〔註65〕因而姑息養奸，鑄成大錯。這些話雖欠透徹（這是因爲當時的李克只能認識到這個程度），卻足以證明茅盾對方羅蘭不是認同，而是持批判態度。夏志清一向對茅盾嚴厲否定，動輒說他是爲「共黨宣傳」。唯獨對《蝕》特別是《動搖》大加謬獎。無非因爲通過曲解，能達到他自己攻擊中國共產黨、攻擊中國革命的政治目的。在夏志清看來，方羅蘭代表的國民黨支持土豪劣紳對工農運動殘酷鎮壓，倒不是「暴政」與「助紂爲虐」；施行「暴政」或「助紂爲虐」的，反倒是中國共產黨領導的工農革命。這種顛倒黑白，通過歪曲茅盾及其作品的手段，達到夏氏自稱「我自己一向也是反共的」〔註66〕目的的評論，已經完全脫離了審美評價本體，倒不折不扣地成了他一再反對的「政治宣傳」了！

　　《蝕》歷來還受到「兩性關係描寫過於直露」、「色情描寫」過多等批評。建國後在極「左」思潮壓力下，茅盾對《蝕》作了一些刪改。1983年我們編輯校勘出版《茅盾全集》時，編輯室主張據初刊文字予以恢復。編委會中相當一部分編委也予以支持。但另一部分編委堅持維持《茅盾文集》刪節過的現狀，理由一是維護茅盾的形象，一是尊重茅盾的修改定稿。前者無非是認爲刪去的那些文字是「色情描寫」，因而予以恢復即有損茅盾形象。後者則把茅盾被迫刪改當成本意。其實經過初刊本與刪改本認眞校勘後我們發現，刪改的除屬誤植、贅筆與政治性考慮之外，《追求》中的確有幾處屬兩性關係描寫的文字。但這些兩性關係的描寫，無一處屬色情描寫；無一處不是人物性格與心態展示所必需。而且全未涉及性交過程與行動，只集中寫性心理與情感心態。不用說與今天文壇普遍流行的性行爲描寫比，就是和今天兩性關係心理心態描寫比，茅盾也是極有過分，極有節制，不失高雅情趣的。

〔註64〕夏志清：《中國現代小說史》，香港友聯出版社中文版，1979年7月，第125～126頁。此書初版本是1961年3月美國耶魯大學出版的英文版。
〔註65〕《茅盾全集》第1卷，第235頁。
〔註66〕港版《中國現代小說史・作者中譯本序》，見該書第3頁。

　　因爲茅盾不僅對自己筆下的兩性描寫持嚴肅態度，而且對這個審美表現難點，作過學術探討。就在動筆寫《幻滅》之前的 1927 年 6 月的《小說月報》17 卷號外《中國文學研究》（下）所刊茅盾的長篇論文《中國文學的性欲描寫》一文中，他批判了中國文學史上的「惡風氣」：「一是色情狂；二是性交方法──所謂房術。」茅盾認爲：「性欲描寫的目的在表現病的性欲，並不必多描寫性交，尤不該描寫房術」，一切都應從「文學意味」出發。他一面批判「中國文學在『載道』的信條下，和禁欲主義的禮教下，連描寫男女間戀愛的作品都被視作不道德」的傾向；一面提出界定的標準：性描寫只允許在「情理之中」，不允許在「情理之外」。他主張對性生活的虛寫而反對「實寫」。〔註 67〕《蝕》也好，後來性描寫更直接的《詩與散文》也好，都遵循茅盾的這些準則。

　　茅盾自《蝕》至 30 年代初的作品大都不回避性描寫。這是因爲「五四」與大革命前後把兩性關係的「解放態度」普遍視爲個性解放與反封建的革命行爲。正因此，在創造社諸作家特別是郭沫若、郁達夫、張資平的作品中，這方面的描寫都較突出。在現實生活中，革命者甚至共產黨員身上，也都有表現。如《前哨・文學導報》首卷首期「紀念戰死者專號」寫左聯五烈士之一的《馮鏗傳略》中就有：她「常和惡劣環境衝突」，「平日雖與同志同居，但誓不生育」的記實。可見這觀念一直延續到 30 年代。另一方面，大革命時期在緊張鬥爭間隙，「也還有很濃的浪漫氣氛。」〔註 68〕大革命失敗後浪漫就轉化爲頹廢。這一切都在性生活中有強烈的反映。可見茅盾這時期的作品，反映的也是歷史的真實。並非如有人所說，他自己婚姻生活不如意，就在文學描寫中宣泄其受壓抑的情緒與性飢渴！

五

　　茅盾的短篇處女作是《創造》。〔註 69〕茅盾說：「《創造》是繼《幻滅》、《動搖》、追求」以後我寫的第一個短篇小說」，「有些評論家認爲《虹》表現了我的思想從消極悲觀轉到積極樂觀。我自己卻以爲《創造》才是我在寫了《幻滅》等三篇以後第一次思想上的變化。」〔註 70〕這和茅盾《我走過的道

〔註 67〕　《茅盾全集》第 19 卷，第 114～127 頁。
〔註 68〕　《我走過的道路》（上），第 325 頁。
〔註 69〕　刊於《東方雜誌》第 15 卷第 8 號，1928 年 4 月 25 日，《茅盾全集》第 8 卷。
〔註 70〕　《茅盾短篇小說集》和《茅盾散文速寫集》的序言。1980 年 4 月、12 月分別

路》（中）第 10 頁及 14 頁「寫完《動搖》……我還寫了第一個短篇小說《創造》」，及「《追求》從 4 月份開始寫，到 6 月份寫完」等話相矛盾。因為《創造》1928 年 4 月公開發表時《追求》剛剛動筆。事實只說明從《創造》的樂觀到《追求》的更甚於《幻滅》的悲觀證明茅盾思想搖擺的多次反覆。茅盾說：「在《創造》中沒有悲觀色彩。嫻嫻是『先走一步了』，她希望君實『趕上去』，小說對此沒有作答案，留給讀者去思索。」這是對的。茅盾又說：「在《創造》中，我暗示了這樣的思想：革命既經發動，就會一發而不可收，它要一往直前，儘管中間要經過許多挫折，但它的前進是任何力量阻攔不住的。」〔註 71〕沒有根據懷疑茅盾這創作動機；但卻難從作品中看出這暗示能產生這個效果。因為《創造》純粹是寫實的而沒有象徵的寓意或暗示。如果茅盾不是記憶有誤顛倒了《創造》與《追求》的寫作與問世時間，而作出推理性關於創作動機的判斷，那麼這革命樂觀主義的寓意與暗示在表現上是徹底失敗的。但這不影響《創造》寫實的審美表現的典型意義。《創造》的生活積累不僅早於《蝕》，其自況色彩與身世感也濃於《蝕》。即或茅盾動機中沒有包含，起碼審美效果裡把他出於人道主義與反封建婚姻制度的動機，幫助婦女自我解放、幫助孔德沚解放成具獨立人格與人權的人的自己那段生活體驗融化進去了。正像魯迅的短篇《弟兄》之寫張沛君在其弟生病〔註 72〕中的心態起伏有真有假有實有虛那樣，張靖甫與嫻嫻的原型，分別是周作人與孔德沚，張沛君與君實也分別有魯迅與茅盾的影子。但其心態描寫則虛實結合。人物內心的自私心理，對照魯迅之對周作人、茅盾之對孔德沚，顯然都是虛構與典型化的成分。君實改造夫人嫻嫻的「半步主義」，與《追求》中王仲昭的半步主義，也有同有異。同者均係稍行即止，異者王仲昭迫於外力阻撓，君實卻是解放女性的思想不徹底、有私心所致。兩者都有教育意義。不過異曲而同工罷了。嫻嫻的離君實「先走一步」，不同於易卜生的《娜拉》中娜拉的離家出走；在娜拉是徹底決裂，在嫻嫻則寄希望於君實的「隨後跟上」。這是對拋棄「半步主義」的期冀，有更積極的意義。當然嫻嫻的性格還有其獨立的意義與內涵在。

　　嫻嫻的個性是沿著由靜而慧的方向發展的。不僅限於拋棄了嬌羞與嫻

　　　　收入兩書。
〔註 71〕《我走過的道路》（中），第 11 頁。
〔註 72〕參看周遐壽（即周作人）：《魯迅小說中的人物》，第 137～138 頁。

靜,新生了潑辣與開朗;更主要的是眞正挺直腰桿闖入社會,要做而且敢做一個與男子並肩前進的獨立的人。從審美心態看,茅盾固然欣賞東方型女性靜這種類型;但似乎更欣賞西方型女性慧這種類型。許多作品的審美取向都能證明這一點,但體現得最鮮明的是《創造》中作家塑造嫻嫻那天眞無邪爛漫潑辣敢於不顧一切往前衝的性格。實際上茅盾把嫻嫻當作婦女解放理想化典型。因此,《創造》中茅盾所寄寓的爲《蝕》所不具備的那種「既然發動,就會一發而不可收」,「要經過許多曲折,但它的前進是任何力量阻攔不住的」寓意,與其說是革命的政治性的,毋寧說是哲學性的。從這一點看《創造》頗有巴爾扎克、屠格涅夫、契訶夫等現實主義大家般的以現實生活內蘊的邏輯取向爲底子展示哲理內涵與取向的特點。

《創造》的敘事方式與藝術結構也頗有特色。它也是人物分處兩極對比性的「雙曲線」藝術結構。寫君實正筆直書;寫嫻嫻主要是側面勾勒,把她的性格發展,融於君實的舊事回憶與當前誘發性事件的內在感受與品味的描寫中。君實的性格發展,寓於其面臨的誘發性事件中;也寓於它觸發的往事回憶及其相互對比、自我剖析中。對誘發性事件的現實態度,及往事的回憶之間,有對比關係;兩個人物之間,兩個人物自身性格前後兩段之間,都有對比關係。這一切複雜組合,大都借心態剖析來體現。這種敘事方式與結構方式及其達到的水平,在中國現代文學史上並不多見。它典型地體現出茅盾早期短篇小說心理分析與哲理思辨相結合的藝術特色。它放出的特異光彩稍縱即逝,被30年代茅盾小說的社會剖析的客觀化機制消融得無影無蹤,難以辨識了。直到《霜葉紅似二月花》中才得回歸,那已是螺旋式昇華了。

第四節　撰寫作家論,形成小說觀

由於革命活動與創作先後佔去大量精力,這期間茅盾的理論批評與學術研究數量不多;但質量很高,這當是原有的理論根基與新的創作實踐相結合的效果。

一

這期間茅盾文學批評的特點,是由個別作品或某一階段作品的評論,發展到「作家論」:他結合時代的文壇的背景,對作家創作道路及作品整體作宏

觀考察。促成此事的是接替鄭振鐸編《小說月報》的葉聖陶。他約茅盾寫《魯迅論》。《小說月報》當時缺作家論稿子，恰值「魯迅剛從香港來到上海，也有歡迎他的意思。」〔註73〕

　　茅盾與魯迅交往，始自辦《小說月報》。首次晤面則是在魯迅離京赴閩路經上海爲他接風的宴會上，他們匆匆一聚，魯迅即南下。1927 年茅盾回到上海，蟄居景雲里。1927 年 10 月 3 日魯迅返滬。8 日也遷來景雲里二弄 23 號寓；與一弄的茅盾寓所隔院相望。茅盾回憶說：「過了兩天，周建人陪魯迅來看我。」「我向他表示歉意，因爲通緝令在身，雖知他已來上海，而且同住在景雲里，卻未能去拜會。魯迅笑道，所以我和三弟到府上來，免得走漏風聲。」這次晤談甚暢。魯迅講了廣州白色恐怖情況。茅盾講了大革命的武漢、南昌起義和他個人的輾轉回滬的情況。周建人講了上海三次武裝起義的情況。大家感慨萬千，也就今後打算交換了意見。魯迅問茅盾作何打算。茅盾說：也許「長期蟄居地下，靠賣文維持生活了。」也許眞的會赴日本。目下正要寫《動搖》。〔註74〕

　　茅盾對魯迅的小說和雜文，一直在作跟蹤研究。但乍寫作家論就寫《魯迅論》，卻覺得難度較大，所以先從《王魯彥論》打頭，然後才於 1927 年 10 月 30 日寫成《魯迅論》。刊出時葉聖陶仍以《魯迅論》作爲首篇。〔註75〕茅盾的魯迅觀是隨著魯迅的文學道路發展逐漸形成的。如果說魯迅作爲偉大的思想家革命家和文學家，是一組由遠及近的推鏡頭，那麼茅盾的跟蹤研究文章，就是充滿激情、精闢深湛的畫外解說詞與伴奏曲。茅盾的魯迅觀的形成，又和自身由幼稚到成熟的革命家、理論批評家形成發展過程相適應，也是由遠及近的一組推鏡頭：它光華四射地推出了魯迅；無意中也映現出理論批評大家茅盾自身。這兩位風雨同舟的偉大的文化偉人，一直並肩攜手，心心相印，相濡以沫，共同推動時代與歷史的進程，成爲文學史上的的一段佳話。

　　魯迅和茅盾有很多相似。他們都是先理論批評而後創作；先介紹西方而

<hr>

〔註73〕　《我走過的道路》（中），第 9 頁。

〔註74〕　《我走過的道路》（中），第 8～9 頁；參看周建人女兒周曄據其父的回憶所寫
　　　　　文章：《魯迅第一次和茅盾的深談》，刊 1981 年 5 月《文匯月刊》，收入《憶
　　　　　茅公》一書。

〔註75〕　刊於《小說月報》第 18 卷第 11 號，1927 年 11 月 10 日，收《茅盾全集》第
　　　　　19 卷。

後推動中國新文學的現代化；都從「爲人生」的文學躍進到「爲無產階級」的文學。對魯迅步步爲營、紮實推進的創作業績，茅盾及時評論，其文章常常充滿發現的喜悅！他最早指出《狂人日記》的開拓之功，說由於刊登此作的《新青年》「幾乎是無句不狂，有字皆怪的，所以可怪的《狂人日記》夾在裡面，……未能邀國粹家之一斥。」但年輕的茅盾卻老到地指出：這篇「極新奇可怪」的小說，是「前無古人的」。「這奇文中冷雋的句子，挺峭的文調，對照著那含蓄半吐的意義，和淡淡的象徵主義的色彩，便構成了異樣的風格，使人一見就感著不可言喻的悲哀的愉快。」茅盾嘲笑「國粹派」的淺薄：因沒看懂，故未能作出強烈反映。他索性指出小說「頗有些『離經叛道』的思想。傳統的禮教，在這裡受著最刻薄的攻擊，蒙上了『吃人』的罪名了。」〔註76〕

茅盾認爲：《狂人日記》是魯迅「小說的總序言」。〔註77〕隨著時代的發展，魯迅展開其小說與雜文這雙勁翼。洋洋大觀的《魯迅論》，及其前陸續推出的《評四五六月的創作》、《讀〈吶喊〉》等文，以權威的批評家功力，確認了魯迅小說與雜文雙峰對峙、兩水分流的文學史地位。茅盾充分肯定了魯迅所起的文壇主將作用，聯繫著特定歷史時代環境，評魯迅之全人及全文，充分肯定了魯迅全部作品的價值。茅盾對那些對魯迅及其作品持貶低態度者也不憚於展開爭論。

《魯迅論》是最早給魯迅雜文以高度文學史評論的鉅篇；茅盾是最早肯定魯迅雜文與小說同樣重要的大評論家。他據理反駁《現代評論》派攻擊魯迅爲「刀筆吏」的謬論；認爲魯迅雜文並未針對個人，而是以「反抗的呼聲和無情的剝露」去「反抗一切的壓迫、剝露一切虛僞！」茅盾指出：正當這些正人君子與北洋軍閥政府眉來眼去之際，「攻擊老中國的國瘡的聲音，幾乎只剩下魯迅一個人了。」針對他們加諸魯迅以「思想界的權威」「青年叛徒的領袖」等嘲諷，茅盾毫不留情地批評。他說魯迅「從不擺出『我是青年導師』的面孔，然而他確指引青年們一個大方針：怎樣生活，怎樣動作的大方針。」以此爲基點，茅盾衝破陳言，思想藝術並重地充分肯定魯迅雜文的審美作用；毫不猶豫地把它推上文學的聖潔的殿堂。

〔註76〕《讀〈吶喊〉》，《文學週報》第 91 期，1923 年 10 月 8 日，《茅盾全集》第 18 卷，第 394～395 頁。

〔註77〕《論魯迅的小說》，香港《小說月報》第 1 卷第 4 期，1948 年 10 月。

　　茅盾對評論界的意見有取也有捨，並展開有益的爭論。茅盾和以成仿吾為代表的創造社否定魯迅小說的時代性民族性論點針鋒相對，他強調：魯迅小說的不朽價值，恰恰在於其鮮明的時代性與民族性。他說：《吶喊》成功地描寫了照理本應過去，實則仍然普遍存在的「老中國的兒女」的「灰色人生」；《彷徨》則反映出現代青年幾經奮鬥、終於妥協後發出的「疲倦的宛轉的呻吟。」這促我們反省：究竟是否完全卸脫了幾千年傳統的重擔？茅盾宣告：「魯迅只是一個凡人，安能預言；但是他能夠抓住一時代的全部，所以他的著作在將來便成了預言。」對照一年後錢杏邨提出的《死去了的阿 Q 時代》的淺薄之見，顯然，當時真正把握住魯迅的貢獻的歷史意義的正是茅盾。他為魯迅研究史上後來相繼登場的瞿秋白、馮雪峰等魯迅研究權威開了先河。

　　茅盾的《王魯彥論》〔註 78〕用比較研究方式，對比了王魯彥與魯迅。他說魯迅筆下的人物是「本色的老中國的兒女」；王魯彥筆下的人物「卻是多少已經感受著外來工業文明的波動」。這些「最可愛的人物」，「鄉村的小資產階級……是現代的複雜中國社會內的一層」。不過茅盾不贊成王魯彥小說那「時時有教訓主義的色彩」。在《王魯彥論》中茅盾提出不少具理論普遍性的創見：如不但希望作家要與「時代有極親密的關係」，且要「得一些實感」。實感的獲得，並非都得親身體驗，也可「憑藉客觀的觀察」，或「從那些實在材料內得到了新發展、新啓示。」再如茅盾說：「文藝是多方面的，正如社會生活是多方面的一樣。革命文藝因之也是多方面的。」故不能說只有寫工農或大眾所寫的作品「才是革命文學」。茅盾在文中還提供了一種社會分析與文化分析相結合的批評視角與方法。他說：「假使你是一位科學家，用精密的科學方法，來分析來剝脫中國社會的人層」，「可以分出十層八層的『文化代』來」。茅盾還比較客觀地估計了當時的文壇：作家「有一個共通的心：努力訴出他們的悲哀，描畫他們的希望，聲述他們的理想」，使人感到「我們中間已有了不少的希望未死理想未死的人們在那裡滋長蓓蕾，努力要撤去舊的，換上一些新的。」由此他發展了《「小說新潮」欄宣言》的觀點，換個角度依社會發展的眼光立論說：「凡是新的，不論是如何幼稚，未成熟，總是好的，起人敬愛，發人興感。」這從另一角度證明，茅盾寫《蝕》時儘管幻滅和失望，但他仍執著於新的希望與未來理想。

<hr>

〔註78〕刊於《小說月報》第 19 卷第 1 號，1928 年 1 月 10 日，《茅盾全集》第 19 卷。

二

茅盾的小說觀濫殤於主編《小說月報》伊始：其體系建構於《小說研究ABC》專著。此書以 1925 年發表的《人物的研究——〈小說研究〉之一》〔註 79〕爲基礎擴展成書。因其寫於出國前且先發表了部分章節，而體現了成型於本時期的小說觀。它先論述「近代小說發達的經過」。以此「歷史考察」爲基礎，再作深入的「理論探討」。研究一篇小說內所應包含的技術上的要素。茅盾不取通常把動機、情緒、作風這後三個要素包括在內的「小說六要素」觀點。他只取其前三個要素即「①結構、②人物、③環境」作爲小說的基本因素。此外茅盾還在小說廣義與狹義中取其狹義：即「指 Novel，此所謂『近代小說』。」連「短篇小說亦不攬入」。〔註 80〕這就顯得太狹窄了。

茅盾考察中外小說理論史後斷定：從先秦到明清，「在中國書裡」「找不出『小說』的正確定義」。他指出：西方的小說定義始自英國作家菲爾丁的小說《喬失夫・安德列》（1742 年）序：「散文的喜劇的史詩。」他把故事、動作、波瀾、人物、情緒、道德、修辭看作小說七要素，形成了小說定義的雛型。但此說長期以來未被重視。直到 19 世紀 20 世紀之交，結構和人物被確認爲小說要素後，小說的定義始得完整地形成。茅盾還從語源學角度對「小說」一詞詳加考釋。他參考了中外學者的成果。自己給小說下了定義：「Novel（小說，或近代小說）是散文的文藝作品，主要是描寫現實人生，必須有精密的結構，活潑有靈魂的人物，並且要有合於書中時代與人物身份的背景與環境。」〔註 81〕以此爲基礎，茅盾依次考察了古埃及、古希臘，一直到近代小說之先驅，並把人物、結構、環境這小說三要素，各立專章集中闡述。

茅盾的小說觀之形成與發展，體現了他素有的溯本探源特徵，發揮了他學貫中西、理論與創作兼有實踐的優勢，展現出基本理論框架。人物在這框架中居中心位置，同時也看重人物與環境的相互關係。茅盾不拘泥中國傳統小說觀念。他不那樣特別看重故事情節。他把情節看作人物性格的歷史與藝術結構的因子。這種小說觀，體現了「文學是人學」的觀點；和他的「爲人

〔註 79〕刊於《小說月報》第 16 卷第 3 號，《茅盾全集》第 18 卷。此文是《小說研究ABC》的第 6 章，略有改動。《小說研究 ABC》在國內寫成，茅盾到日本後修改出版於 1928 年 8 月。
〔註 80〕《小說研究 ABC・凡例》，《茅盾全集》第 19 卷，第 3 頁。
〔註 81〕《茅盾全集》第 19 卷，第 13 頁。

生的文學」主張相一致；充分體現出其現代性與先進性。

茅盾的《小說研究 ABC》，參照外國小說理論，兼及中國小說史規律，史論結合，以論爲主，是當時最完備的小說理論專著。它和魯迅的《中國小說史略》成書時代相當，兩書互補，共同體現出「五四」以來小說創作的漸趨成熟，滿足了對小說作理論昇華的時代要求。歷史應該記載茅盾篳路藍縷的開拓建樹之功！

第五章　東渡日本（1928～1930）

第一節　由東京到京都

　　蟄居斗室與世隔絕將近一年，茅盾身心兩傷！他在滬隱居的消息也愈傳愈廣，頗有發生意外之慮。於是由假託赴日而弄假成眞：茅盾決定東渡。這時正值革命重大轉折時刻，茅盾的生活道路也經歷又一次大轉折：結束了幻滅，開始振作奮進。

一

　　茅盾隱居的消息知者日多，來訪者頗多不速之客。1927 年 11 月鄭超麟的來訪是重要的一次。他們曾兩度共事。這時鄭超麟在中共中央宣傳部工作，負責黨和文藝團體的聯繫，以及管理其中的黨員等工作。關於這次訪談《鄭超麟回憶錄》中有簡要的記載：茅盾不滿「八七」會議後中央「左」的路線，「他把現行政策比成秋天的蒼蠅，在玻璃上鑽洞，鑽來鑽去找不到出路。他舉太平天國時一個事例：某處鄉民起義，遭到鎮壓後，等到形勢改變再去發動鬥爭時，農民就不肯響應了。」「這是我第一次聽到一個同志明白反對中央新路線。」〔註1〕次年 4 至 6 月茅盾聽到「左」傾惡果更嚴重的遲到消息，更加證實了他對鄭超麟所談的那些看法。後來他獲悉形勢有好轉：1928 年 2 月 25 日，共產國際通過了批評中國「左」傾盲動主義錯誤的決議案。4 月 30 日

〔註 1〕《鄭超麟回憶錄》，又見《鄭超麟談沈雁冰》，《新文學史料》1991 年第 2 期，
　　　　第 176 頁。

中共中央政治局發出《關於共產國際決議案的通告》。於是原共產際代表羅米納茲支持下的瞿秋白的「左」傾錯誤，開始得到糾正。但這些消息很晚才傳到茅盾這裡。這時《追求》早已寫完。隨後他又聽到將在莫斯科召開中共第六次代表大會的信息。對這次大會他抱有很大的希望。

6月下旬，陳望道來訪。他見茅盾身體虛弱。三樓的蝸居鬱悶燥熱，茅盾的情緒亦然。他建議茅盾最好換換環境，不如眞的東渡日本。茅盾說：「我也曾跟魯迅先生議過此事。但我不懂日語，人地兩生！在那裡生活很不方便。何況又有家室拖累。」陳望道是熱心人，他說：「後者我無能爲力；前者我可以幫忙。庶五〔註2〕在日本研究繪畫已經半年，我和她可以代辦一切。」母親和孔德沚也都支持：勸茅盾不必後顧。於是赴日之事就定下來了。陳望道自去安排。

6月底一個晚上，陳獨秀突然來訪。茅盾非常高興，並向他了解政治形勢情況。但這時陳獨秀雖被安排出席在蘇聯召開的中共「六大」，卻拒絕參加。瞿秋白、王若飛、任弼時都沒能說服他改變態度。這時蘇聯正批判托洛茨基，他不肯出席恐與此有關。他說這次來訪是爲正在研究的聲韻學解決個難題。他想搜羅上海方言中保存的古音。茅盾說：我的上海話還不如德沚地道。陳獨秀遂讓孔德沚用「上海白」讀他指定的字，他以音標記錄。事畢後茅盾又有意識地提出政局話題。陳獨秀略抒己見即止。他說：「我現在不問政治，以上所談，是以前的情況，不足爲據。」所以這次談話不得要領。

不久陳獨秀就和吳庶五安排妥帖，也代購了船票。日期是在 7 月初，與秦德君搭伴同行。這時秦正住在陳家。秦德君在茅盾的生活經歷中，佔較重要的一頁。這裡據秦德君發表的回憶錄與公開答問的文章，簡要地介紹她的身世經歷。〔註3〕

秦德君 1905 年生於四川忠縣，是明末女將秦良玉之後。其母本農家女，「選美」入了秦府；懷孕後又被拋棄！秦德君是在野地裡出生的。後在二哥秦仲幫助下上學。「五四」運動時她 14 歲，是成都第一個剪髮的女子。參加

〔註 2〕吳庶五是陳望道的夫人。

〔註 3〕以下文字均據秦德君的自述：見《我與茅盾的一段情》，香港《廣角鏡》第151 期，1985 年 4 月 6 日；《櫻唇》（此文係上文的擴充），日本《野草雜誌》第 41、42 號，1988 年；沈衛威整理：《一位曾給茅盾生活與創作以很大影響的女性——秦德君對話錄》，《許昌師專學報》1990 年第 2、3 期與 1991 年第1、2、3 期。

學運時認識了學運領導、他哥哥的義兄劉伯堅和長她 10 歲的《新蜀報》編輯穆濟波。她因寫信要求入北京大學的事被學校開除。賴吳玉章幫助赴重慶投奔《新蜀報》創始人陳愚生，並隨他赴京。這當中她被穆濟波奸污，自殺未遂。後來卻又與穆濟波同居，保持著多年的奇怪的關係。此後她輾轉武漢、上海、北京，認識了惲代英、鄧中夏、李大釗及其夫人，成了革命的「小勤務員」。她在女師大附中學習過，後來赴上海參加籌備平民女校。再後又隨惲代英等在重慶搞宣傳工作。惲代英任瀘州川南師範教務長時，秦德君在小學部任教，與胡蘭畦〔註 4〕結為女友。她於 1922 年赴滬，任黨辦的上海大學工作部長。次年春茅盾來此任兼職教授。他們在此有一段同事關係。此後她隨鄧中夏赴杭州、南京。穆濟波又尾隨她再次同居。鄧中夏安排她入東南大學教育系體育科上學。穆濟波任該校附中教員。其學生胡風〔註 5〕常來他們家，遂與秦德君熟稔。1923 年秦德君經鄧中夏介紹入黨。1925 年秦德君被派往西安做地下黨的工作，兼市婦協主席。穆濟波攜孩子追去；遂又同居。這時劉伯堅任西北軍第二集團軍總政治部部長。後來成為秦德君丈夫的郭春濤，就在劉手下任組織處長。這時劉伯堅正要和秦德君的女友結婚；但秦德君和劉伯堅相愛日久，於是秦德君又懷上了劉伯堅的孩子。「四一二」反革命政變後，劉伯堅等共產黨員均被逐出西北軍。劉伯堅赴江西參加了南昌起義。秦德君則到武漢，又與先抵武漢的穆濟波再次同居。穆的寓所在武昌衛中街，與施存統、胡風三家合住。〔註 6〕這時她一家四口，其女已五六歲，其子三四歲。她這時已失掉黨的關係。1927 年 11 月生下劉伯堅的女兒後，她輾轉贛、寧等地。後來她化名徐航抵滬，住陳望道家，擬經日本赴蘇聯。所以陳望道讓她與茅盾搭伴赴日。

　　秦德君自述的以上經歷說明：秦德君一直是追隨革命的時代女性。在兩性關係中，她本是無賴兼流氓穆濟波的受害者。在這長期維持的病態關係中，她形成了一種複雜的個性，既有自暴自棄側面；也具有茅盾筆下慧女士、孫舞陽般西方型女性氣質。後者也許是茅盾能夠接受她的基礎或外因。但茅盾未必知道秦德君這些複雜的兩性關係經歷。

〔註 4〕她是《虹》中梅女士的原型。

〔註 5〕當時本名叫張克人，胡風是後來的名字。

〔註 6〕梅志：《在漩渦中——〈胡風傳〉的一章》，《新文學史料》1994 年第 3 期，第 184、187 頁。但秦德君在回憶文章中不提此時與穆濟波同居，卻說住在施存統家中。

　　他們同船離滬赴神戶，不過天把時間。船抵神戶，改乘火車時，有個日本人主動搭訕，問長問短。茅盾頗覺此人可疑，不肯多話；只告以自己名方保宗。車抵東京，自有吳庶五接應。她安排秦德君住白山御佃町中華女生寄宿舍。秦德君隨即入東亞預備學校學日文。茅盾住在「本鄉館」。剛住下，車上遇到的那日本人就來「拜訪」。幸遇同住本鄉館的武漢時結識的朋友陳啓修來解圍。他們用日語交談了幾句；那人就「告辭」了。陳啓修說此人是日本警視廳「便衣」。茅盾奇怪，自己化名剛來日本，他們怎麼會知道？陳啓修說：「老兄大名鼎鼎，日本人情報何等靈通，怎會不知？我來日本時，他們也來『拜訪』。今後也只能在他們監視之下。不過日方的態度是只要你不搞政治活動，就只監視，不觸動你。」陳啓修原是國民黨右派的《中央日報》總編。此前曾經是共產黨員。他贈茅盾一冊新著《醬色的心》。他解釋說：「在武漢共產黨認爲我投降了國民黨，心是黑的；國民黨因我是共產黨員，心是紅的。我的心豈不是醬色的？」他署名陳豹隱，寓豹子隱居，既不當國民黨，也不當共產黨之意。

　　茅盾讀著《醬色的心》，崢嶸歲月與肅殺現狀的反差，令人也心情難以平靜。他覺得，被「五四」壯潮喚醒，奮起後無路可走者，並不比走上新生如《創造》中的嫻嫻者少。寫這些軟弱者的悲劇結局，能促人猛省，催人振奮，當有意義。於是這年的 7 月 8 日，他寫了第二個短篇《自殺》。〔註7〕

　　茅盾赴日本前後，活動多，獲得信息也多。所獲最重要的信息，是 6 月 18 日在莫斯科召開的中共第六次代表大會的情況。這次大會會期經月，直到 7 月 11 日閉幕。茅盾獲悉：在共產國際與蘇共中央幫助下，大會總結了建黨七年來，特別是 1927 年「八七」會議以來，正反兩方面的經驗教訓，進一步明確了：中國革命性質未變，仍屬共產黨領導下的資產階級民主主義革命。目前革命處在低谷，而不是一個高潮接一個高潮。中心任務是深入發動群眾，而不是繼續搞「總暴動」。大會對「左」傾路線的批判，與對今後路線的確定，使茅盾釋了疑慮、困惑；消除了幻滅悲觀情緒。他決心重振精神，繼續奮進。這時他的《幻滅》、《動搖》在國內連遭批判。他早感到有回答之必要。他的新思考、新心態，也有必要公開披露。寫完《自殺》後，茅盾就動手寫構思日久的洋洋一萬五千字的長文《從牯嶺到東京》，直到 7 月 16 日始

〔註7〕初刊於《小說月報》第 19 卷第 9 號，1928 年 9 月，收入《野薔薇》，見《茅盾全集》第 8 卷。

得脫稿。這時他抵日本只不過十天左右。

二

茅盾從離開祖國赴日本起，失掉了黨的關係。〔註8〕但《從牯嶺到東京》卻昂揚著對共產主義前景的憧憬與熱烈追求的信念。這和在上海雖通過孔德沚與黨保持著組織關係，但心情一直消沉壓抑很不相同。這是因為他獲悉我黨已經清算了「左」傾錯誤、重新確定了正確路線的中央「六大」精神；也因為他長期停下來思考獲得的正確結論與這一精神相吻合；他反對「左」的與右的錯誤路線的態度，實際上這時正式得到了確證。同時他對自己前一段幻滅、消極、悲觀的錯誤的情緒，已有了清醒的認識，他決計利用改變環境的機會，重新振作，繼續奮進。這是人生道路的重大轉折。他把文章題目定為《從牯嶺到東京》，既為紀實，也寓總結清算這一段經歷與思想，從此重新起步之意。這一切，茅盾或隱或顯地寫在這篇長文裡。這是此文的基本主題。

文章的具體內容，一是對《幻滅》、《動搖》、《追求》創作心態、寫作動機與採用的「托爾斯泰方式」，全書的成敗得失等等，作了坦誠的自白與反思，對其中反映的自己的消極情緒與傾向，作了嚴格的甚至嚴厲的自我批評。二是反駁了強加於自己作品的不公正的批評；對國內文壇的錯誤傾向，尤其是「左」的與標語口號化的傾向給予批評。當時受蘇聯「拉普派」與日本福本主義派極「左」思潮的影響，國內文壇把小資產階級劃到反動方面。茅盾則在批評了小資產階級錯誤傾向之同時，肯定了寫小資產階級和把革命小資產階級作為讀者對象的必要性與意義之所在。在當時這是要有點勇氣的。今天看來，這是正確的，無可厚非的。

特別重要的是茅盾停下來思考，沉默經年後，第一次宣布自己所得的結論：「悲觀頹喪的色彩應該消滅了，一味的狂喊口號也大可不必再繼續下去了，我們要有蘇生的精神，堅定的勇敢的看定了現實，大踏步往前走，然而也不流於魯莽暴躁。我自己是決定要試走這一條路：《追求》中間的悲觀苦悶是被海風吹得乾乾淨淨了，現在是北歐的勇敢的運命女神做我精神上的前導。」「她的永遠奮鬥的精神將我吸引著向前！」「我希望能夠反省的文學上

〔註8〕中共中央「關於恢復沈雁冰同志的黨籍的決定」中說：「一九二八年以後，他同黨雖失去了組織上的關係，仍然一直在黨的領導下從事革命的文化工作」，並未明確具體月份。實際去國前，他和黨未失去聯繫。

的同道者能夠一同努力這個目標。」〔註9〕在茅盾，這些話既是自律，也是對同道者的號召。它不同於「左」傾的空喊，也與過去幻滅悲觀的歷史劃清了界限，對茅盾，對文壇，這一切都具有歷史性意義。

「北歐運命女神」所指爲何？在未遭曲解前，茅盾就多次作過解釋。1929年5月9日茅盾寫道：「在北歐神話，運命女神也是姊妹三個」。「Verdandi是中間的一位，盛年，活潑，勇敢，直視前途；她是象徵了『現在』的。」這是說的象徵寓意，說自己想做Verdandi這樣的勇者：「眞的勇者是敢於凝視現實的，是從現實的醜惡中體認出將來的必然。」茅盾決心從頭開始「有效的工作」；「要使人們透過現實的醜惡而自己去認識人類偉大的將來，從而發生信賴。」「既不依戀感傷於『過去』，亦不冥想『未來』」，而「是緊抓住『現在』」，〔註10〕沿著「北歐運命女神指引的方向踏實地前進。」這就回答了《追求》中提出而未作正確解答的那個「向何處去追求」的問題。1961年6月15日茅盾在答讀者問的信中，又解釋了其政治寓意：「北歐的運命女神見北歐神話。當時用這個洋典故，寓意蓋在蘇聯也。」〔註11〕這就使我們更明白了《從牯嶺到東京》一文和他聽到在蘇聯所開中共「六大」精神之間所存在的關係。而茅盾把蘇聯已經實現了的社會主義與馬克思主義的核心共產主義理想聯繫起來作爲自己的人生追求的目標。這是自入黨起到現在重新振作繼續奮進時一而貫之的。這再次證明了茅盾所說的話眞誠可信：「我幻滅了，但沒有動搖」。

在1988年《野草》發表的《櫻唇》一文中，秦德君也證實說：「茅盾還說：北歐運命女神也是象徵蘇聯。」但她又說，茅盾給她看《從牯嶺到東京》時說：「北歐運命女神中間最莊嚴的那一個，就是你啊。」此兩說不僅自相矛盾，其「依據」也不合事實；邏輯上更是混亂的。秦德君說茅盾稱她爲「北歐運命女神」，因爲當時「茅盾的消極、頹唐、悲觀、失望的呻吟」，甚至嚴重動搖，嚴重到把當「蔣介石的秘書」作爲自己「平生志願」與現實追求。是她「義不容辭」「傾全力扶持他前進」，「從此茅盾的心情開朗起來……很快活的寫好一篇文章《從牯嶺到東京》」，並把她謳歌爲「北歐運命

〔註9〕《從牯嶺到東京》，《小說月報》第19卷第10號，1928年10月18日，《茅盾全集》第19卷，第194、186頁。
〔註10〕《寫在〈野薔薇〉的前面》，收入1929年7月該書初版，《茅盾全集》第9卷，第521～523頁。
〔註11〕《茅盾書簡》，第247頁。

女神」。〔註12〕

　　秦德君這些話，忽略了兩個重大的歷史事實：一是她是否有足夠的時間與力量做到這點。他們7月初同路赴日，《從牯嶺到東京》7月16日寫畢。當中充其量不過十天左右的時間。除去旅途、在東京安頓食宿、寫《自殺》與動筆寫《從牯嶺到東京》的時間，即便每天按24小時寫作與相處計算，秦德君到底有多少時間去打消茅盾「當蔣介石秘書」的「平生志願」，並使茅盾由「消極、頹唐、悲觀、失望的呻吟」振作起來，跟著她這個「北歐運命女神」走？何況茅盾扭轉自己的情緒自我奮鬥經年，如果這麼長的時間都未能振作，秦德君即便有充分的時間，她又是否有「扭轉」的能力？這是用不著深想就能明白的問題。退一步說，茅盾會不會說這種把秦德君等同於蘇聯，都以「北歐運命女神」視之的開玩笑的話？這些都已經死無對證了！即便說過這種玩笑話，難道真可以「拿著棒鎚當成針（真）」，幾十年後還正經八百地向全世界鄭重披露嗎？遺憾的是秦德君忽略了一個比一個重大的事實：她說茅盾「崇拜浙江幫政權，讚美得口沫四濺地表示」：希望實現其「平生志願」：「能做蔣介石的秘書就心滿意足了。」〔註13〕這種說法不僅違背了重大歷史事實，而且更違背事理與邏輯。若茅盾真有此宿願，為什麼1926年在廣州他不去鑽營使之實現，反倒返回上海與蔣介石對著幹？為什麼在武漢他要發表那一大批討蔣檄文，而且號召「大家努把力盡快把老蔣送進墳墓」？正是這一切導致蔣介石對他恨之入骨，必欲置之死地而後快。這才於1927年6月發布了通緝令。此通緝令當時還由各省轉發。我現在見到的，一是浙江戒嚴司令周鳳岐轉發的浙江省政府公報令（6月1日第18期）所載。〔註14〕另一份是由福建政務委員會代理主任委員陳乃元1927年6月15日簽發的。〔註15〕由此可以推斷：這通緝令可能大部分省份都曾轉發，以便通力緝拿查辦。由此可見，日本警視廳便衣特務監視茅盾，也事出有因。既然這樣，茅盾怎麼會向秦德君「口沫四濺地表示」其「平生志願」：「能做蔣介石的秘書就心滿意足了」呢？又何勞秦德君說服茅盾打消此念頭，致使茅盾感激她崇拜她，稱她為「北歐運命女神」？其實十幾天的相處，到寫《從牯嶺到東京》時，茅盾還談不上與秦德君相愛。所謂「相愛」，那是此後的事。茅盾自幼家教甚

〔註12〕　《櫻唇》，日本《野草》第41期，第69頁。
〔註13〕　《櫻唇》。
〔註14〕　原件現存浙江省嘉興市南湖中共黨史紀念館。
〔註15〕　原件存南昌市「八一」南昌起義紀念館。

嚴，自視甚高，律己尤甚。他畢生從無重大的突發性舉動。正如他所說的：
「幼秉慈訓，謹言愼行。」他重新振作起來，確認蘇聯所代表的共產主義理
想是如此——這是他停下來思考經年的深思熟慮的結果；對秦德君的愛也是
如此。

茅盾自 7 月初抵東京，到 12 月初轉赴京都與秦德君同居，當時他倆逐漸
相愛，有四個月左右的過程，也佔去茅盾不少的時間。故這期間其著述甚少，
僅編了在國內寫好的《小說研究 ABC》、《中國神話研究 ABC》、《近代文學面
面觀》和《現代文學雜論》四部舊稿。〔註 16〕新寫的論著，只有《希臘羅馬
神話的保存》、《埃及印度神話的保存》兩文，與上述四書的短序，總共不到
兩萬字。加在一起，比剛到東京所寫的《自殺》、《從牯嶺到東京》的字數還
少。以茅盾的敏捷才思，當不致此。對這段生活，《我走過的道路》所記甚簡。
其談情說愛的經歷，茅盾是有意回避不提的。

據秦德君文章說，她上午有課，其餘時間或與茅盾獨處，或與吳庶五偕
遊。她住在集體宿舍；茅盾住的本鄉館又極簡陋：爲防地震，日本房屋多係
「拉板」牆式木結構。茅盾的屋子與在商務印書館、中央軍校兩度同事的樊
仲雲一壁之隔。樊仲雲曾寄住沈家，與沈母、孔德沚極熟。茅盾的表弟陳渝
清當時正在東京，也經常來往。所以茅盾和秦德君在東京不具備同居條件。
何況還有個情感發展的漸變過程。

赴日後，茅盾失掉了黨的關係。他不知道當時東京有中共東京市委。黨
組織也沒有主動找他。茅盾曾猜想：「大概我寫了《從牯嶺到東京》之後，有
些人認爲我是投降資產階級了，所以不再來找我。」〔註 17〕鄭超麟回憶錄
說：「黨所指導的文學刊物都攻擊他。中央而且訓令日本支部不認他做同
志。」〔註 18〕對鄭超麟的說法需要分析：國內某些極「左」派對茅盾有敵
意，這是存在的。但中共中央〔註 19〕對茅盾的態度並非如此。茅盾 1928 年
7 月初抵東京，10 月 9 日中共中央有一封給中共東京市委的覆信，〔註 20〕對

〔註 16〕 由世界書局分別於 1928 年 8 月、1929 年 1 月與 5 月出版。
〔註 17〕 《我走過的道路》（中），第 15 頁。
〔註 18〕 《鄭超麟回憶錄》第 176～182 頁有詳細的關於「革命文學」論爭的記述。但
　　　　 他這個說法並未被證實。
〔註 19〕 中共「六大」後中央總書記是向忠發；實際負責人是中共中央常委、秘書長
　　　　 兼組織部長周恩來。再後來才是李立三。
〔註 20〕 此信原件底稿現存中央檔案館，建國後編的中央文件匯編鉛印本中也全文收
　　　　 錄。但鄭超麟所說「中央訓令」卻未見文字依據；也未被有關知情人證實。

茅盾黨籍問題就有批示。摘錄於下：

> 東京市委：
>
> > 收到你們的來信，茲特答覆如次：
> >
> > ……
> >
> > 二、市委改組名單中央批准如下：李德馨（書記）、王哲明（宣傳）、鄭疇（組織）、陳君恒、潘蔭堂等五人，李王鄭三同志爲常務委員，望即查照。
> >
> > ……
> >
> > 四、沈雁冰過去是一同志，但已脫離黨的生活一年餘，〔註21〕如他現在仍表現的好，要求恢復黨的生活時，你們可斟酌情況，經過從新介紹的手續；允其恢復黨籍。
> >
> > ……
>
> 中共中央
> 1928 年 10 月 9 日

由此可見，茅盾抵東京後不久，正在籌組的東京市委在向中央呈報市委組成人員名單時，曾請示如何對待茅盾黨籍問題，在未明確前，當然不便主動聯繫。有此信後，爲何也未和茅盾聯繫？在 1990 年《黨的文獻》第 2 期張魁堂著文說，他曾於 1982 年函詢旅居加拿大的當年中共東京市委書記李德馨，又請當時在東京的中國致公黨主席黃鼎臣回憶此事。他們的答覆一致：當時中國留學生受日本當局迫害，上述中共東京市委五位成員於 1928 年夏起陸續回國，故未收到中共中央 10 月 9 日的覆信。當然也無人解決茅盾的黨組織關係問題。關於這些情況，認眞查過原始史料的中共中央黨校唐天然教授1991 年在《江海學刊》第 4 期發表的《1928 年中共中央曾考慮恢復茅盾黨籍》一文，曾有詳細的說明，可以參看。

到 1928 年 12 月初，茅盾和秦德君由熱戀到商量同居，爲避人耳目，他們決定離開東京赴京都。茅盾在回憶錄中說去京都是因京都「生活費用比東京便宜」，〔註22〕其實這並非主要的原因。

〔註21〕脫離黨的生活一年餘，指茅盾處地下狀態一年多未過組織生活，並非脫離組織關係。當時他通過孔德沚和黨保持聯繫。孔德沚當時仍過組織生活。
〔註22〕《我走過的道路》（中），第 28 頁。

三

茅盾與秦德君由相戀到同居，與「同是天涯淪落人」的特殊處境固然有關；但從根本上說，還是以其內因爲基礎。

對秦德君來說，情況較爲單純。她雖是三個孩子的母親，這時畢竟才 23 歲。她不能不有改變愛情悲劇命運的強烈願望。現在面前的茅盾，有北人的厚重、南人的機靈，是叱吒風雲的革命家，蜚聲中外的文學家。他外表文弱、心靈內秀。那剛柔相濟的性格，溫文儒雅的風度，怎不使她那顆傷痕累累的心一見鍾情。

茅盾的心態卻複雜得多。接受包辦婚姻雖非情感意願，卻是理性承諾。從人道主義出發的結婚與「創造」，爲自己培養了一個同志與愛人。孔德沚的表現並不使他失望。茅盾培植起來的愛也絕對眞誠。加之一雙小兒女和白髮高堂母的維繫作用，使茅盾多年來守身如玉，從無二心。但他同時也體驗到人工培植的愛情，缺乏發現的喜悅與一見傾心、心心相印的激動。孔德沚身上舊式婦女的特質與茅盾小說中慧女士型的時代女性那熱辣辣的激情與浪漫諦克的素質截然不同。她那剛強暴烈的性格又與嫻靜溫柔內向的靜女士型截然不同。茅盾對兩型時代女性的描寫，無意中也流露出他雖對靜女士型女性亦有所鍾愛，但他好像更傾心於慧女士型的內心隱秘。他在《從牯嶺到東京》中就說過「如果讀者並不覺得她們可愛可同情，那便是作者描寫的失敗」這樣的話。個人的體驗與時代發展又導致他的婦女觀發生了很多變化。1922 年起他發表了許多修正自己舊說的新觀點。一、放棄了結婚不必以戀愛爲前提的舊說，提出「兩性結合而以戀愛爲基的」即合於道德，反之則否的新說。二、對戀愛作了石破天驚的界說：「絲毫不帶理知作用的戀愛才是眞的戀愛。」它是「不怕天，不怕地，盲目的舉動。」「忘了富貴名位底差別，忘了醜美底差別，忘了人我之分。」〔註23〕也「忘記父母，忘記社會，甚至於連自身是什麼也忘記」。「我相信戀愛是不受什麼禮教信條，社會習慣的束縛的」；「其衝動不免帶些『肉的』氣息。」茅盾還「對於有上述的『狂』的氣分的現代青年女子頗表示敬意！」三、他認爲「戀愛固不以性交之達到算爲成熟的證據，但是因戀愛而自然到這地步，就是極合理的事，不能算是可

<hr>

〔註23〕《戀愛與貞潔》，《民國日報‧婦女評論》，1922 年 4 月 5 日，《茅盾全集》第 14 卷，第 331 頁。

恥，或穢污」。〔註24〕四、「不能指戀愛的減弱而終至於無，爲不道德。一個人有過兩三回的戀愛事，如果都是由眞戀愛自動的，算不得什麼一回事。」「戀愛之眞僞，與貞潔與否有關；而戀愛的次數，卻絕對無關。」〔註25〕五、「因爲戀愛是神聖的，故不但強令戀愛者不得戀愛乃爲罪惡，即如強令本無戀愛者發生戀愛也是不應該的。」六、「新性道德反對片面貞操，並非即爲主張把舊性道德所責望於女子的貞操主義亦依樣的加之於男子身上。」「因爲戀愛不過是人類感情中之勢最強烈，質最醇潔，來源最深邃者而已，決不能保其永久不變遷。」「所以戀愛神聖與離婚自由實在是新性道德的兩翼。」「在此兩性關係正在變化過渡的時代，採取離婚自由便所以實現戀愛神聖。」〔註26〕七、「不許離婚固然不對，許人自由離婚毫不加以制裁，也有流弊。」這「於社會組織之固定，很有妨礙。」「在兩極端中間，本可以得個執中的辦法。」〔註27〕

不難看出，以上七點是對茅盾原有婦女觀的改良主義部分的重大理論突破。其中不乏他個人生活體驗的理論昇華。不過在他的私生活中，赴日前從無旁顧。儘管交際中不乏理想的浪漫諦克的女性；有的也曾使他怦然動心，產生如前所說的種種創作衝動，但他卻從未越雷池。孔德沚對他也一百個放心。母親對他監督經年，後來也放下了她的種種戒備。茅盾與秦德君搭伴同行，孔德沚還親送上船。她不料此一去，會發生婚姻與愛情生活中的軒然大波。茅盾開始也並無他念。但去國離鄉，解除了一切束縛。與秦德君的接觸，使茅盾產生了「狂熱」的戀愛的眞情。於是他不顧一切邁出關鍵一步：赴京都與秦德君正式同居！情人眼裡出西施。這時他們相互間只有認同，而忽略了客觀上存在難以契合的層面和客觀環境中存在的難以逾越的障礙。但當時他們均屬眞情，毫無假意；雙方的愛的眞誠不容置疑。

離開東京時，警視廳那個「便衣」又來「相送」，直跟到京都移交給當地「便衣」才算結束。那當地的「便衣」，此後也常來「拜訪」。茅盾、秦德君

〔註24〕 《解放與戀愛》，《民國日報‧婦女評論》，1922 年 3 月 29 日，《茅盾全集》第 14 卷，第 323、332 頁。

〔註25〕 《戀愛與貞潔》，《茅盾全集》第 14 卷，第 333 頁。

〔註26〕 《新性道德的唯物史觀》，《婦女雜誌》第 11 卷第 1 號，1925 年 1 月 5 日，《茅盾全集》第 15 卷，第 261～263 頁。

〔註27〕 《離婚與道德問題》，《婦女雜誌》第 8 卷第 4 號，1922 年 4 月 5 日，《茅盾全集》第 14 卷，第 327 頁。

先在茅盾的商務印書館同事、上海兼區執委會的下屬與戰友楊賢江家借住，後遷到與高爾柏、高爾崧弟兄等同租的寓所。楊、高等都是通緝令上有名的中共黨員，這時也都失掉了組織關係。據日本著名學者是永駿教授考察，茅盾的在京都最早的寓所在高原町。現已找不到當年的舊建築。但茅盾在《我走過的道路》中，與其當時所寫散文《霧》、《賣豆腐的哨子》、《虹》、《鄰一》、《鄰二》、《速寫一》、《速寫二》的紀實部分，都作過描繪。秦德君在《櫻唇》等回憶錄中有更具體的室內環境、同居生活描繪。他們生活清貧，相濡以沫，靠寫作爲生。茅盾幫秦德君提高文化素質。料理家務以秦德君爲主。他們的大部分時間，是日本人般席地而坐從事寫作。後來才有了小凳與小桌。朝夕相處，少了些浪漫，多了些務實。他們有一段相愛的幸福日子。茅盾的論著與創作較在東京時是大大豐收了。

他創作了一大批散文和短篇小說。《野薔薇》與《宿莽》中的絕大部分作品，都是這時期所作。他寫了一批頗有分量的論文，包括《讀〈倪煥之〉》在內。最重要的是寫了一部外國文學史專著《西洋文學通論》，和創作了長篇小說《虹》。

茅盾取得的這些成就，秦德君有一定的貢獻，除料理生活外，她幫助抄了許多稿件，還爲《虹》提供了一部分素材。而感情上的撫慰，也使茅盾能保持飽滿的創作激情。

當然，惟其相處日久，了解漸深，性格的衝突，同居關係的危機，也日漸顯現了。

第二節　參與「革命文學」論爭，埋頭學術研究

《從牯嶺到東京》一文的發表，把茅盾捲入了他開初並未介入的「革命文學」論爭的漩渦中。若以這場論爭的「左」傾思潮背景與宗派傾向看，即便不寫此文，茅盾也無法置身事外，不受衝擊。

一

「革命文學」具兩重不同的歷史內涵：「五四」時的「革命文學」，是指革命民主主義文學；1923 年和 1928 年兩度倡導的「革命文學」，是指無產階級文學。

任何理論都是實踐的產物，都有其賴以產生的特定歷史條件。中國的無

產階級革命文學，是中國共產黨領導下工農運動高漲期的時代產物。最早倡導無產階級革命文學的是 1923 年在社會主義青年團辦的《中國青年》雜誌上鄧中夏、蕭楚女、惲代英、沈澤民、蔣光慈等發表的一批文章。這是與從「二七」到「五卅」全國第一次工人運動高潮相對應的。以 1925 年茅盾的《論無產階級藝術》、《告有志研究文學者》、《文學者的新使命》等文章集其大成，從而形成了第一次倡導無產階級革命文學的高潮。

大革命失敗後，投身革命的創造社元老與留日回國的創造社新秀聯手擴大而成的後期創造社，由蘇聯回國的蔣光慈爲首組成的太陽社，差不多同時於 1928 年掀起第二次倡導無產階級革命文學的高潮。

在中國新民主主義革命過程中，文學必然是多元的。革命指針既然是馬克思主義，文藝主潮也必然以馬克思主義美學爲指導。從這個意義說，倡導無產階級革命文學有其啓蒙性與前導性。但文藝也不能違背經濟基礎、上層建築意識形態相互間對立統一的發展規律。既然革命性質仍是資產階級民主主義的，舉凡擁護資產階級民主主義的文學力量，不僅是革命小資產階級，就是民族資產階級中擁護這一革命的文學力量，亦都屬革命的動力或同盟軍，而非革命的對象。創造社、太陽社倡導無產階級革命文學與 1923 年頃《中國青年》倡導無產階級革命文學這兩次高潮的最大異點，就在於第一次對上述文學力量採取團結、教育態度；第二次則把它劃作批判打擊的對象，他們走到極端時，竟混淆了民主主義革命與社會主義革命的界限，提出「打倒那些小資產階級的學士和老爺們的文學」的極「左」口號，甚至把「五四」新文學革命主將與旗手魯迅打成「時代落伍者」、資產階級「最良的代言人」、「中國的唐・吉訶德」。〔註28〕郭沫若甚至化名杜荃，著文攻擊魯迅是「封建餘孽」，「不得志的法西斯諦」、封建主義和資本主義的反對社會主義的「二重反革命的人物」。〔註29〕他們還點名批判了葉聖陶及創造社元老郁達夫。

對茅盾點名批判時態度最嚴厲的是創造社的傅克興。他說茅盾的「意識仍然是資產階級的，對於無產階級是根本反對的」。其作品「對於小資產階級分明指示一條投向資產階級底出路，所以對於革命潮流是有反對作用的」

〔註28〕 見郭沫若：《桌子的跳舞》、《〈流沙〉創刊前言》，李初梨：《答魯迅的〈醉眼中的朦朧〉》。

〔註29〕 《文藝上的封建餘孽》，《創造月刊》第 2 卷第 1 期，1928 年 8 月 10 日。

〔註 30〕。太陽社的錢杏邨的態度相對溫和。他給茅盾下的結論是：一、「從無產階級立場退到小資產階級的立場。」認為中國革命應「以小資產階級為主體，以小資產階級來領導。」二、正式離開了「無產階級的文藝陣營」，「所表現的傾向當然是消極的投降大資產階級的人物的傾向。」三、「他的目的只是打倒無產階級革命文藝運動來提倡小資產階級的革命文藝運動。」四、我們對茅盾的「戰鬥是無產階級文藝戰線與不長進的所謂革命的小資產階級的代言者的戰鬥！」「是和與魯迅一班人的戰鬥不同的。」〔註31〕這場論爭爆發時，茅盾正寫《追求》，後又準備赴日，所以沒馬上參戰。

抵日本後經過深思熟慮，他才寫了《從牯嶺到東京》，回答傅克興等對《蝕》的批判，兼及論爭中某些不同觀點。他以立論為主，駁論為輔。但此文招來了更多也更嚴厲的批判。茅盾沉默了很久，又寫了《讀〈倪煥之〉》，〔註 32〕此文仍是立論與駁論結合而以立論為主。因為茅盾「停下來思考」所得之一，是確立了冷靜的歷史的宏觀視野。故對這過熱的「左」的色彩很濃的攻訐，態度相當冷靜與超脫。兩文相距十個月。他對創造社對當年的論爭耿耿於懷的報復態度佯裝不知，採取了總覽文壇全局，總結歷史教訓，重在理論導向之闡述的高姿態。

茅盾首先論述了倡導無產階級革命文學的歷史根據與時代需求。他指出：「五四」以來革命，發生了從「五四」到「五卅」再到大革命的時代推進；文學卻相對落後，沒有產生「反映這個偉大時代的偉大作品。」現在作品雖多，「並沒有反映出『五四』當時及以後的刻刻在轉變的人心。」故不具備時代性。因此歷史呼喚具時代性的革命文學的到來。

第二，茅盾繼此前把「時代精神」引入文學之後，又把「時代性」引入文學理論，並作出科學的界定與闡釋。

茅盾指出，文學是否體現出時代性，要有二：一是寫出「時代給與人們以怎樣的影響，二是人們的集團的活力又怎樣地將時代推進了新方向」，「即是怎樣地催促歷史進入了必然的新時代」，「及早實現了歷史的必然」。茅盾指出當時文壇尚未臻此高度。因為緊跟時代者寥寥，相當一部分是「被時代的

〔註30〕 《小資產階級文藝理論之謬誤——評茅盾君底〈從牯嶺到東京〉》，《「革命文學」論爭資料選編》（下），第 752 頁。
〔註31〕 《從東京回到武漢》，《茅盾研究論集》，第 481、471、472、494、488 頁。
〔註32〕 刊於《文學週報》第 8 卷第 20 號，1929 年 5 月 12 日，《茅盾全集》第 19 卷。

輪子碾斃了的『軟脊骨』」。這種文壇分化現象，使文學發展滯後於時代。他特別指出：「文壇上發生了一派忽視文藝的時代性，反對文藝的社會化，而高唱『爲藝術而藝術』的主張」者，他們使文壇「入了歧途」。〔註33〕茅盾認爲這是文學滯後於時代的主要原因。他指的當然是創造社。其實也應該包括其他「爲藝術而藝術」的文學派別在內，他們形成了合力。現在再次掀起倡導無產階級革命文學高潮，茅盾認爲這不過「說明了時代對於人心的影響是如何之大，從而也指出了何以六年前板著面孔把守了『藝術的藝術之宮』的成仿吾會在六年後同樣地板起面孔來把守『革命的藝術之宮』，正自有其必然律」。

行文至此茅盾並不爲對方攻擊自己的種種「罪狀」作辯解，只是指出：他們今天所攻擊的正是當年他們所倡導的。不過「並沒有懺悔以往的表示」，而依然是以「先驅」「灼見」的態度攻擊別人。「這使得不健忘的人們頗覺忍俊不禁。」〔註34〕這些話比重在自辯的效果好；所說的也都屬實情。只是對文壇欠時代性作品問題創造社應負的責任估計得偏大。因爲當時文學落後於時代與未能充分表現時代，這是全局性的。

第三，茅盾贊成與支持倡導無產階級革命文學。但認爲實際的倡導中有三點不足。一是對什麼是無產階級革命文學，「還不見有極明確的介紹或討論」。二是創作上嚴重存在「標語口號」化傾向：或「有革命熱情而忽略於文藝的本質，或把文藝也視爲宣傳工具。」〔註35〕或僅僅根據了「一點耳食的社會科學或辯證法，便自負不凡地寫他們所謂富有革命情緒的『即興小說』」。〔註36〕茅盾認爲這並不是革命文學。三是把革命文學弄非常狹窄。茅盾認爲「文藝是多方面的，正像社會生活是多方面的一樣。革命文藝因之也是多方面的」。不能認爲「惟有描寫第四階級生活的文學」或只有工農自身所寫的文學才是無產階級文學。〔註37〕茅盾這裡提出一個以世界觀與作品傾向的屬性爲標準而不是以題材爲標準來界定文學的政治屬性這一個重大理論問題。

〔註33〕《讀〈倪煥之〉》，《文學週報》第 8 卷第 20 號，1929 年 5 月 12 日，《茅盾全集》第 19 卷，第 209～210、202 頁。
〔註34〕《讀〈倪煥之〉》，《茅盾全集》第 19 卷，第 203～205 頁。
〔註35〕《從牯嶺到東京》，《茅盾全集》第 19 卷，第 188 頁。
〔註36〕《讀〈倪煥之〉》，《茅盾全集》第 19 卷，第 211 頁。
〔註37〕《歡迎〈太陽〉》，《文學週報》第 5 卷第 20 期，1928 年 1 月 8 日，《茅盾全集》第 19 卷，第 165 頁。

　　第四，茅盾主張擴大題材範圍與讀者面。他主張把小資產階級生活也作為題材；把小資產階級也作為讀者寫給他們看。針對上述那些指責，茅盾反駁說：「我表示了應該以小資產階級為描寫的對象」，無非說「應該揀自己最熟悉的事來描寫」，「我並沒說過要創造小資產階級文藝。」茅盾這話也受著「左」的束縛。其實當時處在新民主主義革命時期，小資產階級文藝的存在與創造，都是允許的與無可非議的。對它只是個引導問題。不過茅盾堅持其擴大讀者面的意見是理直氣壯的。他說：「革命文學」存在「歐化」傾向，工農大眾又受物質與文化水平限制，不可能成為主要讀者對象。實際上最廣泛的讀者對象還是小資產階級。不能把他們劃出去。「中國革命的前途還不能全然拋開小資產階級。」「現在的『新作品』在題材方面太不顧到小資產階級了。」〔註38〕

　　這次論爭雖未能完全統一意見，但也有趨同的收穫與促使大家思考的作用。如《創造月報》刊登傅克興文章時，編委會的附記雖號召批評茅盾，但也承認茅盾「提出了許多現實的具體的問題」，「應該正當地去解決它。」〔註39〕由於論爭中的宗派主義傾向與對立情緒影響了團結，中共中央遂出面制止。其具體情況說法不一。「孟超、陽翰笙都說是當時的宣傳部長李富春首先找創造社、太陽社的黨員提出的。」「楚圖南……說是周恩來同志開完『六大』……回到上海後要黨組織干預這方面的工作。」夏衍 1964 年問過李立三，李立三肯定了楚圖南的說法：「都是黨中央決定的。」〔註40〕「六大」後中央常務工作先由中共中央常委、秘書長兼組織部長周恩來主持，後來才由李立三主持。所以以上說法並行不悖。這是 1928 年到 1929 年中央先後做工作的全過程。這場論爭的最後終止是 1929 年。由中宣部負責文化、出版、文藝界統戰工作的潘漢年出面寫文章作出結論：「與其把我們沒有經驗的生活做普羅文學的題材，何如憑各自所身受與熟悉的一切事物來做題材呢？至於是不是普羅文學，不應當狹隘地只認定是否以普羅生活為題材而決定，應當就各種材料的作品所表示的觀念形態是否屬於無產階級來決定。」〔註41〕潘漢

〔註38〕《讀〈倪煥之〉》，《茅盾全集》第 19 卷，第 214、190 頁。
〔註39〕見《創造月刊》第 2 卷第 5 期，1928 年 12 月 10 日，《茅盾研究論集》，第 445 頁。
〔註40〕夏衍：《懶尋舊夢錄》，第 143 頁。
〔註41〕《普羅題材問題》，《現代小說》第 3 卷第 1 期，1929 年 10 月 15 日，《「革命文學」論爭資料選編》，第 879 頁。

年還代表中宣部召開了創造社、太陽社的黨員和兩組織之外的馮雪峰、夏衍等黨員參加的座談會，傳達中共中央制止論爭的決定，批評了某些同志對待魯迅、茅盾的錯誤態度：「認爲主要的錯誤是教條主義和宗派主義，要求立即停止對魯迅和茅盾的批評。」〔註42〕這場論爭以統一認識加強團結終，總地說是有益的，它爲左聯的成立作了準備。暴露的問題也給今後的克服偏向工作敲起了警鐘，指出了努力的方向。

茅盾在論爭中所提的觀點，基本上得到中共中央的肯定。他自己也有很大的收穫。他還提出了以下頗具理論價值的論點：一、他提出「人的思想乃受社會環境所支配，而社會環境乃受經濟條件所支配」〔註43〕的觀點，這使其理論闡述與作品分析具思想犀利性。二、他提出了關於時代性、時代精神的完整的理論，用以解決文學與社會與時代之關係及作品的社會性、時代性問題。這兩點是他1922年始關於此命題所作的一系列論述的發展。

早在1922年他就提出：「環境在文學上影響非常厲害」，「一個時代有一個環境，就有那時代環境下的文學」；「環境不是專指物質的，當時的思想潮流、政治狀況、風俗習慣，都是那時代的環境」。作家處處受環境影響，「決不能脫離環境而獨立。」環境的主要構成因素是「時代精神」，它「支配著政治、哲學、文學、美術等等，猶影之與形。」〔註44〕1928年他作出補充說：「時代精神是一時代的色彩與空氣。一般人共通的思想，共通的氣概，乃至風俗習慣等等，都是時代精神之表現」，這是外部的。其在人的「內心的」反映以及「時代空氣的搖動」，則是內在的。作家應「把時序的變換和情緒之升沉，連結在一起」，內外結合，對時代精神作出揭示。〔註45〕1929年他又提出「時代給予人們以怎樣的影響」乃「人們的集團的活力又怎樣將時代推進了新方向」的新闡述。這就使茅盾關於時代性與時代精神的理論，科學化、系統化了。在此基礎上，他提出無產階級革命文學創作的三要素：即與時代「有極親密的關係」，有「實感」，具文學素養。〔註46〕三者統一表現於文學中，就是「思想與技巧，兩方面之均衡地發展與成熟。」這兩者之統一，又取決於「有組織力，判斷力，能夠觀察分析的頭腦，而不是僅僅準備

〔註42〕1982年11月23日《人民日報》：《紀念潘漢年同志》。
〔註43〕《讀〈倪煥之〉》，《茅盾全集》第19卷，第204頁。
〔註44〕《文學與人生》，《茅盾全集》第18卷，第270～271頁。
〔註45〕《小說研究ABC》，《茅盾全集》第19卷，第74～75頁。
〔註46〕《歡迎〈太陽〉》，《茅盾全集》第19卷，第163頁。

好一個被動的傳聲的喇叭；他須先的確能夠自己去分析群眾的噪音，靜聆地下泉的滴響，然後組織成小說中人物的意識；他應該刻苦地磨練他的技術，應該揀自己最熟悉的事來描寫」，決不能僅憑「耳食的一點社會科學常識」去寫「『賣膏藥式』的十八句江湖口訣那樣的標語口號式或廣告式的無產文藝。」〔註47〕

　　這些觀點是茅盾對無產階級革命文學理論的重要貢獻，對中國馬克思主義美學、對後來的左翼文壇和他自身的創作，都有指導意義。

<h2 style="text-align:center">二</h2>

　　馬克思說：「希臘神話不只是希臘藝術的武庫，而且是它的土壤。」〔註48〕茅盾當年研究神話既爲獲得藝術土壤，也爲借鑑歐洲而窮本溯源。他把研究所得帶到日本，又從書攤搜得許多新材料。他說這時「因爲動輒得咎，我只好寫一點決不惹起風波的東西，這就是《神話雜論》（1929 年 6 月）。」〔註49〕晚年他在紀實詩中寫道：「五十年前流亡日，文壇爭論正喧闐。聯驅蚊蚋搜神話，不料專家出後賢。」〔註50〕茅盾這時研究神話，還是對當時文壇割斷歷史的極「左」思潮的抵制。因此，除編輯舊作外他又有新作。

　　茅盾神話觀的形成與發展，是其世界觀、文藝觀形成發展的重要的一翼。其達到馬克思主義質變點，卻後於前兩者；是 1928 年在日本完成的。其發展過程分三個階段。1917～1925 年；這時他搜剔辨析，廣泛佔有可靠材料，打下堅實基礎，但未發表論著。1925～1928：發表論文十多篇，包括建國後出版的《神話研究》中「神話雜論」所輯的 10 篇與《各民族的神話何以多相似》、《楚辭與中國神話》、《關於中國神話》等散篇。這時他借鑑了西方人類學神話派及其代表人物蘇格蘭學者安德烈‧蘭的理論；也比較著重摩根西、泰勒的理論，主要是借鑑他們的心理說、遺形說與「取今以證古」的方法。其中茅盾有不少創新。1928～1934 年〔註51〕：形成了自己的屬馬克思主

〔註47〕　《讀〈倪煥之〉》，《茅盾全集》第 19 卷，第 211～212 頁。
〔註48〕　《〈政治經濟學批判〉導言》，《馬克思恩格斯選集》第 2 卷，第 224 頁。
〔註49〕　《我走過的道路》（中），第 43 頁。
〔註50〕　《重印〈中國神話 ABC〉感賦二絕》首闋，《茅盾詩詞集》，第 154 頁。
〔註51〕　茅盾的神話研究，到 1930 年回國前已經告一段落。這裡劃到 1934 年，因爲此年發表了《讀〈中國的水神〉》一文：此文特別重要。從 1930～1934 年他只發表過這一篇文章。此後再沒繼續寫新作。因此本節集中全面地論述他的

義性質的完整的神話觀。它基本上成型於 1929 年。代表作即《中國神話研究
ABC》、《北歐神話 ABC》與《讀〈中國的水神〉》〔註 52〕等專著與論文，及
1929 年著的《西洋文學通論》有關部分。

茅盾的神話觀大體包括五個方面的內容。

一、他科學地論述了神話的起源、發展與消亡的過程及其原因。他說：
遠古時「一個人的勞動的結果可以養活幾個人」時，就有餘力「留心自然界
的現象，防他的農作物收成不好，刮風下雨，都使他的眉毛皺一皺。」他們
就「運用他的不熟練的頭腦，替那些風雨雷雪胡謅出一些故事來，作為他的
觀察自然界的心得，並且教育他的後輩，使他們知道農作和天時的必要的關
係。」這些故事是當時「實用的『科學』；漸漸地又成為原始的宗教；最後，
由一代一代的人們增飾上許多想像和情緒，便形成了『神話』。」〔註 53〕這就
是神話的起源。

茅盾指出：神話的保存與修改與歷史家、哲學家、文學家及宗教家的行
為有關。他們根據他們的當代意識，及此意識賴以產生的當代生產方式、生
活方式，改變神話面貌，並進行加工增飾，所以，正是科學與生產日趨現代
化，不僅改變了神話賴以產生的條件，最終還導致其滅亡。這些觀點具有普
遍的理論意義。

茅盾反覆說明：神話是社會分工的產物；它的形成發展與消亡，不僅與
初民的心理、思想意識形態有制約與被制約的關係，而且與逐漸形成日趨發
展的畜牧文化、農業經濟與農業文化等生產方式因素與文化因素，有極密切
的關係。各民族的神話有異有同，同一民族不同時間與地域的神話也有異有
同，大都取決於上述主客觀因素；它制約著歷代歷史家、哲學家、文學家、
宗教家等對神話的存留與加工修改。茅盾指出：一方面這是文明漸進的標誌；
另方面文明的漸進，使神話的產生、發展、消亡成為歷史的必然。這些觀點
溝通了人類學派「遺形說」與馬克思主義的神話觀。

二、茅盾經過數年的斟酌修改，最後給神話下了科學的定義。1925 年他
在論文《中國神話研究》中所下定義是：「神話是一種流行於上古時代的民間

整個神話觀。
〔註 52〕《中國神話研究 ABC》與《北歐神話 ABC》分別在 1929 年、1930 年由上海
世界書局出版。《讀〈中國的水神〉》，初刊於《文學》第 3 卷第 1 期，1934
年 7 月 1 日。
〔註 53〕《西洋文學通論》，第 23～24 頁。

故事，所敘述的是超乎人類以上的神們的事，雖然荒唐滑稽，可是古代人民互相傳達，卻信以為是真的。」這定義沿用到 1928 年；顯係淺層次外部特徵的界定。1928 年在《中國神話研究 ABC》中，提出把握內部特徵的科學定義：「所謂神話者，原來是初民知識的積累，其中有初民的宇宙觀、宗教思想、道德標準、民族歷史最初的傳說，關於自然界的認識等等。」1929 年在《西洋文學通論》中對此定義加以發展，並作出上面引證過的那段神話產生與發展的縱向表達。由定義的形成發展可見，茅盾是把神話作為原始社會綜合的意識形態來對待與界定的。他指出：神話被經濟基礎所決定所制約，一旦產生又對後者起反作用。茅盾說：他 1928 年寫《中國神話研究 ABC》提出此科學定義時，「不知道馬克思的《〈政治經濟學批判〉導言》中有關於神話何以發生及消失」的那段名言。後來讀到並作對照，覺得自己的界定「尚不算十分背謬。」〔註 54〕其實茅盾是自謙之詞，今天我們對照後，可以斷言：兩者是一致的。

三、茅盾把神話作科學分類。首先是「原形神話」：「據遺形說，一切神話無非是原始的哲學科學與歷史的遺形。」最初的神話比較簡陋。經詩人引用「加以修改藻飾，方乃譎麗多趣。」那些「代表原始人民之思想與生活之荒誕不合理的部分」，詩人們「不敢削去，僅略加粉飾而已。這便是文明民族……神話裡尚存有不合理部分的原因。」這些「遺形」即「原始神話」。〔註 55〕其次是「次神話」：即摻雜了「後世的方士們的思想」，或「混淆了更後的變形的佛教思想」在內的，如《神仙宗鑑》、《神仙列傳》、《西遊記》、《封神榜》之類。〔註 56〕再次是「變質神話」：即「古來關於災異的迷信，如謂虹霓乃天地之淫氣之類，都有原始信仰為其背景；又後世的變形記，及新生的鬼神，也都因原始信仰尚存在而發生。」〔註 57〕茅盾認為：只有「原形神話」才是科學意義上的神話；「次神話」與「變質神話」不能算神話。但若「處處用科學手腕去解剖它」，「用歸納方法來尋求其根源，闡明其如何移植增飾而演化」，也能從中搜剔出原形神話來。〔註 58〕這些分類與解釋，除其本體意義外，還有神話研究整理上的方法論意義。

〔註 54〕 《茅盾評論文集》第 4 頁，該書前言，人民文學出版社版。

〔註 55〕 《人類學派神話起源的解釋》，《茅盾全集》第 28 卷，第 104 頁。

〔註 56〕 《讀〈中國的水神〉》，《茅盾全集》第 28 卷，第 423～424 頁。

〔註 57〕 《中國神話研究 ABC》，《茅盾全集》第 28 卷，第 283 頁。

〔註 58〕 《讀〈中國的水神〉》，《茅盾全集》第 28 卷，第 424 頁。

　　四、茅盾確立了中國神話研究的原則、途徑、方法，並初步描繪出中國神話體系的輪廓。他指出：由於中國古代文化高度發達，神話的變形、修改與流失極其嚴重。茅盾的方法論思想是：自然環境的獨特性是獨特的神話產生的原因。同一自然力作用之結果，形成了共同的或類似的神話，它又因民族、地區或時代不同，既產生變異，也相互溝通。他把中國神話歷時性階段性規律作了總括：第一階段是巫祝樂工等民間文學家的口頭流傳與加工。第二階段是文學家、歷史家、哲學家、宗教家的文字記錄、加工修改甚至篡改。這兩段有時相互交叉進行。但愈是原始、落後的民族，其原形神話保存得愈多、愈完整；愈是文明、先進的民族，其神話變形、流失愈屬害、愈嚴重。茅盾對比了中國與希臘、北歐神話後得出結論：這就是中國神話殘缺不全、希臘北歐神話豐富完整之原因；神話流失固是損失，文明程度高又是歷史的幸運。歷史發展總是辯證的。

　　根據以上理論原則與方法，茅盾把中國神話資料分為三類：第一類是原形神話保存最多者，如《山海經》、《楚辭》、《淮南子》。第二類原形神話少，次神話、變質神話多；最早的史著（特別是野史）、哲學與文學著作屬之。第三類主要是次神話、變質神話的雜書，如《神仙列傳》、《封神榜》、《西遊記》等。茅盾規劃了兩條開掘中國神話之路：「其一，從秦漢以前的舊籍中搜剔中國神話的『原形』。」「其二，以秦漢以後的書籍乃至現在的民間文學中考究中國神話的演變。」兩條路「不是平行的，終結要有交叉點」：就是從總體上恢復中國神話體系的原貌。

　　茅盾經過多年搜剔斷定：「中國神話之系統的記述，是古籍中所沒有的；我們只有若干零碎的材料。」但據此可以發現：「中國的神話原來也是偉大美麗的」。〔註59〕他以漢族神話材料為主，兼及少數民族的部分材料，整合出中華民族神話系統，是由北、中、南三個子系統組成。在《中國神話研究ABC》中，他分別以宇宙觀、巨人族及幽冥世界、自然界的神話及其他、帝俊及后羿、禹等四章的篇幅，引經據典、細致地描繪出中國古代神話體系。在中國神話研究史上，這是整理出的第一個中國神話體系及其完整描繪。它集古代研究成果之大成；這是具開拓之功的大工程。

　　五、茅盾對神話的本體價值觀、歷史價值觀、哲學價值觀、宗教價值觀、文學價值觀與審美價值觀等等，都作出深入廣泛的理論闡述。他特別強調：

〔註59〕《中國神話的保存》，《茅盾全集》第28卷，第99頁。

神話的總體審美價值在於徹底否定了歷來存在的「文學『超然』說」與「『自我表現』說」。神話的歷史證明：文學潮流並非半空掉下或夢中拾得的，它是「從那個深深地作成了人類生活一切變動之源的社會生產方法的底層裡爆出來的上層的裝飾。」「從初民時代而來的文學屬於公眾的精神產物。」〔註60〕「神話實在即是原始人民的文學。迨及漸進於文明，一民族的神話即成爲一民族的文學源泉；此在世界各文明民族，大抵皆然。」「在我們中華古國，神話也曾爲文學的源泉，從幾個天才的手裡發展成了新形式的純文藝作品，而爲後人所楷式；這便是教千年來艷稱的『楚辭』了。」〔註61〕

由此線索茅盾得出許多重要結論。其一是：「文學最初的形式只是詩。」〔註62〕而且是由神話發展而成的詩。最典型者即據希臘神話創作的希臘史詩《伊里亞特》、《奧德修紀》。其二是：「希臘的戲曲——悲劇或喜劇都起源於」希臘神話中「酒神條尼騷司之祭。」「惟悲劇發源於冬祭，喜劇發源於葡萄收穫後之祭。」祭祀方式不同，人物關係、對話、歌舞的方式亦不同，遂使悲劇喜劇分化成爲不同門類。〔註63〕

茅盾的神話觀涵蓋了中國與外國、東方與西方、理論研究史的研究與具體神話系統的研究等許多領域，已構成完整的體系。他以人類學神話學派的學說之借鑑發展爲初基，在馬克思主義世界觀方法論指導下，形成既具中國特色又具茅盾理論個性的神話學理論體系。在中國現代學術史、中國現代文學史與中國神話研究史上，茅盾都是中國神話學的奠基人與偉大開拓者之一。

三

茅盾沿著神話研究的溯本求源的路子順流而下，陸續出版了《希臘文學ABC》（1930）、《騎士文學 ABC》（1929）、《西洋文學通論》（1930）三部專著；《近代文學面面觀》（這是對特定國家的文學的綜合研究，1929），《現代文藝雜論》（文學流派研究，1929）、《六個歐洲文學家》（1929）三部論文集。再

〔註60〕 《西洋文學通論》，第 14、20 頁。
〔註61〕 《〈楚辭〉與中國神話》，《文學週報》第 6 卷第 8 期，1928 年 3 月，曾作爲 1928 年出版的茅盾選注的《楚辭》的「緒言」，《茅盾全集》第 28 卷，第 86 頁。
〔註62〕 《近文學體系的研究》，《中國文學變遷史》，第 12 頁。
〔註63〕 《希臘文學 ABC》，世界書局，1930 年版，第 49～50、66～67 頁。

加上後來的《漢譯西洋文學名著》（1934）、《世界文學名著講話》（1936）及一大批散篇論文，茅盾完成並推出了「五四」以來到30年代初止中國學術界最完整、最廣泛的西歐文學與東歐、北歐文學研究體系。他成了當時最著名、最富創見、貢獻最大的外國文學研究專家之一。特別是歐洲文學思潮發展史鉅著《西洋文學通論》，是系統地體現其馬克思主義美學觀與文學史觀的歐洲文學史研究的集大成之作。此書的貢獻有以下幾點。

　　一、以馬克思主義關於經濟基礎、上層建築意識形態的理論為指導，確認了階級社會中文學的意識形態社會政治屬性，批判了掩蓋這屬性的「超然」說與「自我表現」說：他把文藝是「人類生活一切變動之源的社會生產方法的底層裡爆出來的上層的裝飾」看作「研究文藝史者應得有的一個基本觀念。」他指出：文學家「是住在這社會裡的」；「社會的意識形態，時時刻刻在影響」他們；「自來的文學家都是——而且以後也是，只反映了他所在的那個社會裡的最有權威的意識，就是支配階級的意識」。〔註64〕「當然，文學家的作品都是通過了『自我』而出現」，但「這個『自我』只是那個構成社會的『大我』中間的一分子，是分有了『大我』的情緒與意識的！」他不能從「他所屬的『大我』分開或游離，而有一個他單獨的『自我』。」〔註65〕茅盾承認有與其本階級「發生反抗的文學家」，但不認為他們有「超然」性。他們的反抗本階級，是因本階級「已經有了裂縫」，社會上又有「和這支配階級對抗的新興階級」，這些文學家「依著他環境的關係而傾向到新興階級這方面」，受到其影響且轉到「新興階級」這「大我」中成為其一份子。〔註66〕因此他們同樣並未「超然」。於是茅盾得出結論：「文學史的研究者不可不拔去了這一切的『超然說』和『自我表現』；從深底裡去探索無數的作家們的無數傾向之不得不然的規律。」〔註67〕這個觀點不僅在當時，就是對今天新時期中國文壇，也具有理論指導意義。

　　二、茅盾根據上述理論及唯物論的反映論，發展了他不斷深化著的關於文學與社會政治之關係的理論：他指出一條連鎖反映規律，「每一次生產手段的轉變，跟來了社會組織的變化，再就跟來了文藝潮流的變革。」前者愈進步，變革愈快，「文藝的變革亦愈快」。並非文藝家「想要怎樣怎樣改變就改

〔註64〕　《西洋文學通論》，世界書局，1929年版，第14～15頁。
〔註65〕　《西洋文學通論》，第17頁。
〔註66〕　《西洋文學通論》，第14～16頁。
〔註67〕　《西洋文學通論》，第17頁。

革了的，是推動人類生活向前進展的那個『生產方法』的大磐石使得文學家不得不這樣跑！」〔註68〕由此茅盾得出結論：「文藝之必須表現人間的現實，是無可疑議的。」於是茅盾又否定和修改其「鏡子」說與「指南針」說；提出了著名的「斧子」說：「文藝不是鏡子，而是斧頭；不應該只限於反映，而應該創造的！」〔註69〕這就從文學的指示作用躍進到參與改造與創造作用的新階段。

不過茅盾此時仍存在局限：只談了物質生產與藝術生產的一致性與雙向作用性；而沒指出二者之間還存在著不平衡性這一相對應的馬克思主義美學規律。

三、茅盾在新的基點上重新梳理了文藝思潮史發展規律，突破以至否定了自己過去部分的偏頗的論點：首先，他以自己關於文藝的社會性、時代性、階級性的理論為基點，歸納出「西洋文學進程」的「三條大路線：從天上到人間，從規矩準繩的束縛到個人的自由表現，從娛樂到教訓，組織意識。」〔註70〕這三條路線的基本軌跡是：「從初民時代而來的文學是屬於公眾的精神產物這一觀念……直到重商主義在歐洲抬頭，文學家在社會的地位，方由公眾的退而為個人的。」〔註71〕但「文藝之必須能為人人所懂得，所欣感，又是天經地義的條件。自然主義以後的諸新派，因為要表現所謂『內在的真實』」，「於是文藝感應的範圍便縮小至於他們自己派中的專門家。這又是非常厲害的病態。」〔註72〕茅盾總結出的實際上是文藝創作的個體性與文藝作品欣賞的社會性相統一的規律。若能適應此規律，文藝就能得到健康發展與社會承認；反之則否。這對指導後人去處理文藝與社會的關係，頗為有益。

茅盾概括出的文藝思潮發展的另一規律是：寫實的精神（「理知的、冷觀的、分析的精神」）與浪漫的精神（「感情的、主觀的、理想的精神」）是兩個「構成文藝的要素；無論文藝上的思潮怎樣變遷，無非是這兩種精神的互相推移」，「或是機械的一起一伏。」「凡是一個蹶起的而要求支配權的階級」，「表現在文藝上，是浪漫的」。當它「取得了支配權，而且又漸漸地走向崩壞」，「在

〔註68〕　《西洋文學通論》，第 13 頁。
〔註69〕　《西洋文學通論》，第 322 頁。
〔註70〕　《西洋文學通論》，第 321～322 頁。
〔註71〕　《西洋文學通論》，第 20 頁。
〔註72〕　《西洋文學通論》，第 323 頁。

文藝上的表現，也就是寫實的」。〔註73〕上述說法的前半是符合事實的，因而
是正確的，後半則不完全符合事實，也與茅盾全書的具體闡述的某些歷史情
況有違，是不完全正確的。

此失誤的原因之一，仍是迄今茅盾不能區分自然主義與寫實主義，他這
裡所說的文學的「寫實」傾向與支配階級走向崩壞相關，很大程度上是指自
然主義。然而即或如此，此論也難以成立。因為文學上浪漫傾向與寫實傾向
之形成因素很多，不能簡單地歸結於支配階級所處的蹶起階級或崩壞階段所
致。倒是茅盾把自然主義以後的名目繁多的「新派」即現代派諸流派的產生，
歸結於與支配階級處「崩壞」階段有關，更比較近於真實。

他認為這些「新主義都不免有些病態」，「都是極度矛盾混亂的社會意識
的表現。」〔註74〕這是無產階級與資產階級對峙，導致意識分裂，使「中間
階級的文藝創造的主要者的智識階級」眩惑苦悶，「統一的信仰是沒有了，意
識是分裂了，個人主義與集團主義在他們精神上爭勝」所導致的病態文藝。
〔註75〕茅盾指出：它們有三個特點：「都不主張客觀的寫實，都抱著只能表現
內的真的精神，外形是否『如實』便無足輕重。」「都是熱情的很會吵鬧的」。
「都是排斥幻想，不主張以神秘的意義來解釋人生」。「他們並不把人生看成
空虛，把自己作為非人生的一份似的冷冷地觀察。」〔註76〕除了第三點的後
半不甚準確外，這些概括大體準確而符合規律。這在我國新時期出現的現代
派諸流派中，也得到證實。因此茅盾的概括具普遍性的理論意義。

根據自己的總結，茅盾預言：「寫實主義的回來，在全世界已成了普遍的
狀態」。但「回到寫實主義的作家們也多少表示出他們已不是從前的寫實主義
了。將來的世界文壇多半是要由這個受難過的新面目的寫實主義來發皇光
大。」〔註77〕

這是頗有見地的結論，已被後來的文學歷史所證實。

四、對高爾基為代表的蘇聯社會主義文學發展歷史作出系統描繪；對高
爾基及其現實主義作出科學評價：與對西歐資產階級民主主義文學的介紹與
評價相比，茅盾對蘇俄文學雖也作過介紹與評價，但不夠充分。《西洋文學通

〔註73〕《西洋文學通論》，第 21 頁。
〔註74〕《西洋文學通論》，第 286 頁。
〔註75〕《西洋文學通論》，第 283 頁。
〔註76〕《西洋文學通論》，第 285 頁。
〔註77〕《西洋文學通論》，第 324 頁。

論》糾正與彌補了過去的不足，作出突破性的新開拓。它承接著對普希金以降俄國現實主義文學大師群體及其他流派的重要作家的系統介紹評價之後，單闢出第十章「又是現實主義」，對蘇聯文學及其影響下的其他國家無產階級作家如巴比塞等，作了系統介紹與評價；諸如瑪雅科夫斯基為代表的由未來派轉向無產階級文學陣營的一群、「同路人」作家群、愛倫堡、賽甫林娜、巴倍爾、列昂諾夫、格拉特闊夫、法捷耶夫等等，在這一章裡都得到較為公允的評價。使人對 1929 年以前的蘇聯文學及其發展歷史、代表作家，有較系統的認識。

特別引人注目的是，茅盾用大量篇幅對高爾基作了完整系統的論述。《西洋文學通論》付梓的 1929 年底，他又把有關高爾基的部分加以擴展重新寫過，以《關於高爾基》為題發表。〔註 78〕茅盾這次評價高爾基，有兩大突破：一是不再把他劃入自然主義，而是劃入現實主義，並指出其嶄新的特質。二是糾正了此前對高爾基認識的不足與評價的失誤。他真正確認了高爾基劃時代的偉大無產階級作家的文學史地位。

茅盾曾把高爾基與安得列夫並提，認為他們分別代表 19 世紀到 20 世紀俄國文學前後兩期的趨勢。此後的《海外文壇消息》（173）「俄國革命的小說」、（191）「蘇俄的三個小說家」和（203）「俄國的新寫實主義及其他」三篇文章中，都隻字未提高爾基。這是明顯的忽視。他提出文學的「指南針」說（「指示人生到未來的光明大路的職務」）時並無強有力的實證。但在《西洋文學通論》與《關於高爾基》中發展為「斧子」說時，卻首先例舉高爾基，從而提供了強有力的實證，加強了其指導意義。他說：文學的「斧子」作用，是「砍削人生使合於正軌」。文學不只描寫「已成的器具，兼要表現出砍削的過程來。福瑪和葉和亞〔註 79〕就是砍削過程中的未完成品。雖說是棄材，意義卻是大的！」像他們「那樣的不滿足，無顧忌，熱烈追求人生的真意義真價值，那樣的 bossyaki〔註 80〕的精神，對於青年是一服健康的補藥。有了這樣的『赤腳漢』的精神的青年，然後放在『聞道』以後作一名勇敢的人生的戰士」。所謂「聞道」，茅盾是指接受馬克思主義，具無產階級覺悟。這

〔註 78〕刊於《中學生》雜誌創刊號，1930 年 1 月 1 日。以下引文未注出處者均引自此文。

〔註 79〕這是高爾基《福瑪・高爾傑夫》和《他們三個》兩部小說中的主人公。

〔註 80〕茅盾在《西洋文學通論》中解釋此詞說：「依字義直譯是『赤腳漢』之意。」（228 頁）以下我引茅盾此英語音譯俄語此詞時均據此改為「赤腳漢」。

就闡明了「斧子」「砍削」作用的真正涵義。這裡也充分估價了高爾基及其作品的審美價值。

　　茅盾把高爾基的文學道路劃爲三個時期，作了系統評述。第一期（1892～1905年）「是新時代的預言者」與「傳令官」。高爾基「走在時代之前」，「成爲那時俄羅斯的引導的精神。」〔註81〕其代表作詩歌是《海燕》、《鷹之歌》；小說就是《福瑪‧高爾傑夫》、《他們三個》。正是這些小說作品推出的「赤腳漢」形象群，以其「英雄的氣質和浪漫的習慣」與「唯一的自由人」性格特質，被茅盾所稱道：他們是無產階級最早被反映到文學作品中的典型，「他們蔑視一切既成的什麼規律和信條，他們要自己來創造生活。」這種嶄新形象的出現，在俄國、在全世界都是第一次。第二期（《西洋文學通論》中說是1905～1910年，《關於高爾基》中卻把上下限分別提前和推後了一年）的代表作是《母親》和《夏》，其人物已突破自發階段進入自覺階段，「是有政治意識及階級覺悟的勞工者。」茅盾說：這時高爾基「已經把他所有的百分之幾的浪漫主義洗掉，成爲更『寫實的』，但不是客觀的冷酷的寫實主義而是以對於將來的確信做基調。」「把人物的行動安放在更加非個人主義而爲集團的社會基礎上。」第三期（1910年以後）的代表作是回憶錄《懷舊錄》與三部自傳體小說：《童年》、《在人間》、《我的大學》。茅盾支持認爲高爾基的作品「第三期爲最佳」這一評價。他認爲「詩人的高爾基」在這期作品中體現得最充分。第二期的特點是「社會主義者的高爾基」。而第一期則是「開風氣，振人心，在灰色空間豁剌剌地閃著電光的高爾基。」於是茅盾得出結論：「高爾基是三重的天才。」

　　茅盾對高爾基的評價，突出了兩點：一、「高爾基屬於民眾的，他是基本的，他又是廣大的，他是民眾的永續，正像民眾是他的永續一樣。現代的蘇俄文學中，更沒有第二人配稱爲民眾的作家。」「因爲高爾基的作品不僅是民眾的寫照，且是民眾的自己表現。」二、突出地概括與肯定了高爾基的現實主義的新質。爲了說透問題，這裡需要追溯一點兒過程。

　　1924年茅盾在《海外文壇消息》（203）「俄國的新寫實主義及其他」中所說的「新寫實主義」，是被稱爲「電報式」的寫實主義。他說當時蘇聯因紙張缺乏，刊物與作家只能「用最經濟的方法寫他們的故事」；「刪盡枝葉，只剩下骨幹」；「凡是可省的字，統統都省去。」不過這種「新寫實主義」和茅盾

〔註81〕　《西洋文學通論》，第290～291頁。

所稱道的高爾基的新現實主義是兩回事。茅盾說：「高爾基是把被人攻擊到體無完膚的寫實主義在新基礎上重新復活了的；他的客觀描寫不是冷酷的無成心的客觀，而是從客觀的事物中找他的主觀的信仰的說明；他亦科學的分析社會力之構成及其發動之姿態。可是他的《母親》不像左拉《礦工》之終於失望；他衝破了神秘主義的迷霧，將地下的烈火照耀了人間。自然主義以後的諸『新派』說客觀的描寫結果只能引人到機械的人生觀，失望和頹廢。他們是因為要矯正自然主義就連『寫實』的手法也摒棄了。高爾基卻給我們看，在作者心中燃燒著烈焰似的感情時，寫實的手法也不一定是冷酷悲觀。」〔註82〕因此茅盾才有充分根據預言：將來的文壇多半要靠高爾基所代表的新寫實主義來「發皇光大」！

至此，茅盾終於把自己過去扣在高爾基頭上的自然主義帽子摘掉了；而且把他的新現實主義與巴爾扎克、托爾斯泰、契訶夫的現實主義作了質的區分。於是茅盾不僅已經走到區分自然主義與現實主義的臨界點，而且也走到了批判現實主義的下線，觸摸到1934年高爾基與斯大林合作，正式提出的社會主義現實主義的軀體與神經了！

茅盾斷言：高爾基的出現，「其意義不下於革命。」〔註83〕此語是對高爾基所作的極高的文學史評價。

《西洋文學通論》是茅盾外國文學研究集大成之作，也是他到20年代末為止的美學觀的整體性顯現。當時「歐」風「蘇」雨在意識形態領域與文壇的碰撞，席捲了全球也席捲了中國。中國文壇借鑑蘇聯時，又有「左」傾幼稚病的泛濫。茅盾此作的出版，使人頭腦清醒，使人從全世界文學思潮史總體格局看各個局部的定位及其價值，從而展示出蘇聯社會主義文學的價值，及中國借鑑蘇聯文學倡導無產階級革命文學的意義。

《西洋文學通論》對茅盾及茅盾研究還有特殊的意義。我們只看到日本時期茅盾無產階級世界觀美學觀所具的新質，而不知其讀過哪些書，思考過哪些問題。「北歐運命女神」又具有哪些具體特指性涵義。對這些問題，《西洋文學通論》提供了許多線索，也作出總體性的回答。

《西洋文學通論》及此一時期的論文，開創了一種「史論結合、以論帶史、以史揭櫫理論體系」的文論方法。此作文筆活潑，有文學性描繪，有哲

〔註82〕《西洋文學通論》，第296頁。
〔註83〕《西洋文學通論》，第286頁。

理性闡發，色彩斑斕，氣勢磅礴，一瀉千里，能總覽全局，在展示茅盾理論風格與學術個性特徵上，頗具代表性。

《西洋文學通論》與《關於高爾基》寫於 1929 年，離茅盾回國只有四個月左右。茅盾回國後能立即以新姿態、新立點參與領導左翼文壇，此作說明了部分原因，提供了部分答案。

《西洋文學通論》也有部分失誤與不足。除尚未徹底區分自然主義寫實主義之外，如對易卜生創作主流所論不準，對巴爾扎克等作家重視不夠，對俄蘇文學的展示還可再開闊一些等等，都留下遺憾。

但與書中的那些精論卓見相比，這畢竟是白璧之瑕。

第三節　《野薔薇》、《宿莽》與長篇《虹》

茅盾的文學、社會功能觀由 1922 年的「鏡子」說（《文學與人生》）和 1925 年的「指南針」說（《文學者的新使命》），赴日本後發展到 1929 年的「斧子」說（《西洋文學通論》），歷時整整八年。這在日本時期的創作中有明顯的反映。在日本，茅盾出版了第一個短篇小說集《野薔薇》，〔註 84〕完成了另一個短篇小說散文合集《宿莽》，〔註 85〕出版了第二部長篇《虹》。此外還有些散文未結集。

一

從情感基調看，日本時期的創作與《蝕》的血緣關係最近的是散文。赴日前所寫抒情散文《嚴霜下的夢》，實際上是此後其他散文的「總綱」。此文幾乎可以說是《蝕》三部曲的高度濃縮。

經過多年散文創作實踐後，茅盾總結道：「我也曾嘗試找找『性靈』這微妙的東西，不幸『性靈』始終不肯和我打交道；但我卻也以為『個人筆調』是有的」，這「『個人筆調』倒和性靈無關。而為各人的環境教養所形成，所產生的；我的隨筆寫來寫去總不脫『俗』的議論的腔調，恐怕就是一個例罷！」他又說：「特殊的時代常常會產生特殊的文體。」「隨筆之類光景是倒過來『大

〔註 84〕所收 5 個短篇中《創造》寫於國內，其餘寫於日本。1929 年 7 月由大江書舖初版。

〔註 85〕所收作品除《豹子頭林沖》、《石碣》、《大澤鄉》為回國後所寫外，其餘均寫於日本。1931 年 5 月由大江書舖出版。

題小做』的。」〔註 86〕這是茅盾對自己二三十年代散文隨筆文體與筆調特徵的準確概括；也反映出散文創作的一般規律。

茅盾的文學創作，散文早於小說。開始時他試用了各種文體。赴武漢前與武漢時期從他試用「十八般兵器」中選中了政論式雜文作「趁手兵器」；三言五語，潑辣犀利，展現出他社會剖析與社會批評的才華。「四一二」後茅盾蟄居上海。時代壓抑造成的悲憤不吐不快；在白色恐怖文網中又無法直抒胸臆。從《嚴霜下的夢》起茅盾開始了政論性、象徵性、哲理性相結合的抒情散文創作階段。赴日後名篇迭出，使此文體日臻成熟。除《速寫》（一）（二）、《櫻花》、《鄰一》、《鄰二》等紀實速寫僅是寫真的創作「毛坯」外，多屬突出時代苦悶情懷的抒情散文。這個散文創作階段，可以稱作「苦悶的象徵」階段。代表作即《嚴霜下的夢》及《叩門》、《賣豆腐的哨子》、《霧》、《虹》與《紅葉》。〔註 87〕《蝕》般的幻滅與追求同在的人生體驗，與時代壓抑導致的苦悶與亢奮並存的情懷，都借助象徵寓意噴薄而出了。

《嚴霜下的夢》寫得最早，筆法又最直露。它現實主義與現代主義手法並用，借三個夢的「寫真」把血與火交織的社會現實與時代慘劇加以變形；用意識流手法重新「組裝」。三個夢是大革命前、中、後三個階段時代風貌的剪影。革命高漲時的壯闊場景；「四一二」的鮮血與作家焚毀這黑暗牢獄的情感烈火；低潮期「左」傾盲動的狂熱與灰色的頹廢生活的衝動；這一切被熱情謳歌、憤懑呼號、辛辣諷刺的複調所貫串；把險惡的意境，奇特的構思，悲憤與熱望交織的激情，以及茅盾心境自剖的表白與時代感受、歷史追求等等，統統融於象徵意象的形體中，一瀉千里地向讀者傾訴！

這種主旋律，統貫了赴日後所寫的全部抒情散文。它廻旋複沓，避實就虛，寫真的畫面更加淡化；幻滅的苦悶日漸被理想的期冀與樂觀的情致所淹沒，象徵色彩一篇比一篇濃。很久以來，人們誤以為只要用某種具體事物表現某種抽象意義就是象徵了。其實象徵的契機，在於以某種具體形象，概括

〔註 86〕《〈速寫與隨筆〉前記》，1935 年 12 月，《茅盾全集》第 20 卷，第 586～587 頁。

〔註 87〕分別刊於 1928 年 2 月 5 日《文學週報》第 6 卷第 2 期，1929 年 1 月 10 日《小說月報》第 20 卷第 1 號，2 月 10 日第 20 卷第 2 號，3 月 10 日第 20 卷第 3 號，《速寫》（一、二）刊於 4 月 10 日第 20 卷第 4 號。《櫻花》、《鄰一》、《鄰二》，刊於 1929 年 10 月 15 日《新文藝》月刊第 1 卷第 2 號。後六篇收入《宿莽》，這些散文全收入《茅盾全集》第 11 卷。

更爲普遍、豐富、廣博、深刻、複雜，因而也更具張力的抽象意義；並需以含蓄蘊藉、耐人尋味、具最大程度的概括力與充分形象化的藝術表現力爲前提。茅盾抒情散文的象徵表現的力度，恰恰就在這裡。但在意象意境的選擇與闡發上，也仍嚴守依照生活本來面目作現實主義寫眞的原則。這就使其筆下的自然現象的象徵寓意能包容恢宏開闊錯綜複雜的社會政局與動亂的時代潮流，從而臻於形神契合的境界，那「議論腔調」也渾然天成。

「霧」是他概括大革命失敗後的時代環境最重要的象徵形象。「霧」最早出現在《賣豆腐的哨子》裡；借助捕捉與強化了的頗具異域情調的賣豆腐的「哨音」，把「胸間那股迴蕩起伏的悵惘的滋味」充分抒發出來之後，茅盾推出撼人心魄的「霧」的象徵形象：「我猛然推開幛子，遙望屋後的天空，我看見了些什麼呢？我只看見滿天白茫茫的愁霧」。文章以這「霧」的形象描繪結尾，留下了愁上加愁的餘音！

在《霧》裡，茅盾把「霧」的形象動態化了：「抹煞一切的霧」與寒風冰雪，是具對比作用的對立性形象。抒情主人公說：他寧願呼喚能驅除「頹唐闌珊」並能「刺激人們活動起來奮鬥」的「疾風大雨」；而「霧」卻只能使人苦悶、頹唐闌珊，「像陷在爛泥淖中，滿心想掙扎，可是無從著力呢！」「既然沒有呆呆的太陽，便寧願有疾風大雨。」「霧」顯然是茅盾詛咒鞭撻的象徵形象。這一切表達了茅盾驅除苦悶焦灼，呼喚新的戰鬥生活的時代飢渴！這種情致，茅盾在《追求》中通過曹志方、章秋柳的心態描繪及章秋柳與史循的性格對比描寫，曾經一再宣泄過。〔註88〕散文中「霧」的象徵形象，與此一脈相承。此外，茅盾筆下的「霜葉」、「紅葉」是諷刺假革命的象徵形象（《紅葉》）。「虹」是描摹虛假的革命高潮與羅曼諦克幻想的象徵形象；這裡既寄寓著對眞切踏實的革命者的期冀，也夾雜著對上述虛假幻想的失望；這是「尚思作革命的追求」的審美取向的對應物。

一面寫現實的嚴峻，一面寫「未來的閃光」，透過前者，展現與追求後者，是這批抒情散文的眞諦所在。但就象徵基調看，苦悶與悲憤是主導方面。同是象徵，不同時代在創作個性中打上的可能是不同的時代烙印。從這個角度說，20年代末茅盾的抒情散文，是以「苦悶的象徵」爲基調的。它是「鏡子」，也一定程度上有「指南針」作用。但缺乏「斧子」的鋒利，也起不到其「砍削」作用。所以長篇《蝕》的局限性，這批散文也大體具備。

〔註88〕參看《茅盾全集》第1卷，第306、326、376～377、418～419頁。

二

　　與抒情散文比，這時期的短篇小說要冷靜樂觀得多。茅盾說，他寫這些小說時的心情，是「不要感傷於既往，也不要空誇著未來，應該凝視現實，分析現實，揭破現實」。〔註89〕這些話，再加上歷史反思性，大體就是這些短篇的思想特質與寫作態度之特徵。

　　這時茅盾在停下來思考過程中，系統翻檢了「五四」以來形形色色的人生道路，更從容地審視了靜與慧這兩型時代女性的人生閱歷與經驗教訓。他把這橫向展開的時代女性這兩型，放到歷時性時代潮流中縱向展開，推出另兩型「光譜」般的時代女性群。

　　第一型是應「五四」大潮而生，卻未能介入大革命壯潮的半新不舊的女性。《一個女性》〔註90〕中的瓊華，是「五四」運動婦女解放的產物。故能衝破包辦婚姻，享受自由戀愛的權利；但卻擺脫不了經濟地位的制約。她的家庭的興衰，決定著包圍她追求她的那群浮浪子弟的態度。家庭的破落使她從「女王」地位跌落下來，充分體會了世態炎涼；也扭曲了她善良純真的性格，確立了她「詐巧陰狠」，以「假我」待人的處世態度。小說借助經濟利害與封建倫理道德兩支槓桿，解剖與展現鄉鎮青年那陰暗灰色的人生，也突出描寫了把愛情置於至高無上地位，必然失掉革命人生真諦的「五四」新女性的一種類型的命運悲劇。《自殺》〔註91〕中的環小姐與瓊華不同。她也充分利用「五四」時代賦予的權利，一度切近了革命。但她與一位革命者的一次做愛，鑄成了畢生的命運悲劇。她的「他」必須「永遠的奮鬥，不到死，不能離開他的崗位。」所以他不得不離開她，赴「神聖的事業」去了。留下懷孕的環小姐，吞食「世界太美麗，而她的命運太殘酷」的苦果。「事」並未敗露，也無人干預。但一息尚存的封建制度，依傍著她心中的頑固的貞操名節觀念，使她自艾自責自我折磨。她也意識到如果大膽跟著潮流走，未必跟不上急劇變革的社會新生之出路。但她又認定，「解放，自由，光明！」「一切都是哄騙人的」。她缺乏慧女士的勇敢與靜女士的執著，終於在「心造的幻影」中自戕，成了半新不舊的，代表又一種悲劇命運的纖弱型的時代女性。

〔註89〕《寫在〈野薔薇〉的前面》，《茅盾全集》第 9 卷，第 523 頁。
〔註90〕1928 年 8 月 20～25 日寫於東京，初刊於同年 11 月《小說月報》第 19 卷第 11 號，初收於《野薔薇》，見《茅盾全集》第 8 卷。
〔註91〕1928 年 4 月 8 日寫於東京，初刊於同年 9 月《小說月報》第 19 卷第 9 號，初收《野薔薇》，見《茅盾全集》第 8 卷。

《詩與散文》〔註92〕中的桂少奶奶則是未經「五四」洗禮，卻通過自私的丙少爺間接地受其影響，脫掉了環小姐身上這層封建貞操名節的「殼」，勇敢地享受她那環境中僅能得到的「解放」：肉慾的放縱。但丙沒有環小姐那個「他」那種神聖事業爲藉口；丙是以「散文」不如「詩」爲始亂終棄的詭辯口實，逞其喜新厭舊之宗旨。但桂卻不是環，她以靜的執著、慧的勇敢與報復心，以牙還牙，在強逼丙再給她一次「實實在在的事兒」後，就毅然拋棄了他！遺憾的是桂不具備《創造》中嫻嫻的那種更高層次的人生追求；否則她有希望進入第二型。

　　這第二型是由「五四」走向大革命，有所沾濕又在逆境中徘徊，甚至落荒而走的革命的時代女性群。她們與《蝕》中的慧、孫舞陽、章秋柳有同也有異。茅盾不是「炒冷飯」的作家。她隨著時代發展寫大浪淘沙中沉沉浮浮的時代女性。《曇》中的張韻與《陀螺》〔註93〕中的五小姐都是介入過大革命的。「四一二」後張韻只得回家借書解愁。但父親又給她安排了一條當軍閥第×房姨太太的「出路」。她只好被迫再次出走。張韻從封建家庭牢籠走向革命；革命失敗後又陷入封建家庭牢籠！再次出去前景如何？聰明的茅盾不去回答，只留下一個等待回答的古老的「易卜生命題」——這也是茅盾停下來思考的人生道路大問題的一部分。和其他時代女性比，《陀螺》中的五小姐是最老氣橫秋者。在同一作品中，另一人物徐女士的對比下，她的個人悲劇更能揭示時代悲劇。這個當年「哭時要哭個痛快，笑時要笑個痛快」的人，經過時代挫折，只剩下疲倦與表現憤懣的「什麼都是假，什麼都是空」的口頭禪了！她幻滅了，也動搖了；唯一能透點「追求」亮色的，是具象徵生命意識味道的行爲慣性：不斷地「吃醮奶油的餅乾」。這說明這位落荒者還有略帶淒涼味道的微弱的期待。同一作品中的徐女士，是這組時代女性「光譜」中最具亮色者。她堅持「努力加理智」的人生哲學，「要把我們的生命力在灰色的人生上劃一條痕」，「擴展到全社會，延續到未來的世紀！」這體現出茅盾對大浪淘沙後堅實沉積的積極力量的發現；寄託著茅盾「北歐運命女神」般的期冀。徐女士似乎是茅盾心中醞釀的一部新的長篇小說中的主角的「梗概

〔註92〕1928 年 12 月 9 日寫於京都，初刊於同年同月《大江》第 1 卷第 3 期，初收《野薔薇》，見《茅盾全集》第 8 卷。

〔註93〕分別寫於 1929 年 3 月 9 日與 11 月 5 日，初刊於同年 4 月《新女性》第 4 卷第 4 號與 1930 年 2 月《小說月報》第 21 卷第 2 號，初收入《野薔薇》與《宿莽》，見《茅盾全集》第 8 卷。

式」人物。茅盾所寫的她的那段「意識流」般的回憶，似是將派用場的「毛坯」：「徐女士的望空的眼前煙霧似的舒捲著一些山水思想人物：長安的積雪，渭水的漸冰，八個月的圍城，白骨，飛機，炸彈，餓莩，革命，女兵，華清池的溫泉，病院，傷兵，殺不盡的『反』革命，倉皇渡江，潯陽，秣陵，呵，梅女士，海風，月夜的東照宮，咄，東海線午夜急行車中，『便衣』，盤問，又是病，嵐山，高雄，架空電車，琵琶湖，愛，嗔，痴，恨，而現在又是這日落的上海，又是這砰呯的槍聲。多變幻呀！誰說不呢？然而總不是『假的』，也無所謂『空』。」〔註94〕這段話容量極大，是這代革命者與徐女士這典型滄桑經歷的高度濃縮；從北伐到「四一二」後的時間跨度；從陝西、江西、江蘇到日本、台灣、上海的空間跨度，酸甜苦辣的人生體驗；樂觀向上的人生追求；這一切活畫出一個「在人生的深處打過滾的人」那執著追求、不顧一切，永遠向前衝的理想化人物，這體現了茅盾凝視現實、分析現實、揭破現實的寫作初衷，也粗線條勾勒出後來的《虹》與未寫出的《霞》及《霜葉紅似二月花》大綱的輪廓。徐女士的話中迸出一個「梅女士」，分明揭示了徐女士與梅行素等《虹》中人物的血緣關係。所以我認爲，徐女士是這組短篇推出的《光譜》般時代女性群的「句號」，也是《野薔薇》、《宿莽》與後來的《虹》間的「生命通道」！

　　這「五顏六色」的兩型時代女性群，反映出茅盾凝視由「五四」到大革命失敗後各類青年與年輕的革命者複雜變幻的生態所得的結論。如果打破性別的界限，更易窺見茅盾的視野。因爲《色盲》〔註95〕的男主人公林白霜，是個特殊的「時代青年」典型。他分不清革命、不革命、反革命風雲變幻的紅、黃、白等五光六色，在他眼中這一切都是一片「灰色」，他患了政治上的「色盲」症。他在戀愛生活中，動搖於資產階級的西方型女性李惠芳與封建色彩較濃的東方型的女性趙筠秋之間難以決斷；這正好和他的政治選擇的搖擺性相對應。林白霜的性格與《動搖》中的方羅蘭一脈相承。《色盲》還與《創造》相呼應，也是穿著「戀愛外衣」體現政治寓意的小說。不過它比《創造》的政治寓意要「顯」。這位男性人物也比上述女性的個性與典型性更鮮明更充分；實際上他是對上述兩型時代女性的重要補充。

〔註94〕《茅盾全集》第 8 卷，第 188 頁。
〔註95〕1929 年 3 月 3 日寫於京都，初刊於同月 25 日和 4 月 4 日《東京雜誌》第 26 卷第 6、7 號，初收入《宿莽》，見《茅盾全集》第 8 卷。

　　這時茅盾的短篇創作也有敗筆，那就是首次寫農民運動題材的《泥濘》。
〔註96〕這是「僅憑國內傳來的消息」〔註97〕寫的概念化作品。它擴大了茅盾
小說的題材，作者也想藉此發揮「斧子」的作用。但兩者都因缺乏生活眞實
性而徹底失敗了。

　　茅盾這批短篇在創作方法與小說文體上，作了多種藝術探索與創新。茅
盾說：「一個已經發表過若干作品的作家的困難問題也就是怎樣使自己不至於
粘滯在自己所鑄成的既定模型中；他的苦心不得不是繼續地探求更合於時代
節奏的新的表現方法。」茅盾的《野薔薇》與《宿莽》，就「鏤刻著這樣的『苦
心』」。〔註98〕在創作方法上茅盾努力控制主體意識的直露傾瀉，使之盡可能
隱身於人物與情節中。這種極客觀的現實主義描寫，不同於這時的主體意識
外露的抒情散文；也不同於《蝕》三部曲。茅盾還努力強化社會剖析的力度，
盡量使心理剖析與社會剖析結合得天衣無縫。限於短篇文體寫生活的橫截面
的特徵，茅盾的社會剖析的歷史縱深，受到很大限制。他往往把宏大的時代
背景納入橫截面的生活片段中。因此往往在心理剖析中盡量擴大社會剖析之
投影的空間。爲了克服主體意識受到客觀描寫的限制，以及社會剖析深廣度
受短篇小說橫截面筆法的限制，象徵手法的採用，就成了他既不突破短篇文
體框架，又能擴大其容量的慣用手法。《創造》的實驗是失敗了，若非他晚年
回憶此作時點破其象徵政治寓意，對此我們很難觸及。《詩與散文》與《色盲》
等把象徵與比喻結合運用，其效果就好得多。象徵與比喻還見於標題藝術：
《曇》、《色盲》、《陀螺》大都是託物寄意達志式的頗具彈性與張力的意蘊深
厚的標題。

　　但這些方法未能徹底克服茅盾面臨的短篇文體限制與茅盾擴大作品容量
之間的矛盾。他明知短篇小說容量有限，但他壓抑不住反映更寬廣更厚重的
社會歷史內涵的思想藝術追求。所以茅盾承認：他的短篇往往是「縮緊了的
中篇。」〔註99〕例如《色盲》實際點講就更像中篇。這形成了茅盾短篇小說
容量大、張力強的審美特徵。這也表現出他閱歷豐富、見識深湛、藝術概括
力強；與此相對應地，形成了其鮮明的創作個性。

〔註96〕1929 年 4 月 3 日寫於京都，初刊於同月《小說月報》第 20 卷第 4 號，初收入
　　　　《宿莽》，見《茅盾全集》第 8 卷。
〔註97〕《我走過的道路》（中），第 33～34 頁。
〔註98〕《〈宿莽〉弁言》，1931 年 2 月作，《茅盾全集》第 19 卷，第 226 頁。
〔註99〕《春蠶・跋》，《茅盾全集》第 9 卷，第 526 頁。

三

在論及塑造《蝕》中時代女性群的創作準備時，我闡述了兩點：茅盾寫的上百篇婦女問題論文是其理論準備；他參與領導婦女運動過程中接觸的時代女性，他執教中所教的女生，他觀察的孔德沚工作中的婦女對象，都是其生活準備與創作積累。兩者都鋪墊了1929年4～7月所寫的長篇小說《虹》。〔註100〕其中有兩點對《虹》具特殊意義：一是對「五四」時可用魯迅的「娜拉走後怎樣」這句話來表述的「易卜生命題」，茅盾在其長達數年的婦女問題論文寫作中，曾日趨鮮明地從政治方向上作出了回答。《蝕》限於當時的主客觀條件，未能作出相應的反應；《虹》卻完成了這個歷史任務。二是《虹》的生活積累，除了上述種種時代女性觀察體驗外，有主人公梅行素的原型積累。茅盾說：「《虹》的主人公是以胡蘭畦爲模特兒的。」胡蘭畦是1927年茅盾教過的「武漢的國民黨中央軍事政治學校的女生」，〔註101〕「此女士名中有一蘭字，此即梅女士之所以姓梅」。〔註102〕茅盾除這次直接接觸胡蘭畦機會外，還有三次間接了解的機會。一次是1924年胡蘭畦赴上海考察上海女子工業社時結識了其股東孔德沚，使茅盾有了間接的了解。第二次是茅盾在武漢軍校與惲代英同事，而惲代英在川南師範執教時，曾是胡蘭畦的政治領路人，與教學上的直接領導者，茅盾從惲代英這兒獲得間接了解的機會。第三次就是1929年寫《虹》前與秦德君同居，秦德君是胡蘭畦的摯友與川南師範時的老同事。她提供的雖是間接材料，卻最詳盡最系統。可見塑造梅行素形象的理論準備與生活積累過程，先後將近九年時間。

《虹》的主人公梅行素是茅盾第一次沿著歷時性線索塑造典型，寫出性格發展過程的嘗試。其最重要的典型意義，是形象地概括出「五四」以來知識份子置身革命後如何艱難走上與工農結合的歷史必由之路，從而對「娜拉走後怎樣」這一「易卜生命題」，最早也最完滿地作出了形象的回答。開始寫《虹》的次月即1929年5月4日，茅盾在長篇論文《讀〈倪煥之〉》中，充分肯定了魯迅筆下知識份子與勞動婦女兩類典型塑造，認爲這些典型體現出「老中國兒女」的人生，體現了「五四」時代精神。但又認爲這還不是「『五

〔註100〕《虹》的前三章初刊於1929年6、7月《小說月報》第20卷第6、7號。1930年3月全書由開明書店初版，收入《茅盾全集》第2卷。

〔註101〕1973年12月21日《致陳瑜清》，《茅盾書信集》，文化藝術出版社版，第232～233頁。

〔註102〕《我走過的道路》（中），第39頁。

四』時代青年生活」及其後的都市生活與時代精神的全面反映。文中茅盾作出了「時代性」與「時代精神」的全面界定，並據此判定：葉聖陶的《倪煥之》〔註103〕是第一部基本滿足了體現時代性、時代精神的長篇「扛鼎之作」，它描寫出「五四」對於一個人有怎樣的影響，並如何經過「五卅」走到現在這「第四期的前夜」。茅盾基本上滿意此書關於時代女性金佩璋走向社會又退回家庭的否定性描寫；卻不滿意其無法處理主人公倪煥之介入「五卅」後難以應付「陡然轉變」的時局，只得讓他猝死的結局處理。茅盾認為此書「不曾很明顯地反映出集團的背景」及時代走向是一大缺點。〔註104〕茅盾在《蝕》、《野薔薇》、《宿莽》中，都試圖對「娜拉走後怎樣」及青年人生道路，作出不同側面的反映；但真正徹底地提出符合時代趨勢、歷史走向的回答的是《虹》。茅盾說：《虹》「欲為中國近十年之壯劇，留一印痕。」〔註105〕這是對《虹》的主題及其意義的準確概括。此主題主要是通過主人公梅行素的性格發展與典型塑造實現的。茅盾在《虹》中展開了一個相當宏觀的時代背景，從「五四」寫到「五卅」，充分寫出「婦女問題的解決，婦女的真正解放，須有待於社會組織之根本改造。」因此環境的典型化與人物的典型化，作為對立統一關係，在書中描繪得很充分。可以說《虹》的立意把握了時代制高點。這和茅盾走出《蝕》的低谷，踏上北歐女神為先導的新行程大有關係。因此《虹》與《倪煥之》雖是 20 年代充分體現時代性的「雙璧」；但《虹》又突破了《倪煥之》的局限性，達到了新高度。

茅盾塑造梅行素性格的縱線，是沿著闖過家庭、社會、革命這三大「關」展開的。茅盾寫梅行素闖過家庭關這一性格發展第一階段，是對「五四」時代女性自我解放經歷的形象概括，也是對他此前絕大部分作品中時代女性「都是走上社會者」的一種突破。此前諸作重在寫時代女性或走上社會或置身革命後，克服主觀與客觀方面重重障礙的艱難，與戰勝自我（特別是其思想情感之局限）的情態；對其搖擺態度性格弱點作出了真實的觀照與較客觀的批判。但避開了她們衝破家庭牢籠的經歷，其人生觀照就不完整，不全面了。茅盾寫梅行素闖過家庭關，也突破了一般作品寫包辦婚姻的既定模式。她根據胡蘭畦的素材加以提煉，虛構了類似「賣身救父」的情節：梅行素鑽入「柳

〔註103〕連載於《教育雜誌》第 20 卷第 1～12 號，1928 年 1～12 月。
〔註104〕《茅盾全集》第 19 卷，第 198～199、205～206、208～210 頁。
〔註105〕《虹‧跋》，《茅盾全集》第 2 卷，第 271 頁。

條牢籠」，再離家出走跳出這牢籠，用使買賣婚姻者「人財兩空」的方式，給予對方以懲罰，從而突出了梅行素「在家不從父，出嫁不從夫」的反封建叛逆性格，與狂狷自傲，「不顧一切往前衝」的反封建精神。第一階段性格的典型提煉，使梅行素脫離並且高於其原型胡蘭畦者，共有五點：一、胡所嫁的是其母鍾愛並資助的一位善良的商人。梅女士所嫁的，是向其父逼欠債的貪婪的表兄柳遇春。兩人都所嫁非所愛，但茅盾筆下的梅女士的「賣身還債」方式，體現出買賣婚姻性質；婚後逃走，則突出了對這頗具特色的封建婚姻的抗爭精神。二、胡不願嫁，是因對方沒有文化。梅不願嫁，則因這婚姻的買賣性質，與柳遇春嫖娼等惡劣品格。三、胡不拒婚，是怕曾祖母與父親受不住打擊，因而「於心不忍」；梅則是有意進出「柳條牢籠」，使其「人財兩空」，以達到報復之目的。可見梅遠比胡有自主、自立、自強、堅韌的性格與反抗精神。四、胡離家是經過說服丈夫同意了的；梅逃出「柳條牢籠」，是她自己設計，在同學徐綺君幫助下實現其徹底決裂的。五、茅盾把幫助胡的遠親魏宣猷這一真實人物一分為二，一是虛構成梅和他愛戀但又不願與其結婚的軟弱的韋玉，二是虛構成對她多次給予幫助的女友徐綺君。〔註 106〕上述對比證明：茅盾的典型提煉，使人物青出於藍而勝於藍，突出了梅女士「不顧一切往前衝」的反封建、求解放的叛逆進取精神。但茅盾的典型提煉並沒把人物簡單化。如寫婚後柳遇春以自己低下的文化視角出發，盡力投妻之所好。他那粗陋的真情，使梅感動，使她一度軟化，陷入柔情，幾乎難以自拔；幾經情感與理智的衝突，才戰勝她懦弱的一面，終於跳出火坑。這一切使梅的性格更真實，更個性化；她和她的環境及其關係，相應地也就更典型化了。

梅行素性格發展的第二階段，是闖過社會關。這是回答「易卜生命題」的第一個關鍵。魯迅指出：反抗的娜拉離家出走，若要避免墮落、回來、餓死這三條路，就需有能飛翔的強勁的翅膀，以免被鷹貓所吞噬；且需有謀生的能力——經濟權，以維持生存；否則就仍無自由可言：「自由固不是錢所能買到的，但能夠為錢而賣掉。」〔註 107〕茅盾寫梅闖過社會關，同時面臨此問題。茅盾借用了胡蘭畦這段經歷的「外殼」，虛構了其內容：一、把胡蘭畦工作

〔註106〕以上所述胡蘭畦的情況，全部材料都依據胡蘭畦的自述。參看四川人民出版社的《胡蘭畦回憶錄》上冊（1901～1936）第一章和第二章。以下敘及胡蘭畦的真實經歷，仍據此書。參看該書二、三、四、五章。

〔註107〕《娜拉走後怎樣》，《魯迅全集》第 1 卷，第 159～161 頁。

的兩個學校合併，只寫梅行素在川南師範執教。但抽掉其革命內涵，〔註108〕
虛構了全校上下婦姑勃谿，醜聞重重的惡劣環境；它收到一箭雙雕之效：既
揭露了地方軍閥惠師長〔註109〕推行「新政」，支持「教育革新」的虛偽性；又
推遲了梅接受黨與馬克思主義洗禮的時間，加大了她闖社會關的難度。二、
在胡蘭畦擔任楊森那些太太們的家庭教師時，楊也垂涎胡的美色，欲納她爲
妾的眞人眞事基礎上，虛構了梅與惠師長最寵愛的妾楊小姐的矛盾——楊出
於嫉妒，竟對梅持槍相向。上述兩方面的虛構，旨在加重環境的險惡性，激
化梅與環境的矛盾衝突，從而突出她雖靠個人奮鬥，但能出污泥而不染。寫
她面對威武而不屈，面對富貴榮華不動心，蔑視醜惡，鄙棄權勢，狂狷自傲，
闖過道道險關，「不顧一切往前衝」的性格特質，使她的自發反抗向自覺革命
過渡時，具備更紮實的基礎。

　　梅行素性格發展第三階段，是闖過革命關：這是回答「易卜生命題」的
第二個關鍵。這一段描寫大都與胡蘭畦的經歷無關，是茅盾根據自己的與周
圍時代女性的經歷虛構而成。它以梅參加「五卅」運動爲中心，圍繞兩條線，
寫她是如何闖過革命關的：一是梅與地下黨員梁剛夫的愛情糾葛，性格衝突；
二是她的自由主義、個人主義、個人英雄主義與革命紀律、革命需要、集體
主義的思想衝突。寫前兩段時，茅盾突出的是梅的個人奮鬥雖歷盡艱險，大
都能依靠性格力量化險爲夷。寫第三段，茅盾突出的是其個人奮鬥與性格力
量在集體主義思想、黨與群眾運動的力量面前，時時衝突卻屢居劣勢。這就
強有力地勾勒出要想闖過個人服從組織、個體服從群眾這一關，必須放棄自
由主義、個人主義與個人英雄主義；而克服這些，融「我」於「群」，又是何
等艱鉅與痛苦。茅盾硬下一條心，把梅推到思想衝突與工農群眾鬥爭高潮「五
卅」運動中去經受嚴峻的考驗，使梅懷著「時代的壯劇就要在這東方的巴黎
開演，我們都應該上場，負起歷史的使命來」〔註110〕的壯志豪情，踏上血染
的南京路，投入「五卅」革命洪流，迎接新的戰鬥。

　　梅行素融「我」於「群」，由個人奮鬥到投身群眾革命運動的性格發展，
其典型意義在於兆示了《虹》的基本主題：婦女解放與被壓迫人民的徹底解
放事業是緊密聯繫在一起的。只有融「我」於「群」，靠黨領導下的階級的集

〔註108〕胡蘭畦任教的川南師範是惲代英主持的革新教育的一個革命據點。胡蘭畦在
　　　　此加入了另一個共產黨人李求實主持的馬克思主義研究會。
〔註109〕其原型是四川軍閥楊森。
〔註110〕《茅盾全集》第2卷，第253頁。

體合力，才能最終實現其目標。因此，時代女性與革命知識青年必須走這條歷史必由之路。這是對「易卜生命題」最正確的回答。

由於生活積累、特別是直接經驗不足，梅行素性格發展第三階段的環境描寫，特別是地下黨活動的描寫，顯得不夠充分。梁剛夫等地下黨員的行動，有點奇詭怪誕，撲朔迷離，頗帶神秘色彩。這一定程度地影響著梅行素性格發展的推動力的描寫。但過去包括筆者在內，頗有人認為：梅女士性格發展的描寫蒼白無力；遠不如一、二兩段。現在我意識到此說不盡確當。原因是忽略了茅盾寫梅女士性格第三階段的筆法，由二、三兩段的內外結合筆法轉向以內在開拓、內心世界剖析為主的筆法。在茅盾看來，不重在內向開拓，似乎難以更深地展示她第三段思想轉化期中靈魂深處那複雜的內涵；也無法觸及感情深層的痛苦與矛盾。若從內向開拓視角考察，梅第三段的性格描寫的豐滿度，決不讓一、二兩段。因此蒼白無力之說很難成立。反之，倒應充分肯定作家突出不同階段特點，採用不盡相同的審美表現方式的成功探索。同時也應看到，這一視角限制了對地下黨活動的描寫的開闊性。奇詭怪誕、撲朔迷離、帶神秘色彩的審美效果，與梅女士的獨特心理感受有關，也和地下黨對她尚處在考驗階段，有時對她保密的態度有關。若把人物的感受當作讀者的感受，對作家複雜的審美表現作簡單化的評判，所得結論就難免片面性。當然，指出這一點，並非否認寫性格發展第三階段時生活積累不足帶來的弱點。

《虹》指示了一條克服個人主義、個人英雄主義與自我奮鬥方式的局限，融「我」於「群」，置身革命，與工農運動結合的人生道路。這是茅盾由《蝕》到《虹》最大的自我超越。同時這也是對包括魯迅、葉聖陶、蔣光慈在內的許多同代作家與同一題材作品的超越。《虹》又使茅盾所持的「文學不僅是鏡子還應該是指南針與斧子」的美學觀得到一次成功的實踐。因此《虹》在中國現代文學史上佔有重要地位；梅行素在現代文學典型中也佔突出地位。

四

但茅盾並不認為梅行素及其人生道路的描寫已經完成。他對她的未來，還想設置種種考驗，安排更新的道路。因此《虹》的象徵寓意也更豐富。1929年茅盾在致鄭振鐸信中說：「『虹』是一座橋，便是 Prosepine（春之女神）由此以出冥國，重到世間的那一座橋；『虹』又常見於傍晚，是黑夜前的幻美，然而易散；虹有迷人的魅力，然而本身是虛空的幻想。這些便是《虹》的命

意：一個象徵主義的題目。從這點你尚可以想見《虹》在題材上，在思想上，都是『三部曲』以後將轉移到新方向的過渡；所謂新方向，便是那凝思甚久而終於不敢冒然下筆的《霞》。」〔註111〕晚年茅盾進一步透露了《霞》的基本內容：「我本來計劃，梅女士參加了五卅運動，還要參加 1927 年的大革命，但 1927 年當時的武漢，只是黑夜前的幻美，而且易散。」其證明就是不久發生了寧漢合流鎮壓革命的歷史逆轉。「在梅女士個人方面，她參加了革命，甚至入黨（我預定她到武漢後申請入黨而且被吸收）」，但「共產黨員這光榮的稱號，只是塗在梅女士身上的一種『幻美』。能否真正「無產階級化」，還要經過長期的改造。「轉移到新方向」即指思想轉變的過程。所謂「凝思甚久而終於不敢冒然下筆的《霞》」，是寫梅女士思想轉變的過程及其終於完成。《霞》將是《虹》的姊妹篇。在《霞》中，梅女士還要經過種種考驗，例如在白色恐怖下在南方從事黨的地下工作，被捕；「某權勢人物見其貌美，即以為妾或坐牢任梅女士二者擇一，梅女士寧願坐牢。在牢中受盡折磨，後來為黨設法救出，轉移到西北某省仍做地下工作。」〔註112〕

　　可見，儘管茅盾藉梅女士的人生經歷，指示了中國婦女與中國知識份子應該走的歷史必由之路；但他對走此道路的艱鉅性、複雜性、曲折性，保持著清醒的認識，計劃作進一步的開掘。但《霞》終於未能寫出，成為中國現化文學史上的一大憾事！

　　究其原因，怕主要不是此後瑣事紛繁無暇顧及，而是因茅盾原有的生活積累，不足以支持此宏大藝術格局；因此再寫下去就可能重複《蝕》三部曲，而難有新的重大開拓與超越。去國赴日後，他與黨組織及國內革命生活兩相隔絕。回國後，又處在半地下狀態，並參與領導左翼文壇的戰鬥。同時他又介入對民族資產階級生活的體驗，集中力量寫《子夜》。這是更大的工程。茅盾從此再無機會補充上述《霞》的構思與框架所必需的生活了。

第四節　由京都返上海

　　茅盾和秦德君同居的前期較為平穩和諧；後來由於種種主觀客觀原因，隱伏的茅盾逐漸呈現。關於同居情況，茅盾沒留下文字記載；秦德君的思想

〔註111〕《最後一頁》，《小說月報》第 20 卷第 5 號，1929 年 5 月。
〔註112〕《我走過的道路》（中），第 36～38 頁。

真假參半，其中有些可信的材料。

一

茅盾寫《虹》，秦德君有輔助之功。主要是提供了部分素材；抄寫部分稿件；撫慰感情和料理家務，使茅盾有個良好的安心創作的條件。但她說《虹》是她「拚性命」與茅盾「共同寫成」，則顯然言過其實。據她回憶錄所述，她當時不過是中專程度，並無創作的經歷。「茅盾情切切地要把我培養成為他文學上的知己。」〔註113〕但這非一日之功。此後她也並無創作，說明她始終未臻此水平。而茅盾早已是國內外馳名的大文學家。如此懸殊的差距，「共同寫成」的條件何在？她提供的素材是《虹》的根據之一，而不是全部。在提出「共同寫成」說之前，秦德君曾說：「文學創作乃是虛構」，「它有真人真事作依據」，但「不可能從頭到尾都是一個人的經歷。作家還要溶進大量其他事件」，「還要加進大量想像的成分，這種想像依據的是作家的觀察、體驗，像《虹》裡對梅女士的心理活動所作的細致、精彩的刻畫就是一例。」「因此，誰也不應該說小說裡的典型就一定是誰。」「這原來就是常識範圍以內的事。」〔註114〕秦德君的這個認識，恰好是目睹茅盾寫《虹》後才形成的真知灼見。她還說：胡蘭畦對《虹》很不滿意：認為許多事不是她的，茅盾把她寫歪曲了。楊森則因許多情節與他的作為不符曾當面斥責秦德君，聲言要控告茅盾。胡蘭畦和楊森把《虹》看成真人真事實錄的對小說創作說的外行話，恰巧又反證了茅盾的創作之功。這些都從不同角度證明：《虹》是茅盾的虛構的文學創作。既非與秦德君共同寫成，也非僅僅依靠胡蘭畦、楊森的材料。

二

茅盾與秦德君在特定條件下相愛、同居，後來也在特定條件下分手。兩者都存在必然性。

在秦德君一方，情況比較簡單。同居後她對茅盾的看法逐漸惡化。這從她的回憶錄中對茅盾的思想、意識、品格、性情、生活習慣所作的種種指責中不難看出。不過當時的這些看法並不影響她的基本態度：讓茅盾與孔德沚離婚，和自己結婚。在茅盾這方，情況要複雜得多。她和孔德沚由結婚到產

〔註113〕《櫻唇》，日本《野草》第41號，1988年，第75～76、74頁。
〔註114〕《我與茅盾的一段情》，香港《廣角鏡》總151期，1985年4月16日，第35～36頁。

生了眞摯的愛，同時又有些不盡如意處。這都是實情。但在國內，這「婚變」
絕不會發生。去國後與國內的一切隔絕，秦德君身上某些孔德沚不具備的東
西，以及她對自己熾烈的愛，激起他對她的愛，並由相愛而同居；這也是眞
情。飄泊異國與家隔絕，維持這婚外戀的同居關係並不困難。一旦回國，要
與孔離婚與秦結婚，則困難重重。茅盾面臨二者取一，並妥善安排另一方，
但不論如何取捨，都會被一方責以負心的兩難境地。1929 年 9 月秦德君懷孕
打了胎。據《櫻唇》載，她「最主要的是想去蘇聯，不能身懷『累贅』」。「次
要」的是什麼？除經濟困難外，與茅盾是個「有婦之夫，有子女之父」不無
關係。

　　何況這時國內與日本的環境都發生了很大變化。在國內，黨領導紅軍開
闢了革命根據地，實現了「以農村包圍城市」的戰略。蔣介石、汪精衛合流
後，蔣政權與南北地方軍閥的矛盾與戰爭日趨激烈。內部控制包括通緝令的
實施，因之有所放鬆。黨中央又平息了文壇論爭，加強了內部團結。到 1930
年初，成立左聯的條件已經成熟。回國的條件也已經具備了。在日本，「中國
共產黨組織被『一網打盡』」，秦德君的日文老師漆湘衡、袁文彰及經常往來
的沈啓予都被捕。楊賢江夫婦等先後回國。茅盾他們的處境也很危險。通貨
膨脹又使生計日感拮據，加之「茅盾家裡上有老，下有小」，「迫不得已，不
能不作歸計。」〔註 115〕這時秦德君又懷了第二胎，孔德沚和沈母也知道了他
們同居的事。沈母態度嚴厲，斷然出面干預。他們何去何從，也必須立即決
斷。圍繞這點茅盾和秦德君的矛盾就一天多似一天了！

<h2 style="text-align:center">三</h2>

　　茅盾赴日後，孔德沚挑起侍奉婆母，教養子女，繼續地下黨的工作三副
重擔。爲緩解她經濟無著的困難，黨讓她擔任黨辦女子職業中學的教導主任，
繼續培養革命後備力量。但很快引起當局注意。有兩次她險些被捕。一次賴
同事分散了便衣特務的注意而脫險；另一次軍警搜查該校，賴門口煙店老板
報信，她未進校門從而脫險。但這些艱險，與丈夫與秦德君同居帶來的痛苦
比，要輕多了。幸有葉聖陶、鄭振鐸等老友幫助，婆婆又是個「主心骨」。茅
盾的稿酬，葉聖陶並不盡付回國打胎的秦德君帶走，總是留一部分交孔德沚
養家。茅盾即將回國的 1930 年初，鄭振鐸和葉聖陶幫助孔德沚議定了「動之

以情，待之以禮」的應對方針。孔德沚勉爲其難，但做得落落大方。茅盾對比孔、秦顯然不同的處事態度，也非常動心。

茅盾與秦德君分手，有三個決定性因素：一是性格因素。秦德君承認：「我們家族中女性多暴烈脾氣。我的遠祖出了女將秦良玉。」「據胡蘭畦告訴我」，茅盾對她說：「德君的脾氣倒像『暴君』。」〔註116〕二是品格因素。秦德君對孔德沚的攻擊，頗有不近人情處；甚至說她有外遇。茅盾對孔德沚所知最深。何況她生活在婆母子女友鄰眾目睽睽之下，「外遇」之說，茅盾怎會相信？三是秦德君逼茅盾離婚甚急。這一切都導致茅盾的逆反心理，遂逐漸產生了離心力。

1930 年 4 月初他們回國，借住在楊賢江家。據韋韜回憶，孔德沚主動邀茅盾攜秦德君來家赴宴。孔德沚囑韋韜姐弟對秦先生要有禮貌。沈霞負氣躲走不見她；韋韜卻深深鞠了一躬。孔德沚還常把茅盾喜歡穿用的衣物，愛吃的菜肴送去。沈母則責備茅盾：「你自幼喪父，我含辛茹苦撫養你，教你詩書禮儀，現在你棄妻拋子，摧毀這美滿家庭，於心何忍！應該知道糟糠之妻不下堂。你應該回心轉意，歸家團聚，負起家庭責任，這才是正道。我年事已高，想回故鄉休養，這個家從此交給你和德沚了，你們自己料理一切吧。」沈母話說至此，孔德沚和孩子們都泣不成聲。這也對茅盾有很大影響。反之，秦德君則以服藥自殺等舉措威脅擠壓茅盾；茅盾破窗而入急救，被弄得十分狼狽，遂下定決心與秦德君分手。〔註117〕秦德君離滬返回四川。從此茅盾與孔德沚破鏡重圓。

四

茅盾、孔德沚和秦德君的這種關係，都是本來不該發生的。童年時代不該有此包辦婚姻。旅日期間不該有「同居」的插曲。但它畢竟都是發生了的歷史事實！

茅盾與秦德君、孔德沚這三個歷史人物，「程度不同地各有其偉大處；也

〔註116〕參看《對話錄》（一、四），《許昌師專學報》1990 年 2 月，第 55 頁；1991 年第 2 期，第 73、75 頁。
〔註117〕參看錢青：《茅盾流亡生活中的一段插曲》。錢青是楊賢江夫人姚韻漪的摯友與學生，又是吳庶五、葉聖陶的忘年交。此文據她的了解，和吳、葉、姚對她介紹的情況所寫。1991 年在南京召開的茅盾研究學術討論會期間，我參與主持對此問題的討論會，錢青據此文在會上作了詳細的情況介紹。另一位知情的老前輩黃源先生在發言中證實，錢青先生所講的均屬實情。

程度不等地各有其局限與失誤。微觀地看，對其個人行為，只能作出思想意識道德品格的評價。宏觀地看，對其個人行為的歷史內涵，可以作出社會的、時代的、歷史的更有意義的評價。這可以給後輩提供一面更大的鏡子，照了前人，也照照自己。」〔註118〕

〔註118〕引自拙著《茅盾──孔德沚》，中國青年出版社版，第289頁。